悠久の愚者アズリーの、賢者のすゝめ

The principle of a philosopher by eternal fool "Asley"

5

壱弐参
Illustration 武藤此史

前回までのあらすじ

簡単な魔法一つ覚えるのに数ヶ月を要していた落ちこぼれのアズリー。偶然にも「悠久の雫」と呼ばれる不老長寿の神薬を作り出してしまって以来、5000年にわたって、魔術や魔法の研究に明け暮れ引きこもる日々。これじゃいかん！と、使い魔ポチとともに旅に出ることに。

フォールタウンでの出会いがきっかけで、なぜか二度目の大学生活を送ることになったアズリーは大学に通いつつ、冒険者ギルドで日々成長を遂げていく。そんなある晩、彼の夢に「神の使い」が現れ「魔王の復活が近い。研鑽せよ」というお告げが下される。

ランクSSモンスター、オーガキングをうつかり倒したり、魔法士の長年の悲願、空間転移魔法の開発に成功したかと思いきや、ポチズリー商店を立ちあげ、色食街の少女たちを救うことに奔走したり、大忙しのアズリー。

そして紆余曲折あり、ついにランクSに昇格するが——その昇格試験の際に現れた解放軍《レジスタンス》リーダー・黒帝ウォレンに、現政府の実態を聞かされる。様々な謀略が渦巻く中、謎を解決する手掛かりは「始まりの地」にあるとウォレンに導かれ、アズリーとポチは5000年間引きこもっていたダンジョンに到着するのだった……

The principle of a philosopher
by eternal fool "Asley"

悠久の愚者アズリーの、賢者のすゝめ 5

The principle of a philosopher by eternal fool "Asley"

登場人物

【アズリー】

「悠久の雫」を偶然作ってしまった、見た目年齢17歳、実年齢5000歳超えの青年。落ちこぼれだったが、今では年齢でその他を圧倒する存在。

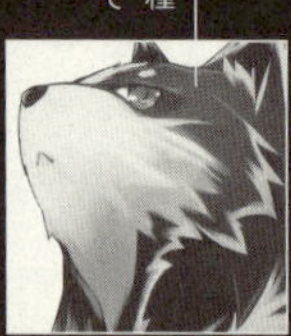

【ポチ】

アズリーの元使い魔。シベリアンヌ・ハスキーという種類の犬狼。「悠久の雫」の残りを知らないうちに飲んでいたため、800歳を過ぎている。

【リナ】

フォールタウン出身の19歳。学生自治会長を務める。バラッドドラゴンというモンスターを使い魔にしている。

【アイリーン】

見た目年齢10代半ば……魔力循環の活性維持をしており、実は高齢でガストン、ビリーと同級生。魔法大学の特別講師であり、六法士の一人。

銀のメンバー

【ブレイザー】

リーダーらしい真面目な性格。トレードマークは銀装飾の直剣。

【ブルーツ】

厳つい風貌だが、おせっかいな性分。実力はチームナンバーワン。

【ベティー】

ブルーツの妹。兄に似ず、端正な顔立ち。速さに自信がある。

【春華】

色食街出身の、元花魁《おいらん》。今は戦士として活躍。

【ナツ】

春華の禿だったが、今は冒険者として活躍している。

【ティファ】

フォールタウンから単身、ベイラネーアにやってきたリナの妹弟子。

【タラヲ】

ティファが道中で使い魔にしたチワワーヌ。実は……狼王ガルム？

【ガストン】

六法士の一人で、偉大な魔法士。厳格そうな見た目だが、実は物分かりのいいお爺さん。しかしそれを理解している人は少ない。

【イッキ】

ポチズリー商店とギルドの受付嬢を掛け持ちしている13歳の元気な少女。

【ララ】

アズリーたちを襲った「笑う狐」に雇われた運び屋だったが、今はポチズリー商店で働く。

【ツァル】

幼いララを拾って育ててきた面倒見のよいカガチ。元戦魔帝サガンの使い魔。

The principle of a philosopher
by eternal fool "Asley"

目次

The principle of a phirosopher
by eternal fool "Asley"

133　名付けたのはポチだった

「どぉおおおおおおおおおおおおおおおおおおおおおっ⁉」

「ひぃいいぁあああああああああああああああああっ‼」

「ポチ！　あれなんとかしろよ！」

「無理に決まってるじゃないですか！　ランクSのグランドセントールの群れですよ⁉　死んじゃいますよっ！　マスターがやってくださいよ！」

俺たちは駆ける。別名ケンタウロスと呼ばれる半獣の馬型モンスターの群れに追われながら。

どんどん数が減って今やもう絶滅寸前と言われていたモンスターだが、いるところにはいるもんだな。

「馬鹿言うな！　俺は最後の砦なんだぞ！」

「砦が何で一目散に逃げてるんですか！」

「うるせぇ！　あんなの相手にしてたら命が十個あっても足りないわ！　で…………何頭いる⁉」

「振り返る余裕なんてないですよ！　確か最後に見た段階で二十頭はいたはずです！　それよりっ！」

「何だっ⁉」

「ここは、一体《いったい》どこなんですかぁあああああああああああっ!?」

草原でグランドセントールたちと追いかけっこをする俺たち二人。

ポチの声が響き渡るが、俺から返答する事は出来ない。

あの時、俺たちは確かに懐かしの我が家こと、始まりの地……数百年間暮らしたあのダンジョンの中へ入った。

ダンジョン内には、案の定多数のモンスターがいたが、入り口程危ないモンスターはいなかった。

だが…………一体何故俺たちはダンジョンから草原へと飛び、グランドセントールに追われているのだろう？

あれは確かそう…………俺が研究室に使っていた一番奥の部屋へ入った時の事だ。

◆

◆

「ようやく着いたな」

「ええ、この部屋で最後ですね」

「モンスターもいないみたいだし…………って、でもここにも何もないな？」

「あのゴミの山の下とかですかね？」

ポチが指す前脚の先には、俺がこの場に来た時に置いていったものだ。ボツ資料や、古びた錬金術用の道具などがあった。

確かにポチの言う可能性は無視出来ない……か。

「ほい、フウァールウィンド」

　ガラクタの山が魔法によって浮きあがり、下にあった地《ち》が姿を見せる。

「…………何も、ないな？」

「あれは本当に夢だったとか？」

「んなはずないよ。俺とポチ二人が同じ夢見た事あるか？」

「えぇ、何度か」

「……まぁ、八百年以上も一緒に暮らしてりゃそうだけどな――――っ!?　何だ!?」

「えぇ！　今確かに魔法の起動を感じました！　これは一体!?」

　耳をピンと立ててポチが言う。俺とポチは慣れた動きで自然と背中を預け合う。

　部屋の出口であり入り口からの圧迫感はない。もうこのダンジョンは、俺とポチ以外は空のはずだ。何者もいるはずがない。

　魔法の起動を感知はしたが、その存在は確認出来ない。

　気配はないのに魔力が迫るような圧迫感がある。背中に冷たい汗を感じ、ポチの牙が剥き出しになったその時、部屋一帯、いや、ダンジョン一帯に強烈な音が走った。

　耳を劈《つんざ》く鋭く高い悲鳴のような亀裂音。その音が徐々に、俺たちに近づいてくる。

「トラップですか!?」

「いや、そんな形跡はなかった！　ダンジョンの全部屋調べた！　ここだって問題はなかった！」

「きっと見落としですよ！　馬鹿マスター！」

「んな訳ねぇって！　って……えっ!?」

突如現れる魔法陣。床、壁、天井から這い出るように現れた。これは一体っ!?

「何ですかあの魔法陣は!?　情報が多すぎて解読不能ですよ!?　な、何て小さな文字群……」

「あぁ、俺でも読めないっ！　こんな馬鹿げた情報量、俺の全魔力を使ったって起動出来ないって！」

「マママママスターの魔力をしてって……一体誰が!?」

「そんな事わかんねぇって！　だが、どうやらこれはトラップで正解みたいだな！」

「もう、やっぱり見落としですか！　大馬鹿マスター！」

「ダンジョン全体に仕掛けられた超大型設置魔法陣だぞ!?　気付くにゃ壁の中調べなきゃ無理だっつーの！」

「壁の中に魔法陣を描くなんて、一体誰が出来るんですか!?」

ポチは自分で言っておきながら、自分で気付く。それは、俺も同じだった。

「「あ」」

そもそも俺たちをここまで誘導したのは誰だ？

勿論ウォレンが言った事もあるが、やはり最終的にはあの爺さんに帰結する。

そして、あの爺さんは自分の事を何て言っていた？

神の使い……確かにそう言った。ならばこれを設置したのはあの爺さん…………もしくは、その上に存在する…………神。

「は、発動しますぅううっ!?」

収束する魔力が魔法陣を通して俺たちを包み、球体へと変わる。

「ポチ！」

「マスター！」

両手と両前脚、手の平と肉球を合わせ叫ぶ。

閃光に包まれ、正面にいるポチの存在さえ見えなくなった時、俺たちは、意識を失った。

◆　　　◆

「…………ま、撒《ま》いたか？」

「おそらく……」

気が付いてみればどこだかわからない草原で起き、ポチを起こした直後に奴らに襲われたんだ。

辿り着いた森の中で、岩陰を静かに移動して隠れ潜む俺たちは小声で話し、そして息を整えた。

だが――

「ギィイイィァアアアアアアアアアアアアアアアアアアァッ!!」

咄嗟に竦んだ身体。意図せずとも勝手に身体が反応する。腹の臓物ごと吹き飛ばしてしまうような恐怖の鳴き声。

上空から届く重力を帯びた重圧に俺もポチも抱き合う事しか出来なかった。

顔は上げられない。目だけ、眼球だけが上に動き、その姿を捉える。

「ま……ますたぁ…………あ、あれ…………」

「静かに……呼吸を…………止めろ」

四つの目が捉えた異常事態。

山のように大きく、雄大に羽ばたく姿は見る者皆を恐怖の底へ叩き落とすだろう。グランドセントールの群れも裸足で逃げ出すであろう戦闘力は、あのオーガキングをも凌駕する。

黄金に似た鱗を持つ巨大な竜。超危険モンスターの《黄竜》。天獣の黄龍とは別種だが、ランクSSの頂点と言われる程の強力なモンスターだ。

それが何故………何故瀕死の血だらけになりながら下降してくるんだっ!?

大地を揺るがしながら着地した黄竜は、俺たちに気付いているのか一瞬こちらを見たが、すぐに上空を睨みつけた。あれは……黄竜が飛んで来た方角？

つまり……いや、つまりも何も………あの視線の先に……黄竜をこんな姿にしたやつがいるっ？

その姿を拝みたいところだが………俺たちの命が危ないんだ。こんなところでぼーっとしている訳にはいかない。

後ろに一歩ずつ下がる俺。ポチは既に俺の背中にしがみついている。

主人を盾にする使い魔がいるか、馬鹿ちんが。

だが、まぁあれを見ては仕方がないと言えるだろう。

一歩……また一歩と後退する。よーし、良い調子だ。黄竜の姿が大きな木で隠れた瞬間、俺は背を向けて全力で駆け始める。方角とか来た道とかそんな事は一切気にせず、己の生存本能にだけ身を任せて、再び息を切らせるまで走った。

途中、ポチが俺を、馬に鞭打つように尻を叩いてきたが、お前が走れと言いたい。言ってやりたい。

「ぜっぜっぜっ——ぜぇっ！　な、何であんな強力なモンスターばっかりいるんだよ!?」

「マスターが走ってる間、平均ランクAのモンスターばかり視界に入りましたよ!?」

胸を押さえながら呼吸を安定させ、辺りの状況を確認する。

「とりあえず変な洞穴に入ったはいいが…………ここ、何かの巣とかじゃないよな？」

俺の危惧に、ポチが鼻を動かす。

「……大丈夫です。ここからは獣やモンスターの臭いはしません。けど——」

「けど、なんだ？」

急かすように言うと、洞穴の奥からその答えが返ってくる。

「アナタたちは誰？」

これは——人の気配っ!?

やはりいた。ポチはこれを伝えたかったのだろう。

中性的な声だったが、影に身体の輪郭が見え、その姿が女だとわかった。だが、女だからと言って安堵する事は出来ない。

熟練した足音で近づく一人の女に警戒していると、背後の入り口の方からも気配を感じる。いや、感じた時は既に背後にいたと言うのが正解だ。

俺の喉元には背後から剣先が置かれ、ポチが固まっている。どうやらこちらには全く気付かなかったみたいだ。

杖をことりと落とし、両手を上げる俺とポチ。刺激を与えちゃまずい。素性を聞いているという事は害があるかを確かめているという事だ。

チクチクと器用に剣先を動かす後ろの人間が静かに言った。

「質問に答えたまえ」

女が投げかけた質問に答えろと言っているんだろう。どうやら背後にいるのは男のようだ。

答えなければ……殺すつもりだなこれは。それ程の殺気を帯びている。

「――お、俺は――」

「私はシロ！　そちらは私のご主人のポーアです！」

咄嗟に答えたポチの偽名は、どこかで聞いた事のある名前だった。

134　ポーアはどこ？　アズリーとポチが着いた場所

何でこいつは偽名なんか使ったんだっ!?

あれ、ポーアって名前、確かどこかで聞いた事があるような……？

「ポーア？　知らない名前だな。こんなところで何をしている？」

冷たい剣先がちくりと首元を刺す。痛い。これ絶対血出てるぞ。

おっと、そんな事考えている場合じゃなかった。

「……実は、その…………道に迷ってしまって……ははは」

「道に迷った？　そんな事を信じるとでも思ったのかい？　リ、リ、リーリア、どうだ？」

おぉっと…………またもや聞いた事のある名前だ。くそっ、必然的にポーアの名前も思い出してしまった。この女の顔が、種族があのリーリアでない事を祈りたい。

「嘘……ではないみたいね、ジ、ジ、ジョルノ」

ダメだ。もう本当に悪い方向にしか考えられない。

ジョルノにリーリア、そしてポーア？　ははは、おとぎ話でよく聞く名前じゃないか。

ポチは気付いていないみたいだ。きっとそんな事を考えもせず、俺とポチの名前をくっつけただけだろう。

それよりポチの「どうです？　作戦成功でしょうっ？」という、したり顔が面倒だ。早くあの頬をつねりたい。引き伸ばしてやりたい。

「リーリアがそう言うなら問題ない……か。おい、杖から離れて頭の後ろで手を組んで腰をおろせ」

「…………これで？」

俺は言う通りにし、ポチも器用に従った。

剣を離しはしたが、こちらに向けていない訳ではない。ジョルノが後ろから俺たちの正面に回る。

人間の男ジョルノ。金髪の優男、かなり若い。あぁ、もうなんとなく読めてきた。

影でしか捉えていなかったリーリアもジョルノの隣に…………──

「……まじかよ……」

俺は自分にしか聞こえないような声で呟いた。息だけの声だが、耳の良いポチは気付いたようだ。

そしてポチも驚く。目の前には滅亡したはずのダークエルフ。いや、エルフがいたのだ。俺は知っている、この顔を。

だが少し若い気がする。俺が知ってる顔はもう少しだけ大人っぽかったような気がする。後で見られれば見てみるか。

さて……一体どの辺りまで飛ばされたんだ？

「さ、アンタら、どこに向かう途中で道に迷ったんだい？」

仕方ない。この場をシロに任せては危険かもしれない。俺が前に出るか。

もしそうなら、いやまぁそれしか考えられないんだが、これが本当なら──えーっと、確か…………あ、ここなら確か――

「俺たちはトゥ、ウ、エッドに向かう途中です」

「え？」

ジョルノとリーリアが言うより早く、俺に聞き直してきたのは、我が有能な使い魔シロ様だった。

シロ様、どうかお静まりください。

念話連絡でポチに教えるのはまずい。きっと取り返しがつかない事になる。とりあえず最優先で自由を手に入れなくては。

「トウエッドって……こっから北東のすっげぇ遠くにある街だよな？」

「えぇ、私たちが目指してるブルネアの街よりもっと先」

「ポーアさんだったっけ？　…………どこから来たの？」

ジョルノが髪をかきあげながら聞いてくる。

くそ、物凄く整った顔立ちだ。そういやモテモテだとか聞いたような気がする。歳はまだ二十歳になってないいんじゃないか？　アドルフの少し上くらいだ。

さて、どう答えたものか？　もうどれも候補がない。とりあえず逃げる。何が何でも逃げてやろう。

「そのトウエッドから来たんです」

「へぇ、で？　こんな辺境に何のご用で？」

むう、若いのに手慣れてるな。しっかりと逃げ道を塞いでくる。

「珍しいモンスターがいると聞いて……。あ、そういえば早くここから逃げた方がいいですよ。あちらの方で黄竜を見かけました。何故か傷だらけでしたけど」

「あぁ、それなら僕が倒したんだ」

　あれやったのお前か！　ランクSSモンスターの頂点を一人で倒すとか、規格外にも程があるだろう。いや、くそ。一々驚いていちゃしょうがないんだよな。

　むぅ、出来れば黄竜の素材を回収したいところだ。ここを出たらあそこまで出て――

「ねぇ、マスター？　どうしてトウエッドに向かうんです？」

　おのれ、黙ってられんのかお前は。

「あ、後で話してやる」

「む、後っていつですか！」

「この状況を脱してからだよっ」

「あー、その目は嘘ですね！　何でこの状況で嘘言うんですか！　ここは誠意を見せて相手の信を得るのが得策でしょう!?」

「あの――」

「うるせぇ！　信より生だ馬鹿！」

「馬鹿って言う方が馬鹿ですよ！　馬鹿マスター！」

「おい君たち――」

「お前がそうやって馬鹿馬鹿言うから俺は苦労してるんだよ！　馬鹿犬！」

「んまっ!?　前に結果には原因があるって言ってたのはマスターじゃないですか！」

「おいっ!!」

「「…………………」」

「そうです！　マスターが始まりの地へ戻るとか言わなければこんな事にはならなかったんです！」

「言わせておけばお前はっ！　今のはどう見ても二人とも黙ってリーリアさんの話を聞くところだろうが⁉」

「あー、それはすみませんでした！　さ、どうぞ続けてくださいー！」

「…………はぁ、ジョルノの剣先を前に、それだけの口がきければ大したものね。いい？　私はリーリアだ。アナタたちの嘘はすぐに見破れる。だからいくら隠そうとも私に嘘は通じない。わかった？」

　ポチは向こうを見て、俺はポチの後頭部を睨みながら頷いた。

　そういえば、エルフの一族の中では心眼とも言われる特殊能力者がいたような気がする。トゥースは違ったみたいだが、どうやらリーリアはそれが使えるようだ。

「ここまで本音を言い合う主従関係はこの時代で珍しいな。リーリアの困った顔なんて久しぶりに見たよ。あぁ、僕はジョルノだ。足を崩してくれ。敵意がないのはわかった。間者や使徒じゃないって事もね」

　ポチが反応する。おっとやばいかな？

「使徒……って、何です？」

「使徒を知らない？　冗談だろ？」

　ジョルノがリーリアに聞く。どうやらポチが嘘を言ってない事を確認しているようだ。

当然嘘じゃないのでリーリアが首を横に振る。

「はは、驚きだな。いいかいシロ君？　高位モンスターは姿形を人間にする事が出来るんだ。それらを見破れるのがリーリアみたいな心眼持ちってこと。顔から察するに、ポーアさんは知ってるみたいだけど、使い魔に教えてないのかい？」

「すみません。少しずつ教えてる最中なので」

「って事は最近契約したのか。それなら仕方ないかもな」

ポチが固まっている。どうやら思考の整理中のようだ。

ふむ、どうやらあれは気付いたようだな。ジョルノ、リーリア、ポーア、エルフ、使徒、心眼、黄竜の存在とそれを簡単に倒す人間の男、絶滅寸前だったはずのグランドセントールの群れ。これだけの情報を目にして、気付かない方がおかしい。

バッと物凄い瞳で俺を見るポチ。そうだよ、お前の思ってる通りだよ。

俺たちが――

「魔王軍も最近はなりを潜めてるが、油断は出来ないからね」

ジョルノ
ＬＶ：２０１
ＨＰ：５０４３１
ＭＰ：３９８８２

ＥＸＰ：４５１９３８５１２
特殊：補助魔法《上》・回復魔法《上》・剛力・剛体・金剛心・神速・浮身・高周波ブレイド・
大地割り・一閃突き・ブレイブブレイド
称号：鉄芯・風神・剛の者・剣聖・竜殺し・聖戦士候補

――飛ばされた場所は、
「もうそろそろ発つところだし、よかったら近くの街まで付いてくる？」

リーリア
ＬＶ：２００
ＨＰ：６９２１０
ＭＰ：１８７４１
ＥＸＰ：４３０２１７２８１
特殊：金剛力・金剛体・金剛心・疾風・軽身・大地割り・スマッシュスラッシュ・エアリアル
ダンサー・魔断ち一閃
称号：鉄芯・疾《はや》き者・金剛の身体《ダイアモンドセンス》・剣神・竜殺し・聖戦士候補

遥か古代。三人の聖戦士が生きる時代。
頼む、聖戦士ポーア…………現れてくれ。

135　無数の道

――　戦魔暦九十四年　五月二日　午前十一時　――


荒れ果てた道をちろちろと歩き、細長い尻尾をふりふりとさせる鼠が一匹。

そして、老体ながら軽やかな足取りでその後を追う男が一人。

「ご主人。この先、およそ人の住む場所ではないが？」

額をコリコリと爪先で掻きながら鼠が言う。

高い気温のせいか、鼠の視界は遠くを見つめる程歪んでいる。

「……では、人ではないのだろう」

照りつける日差しを見上げて男が言う。

疲れは見えなくとも、熱された大地は顎先から垂れる汗を吸い取っているようだ。

「なるほど、これよりご主人は人外の者と会われるか」

「果たして人の身で会える者なのか、わからぬところだな」

「ほう、弱気とは……ご主人にしては珍しい」

男は、振り返る鼠の後ろを指差す。

「コノハ、そこ、落ちるぞ」

鼠のコノハは、主人のガストンの声が耳に届くより早く宙を歩こうとし、歩けなかった。

「ひぎゅ」と、小さな悲鳴を出しながら、差し伸べられたガストンの指先に摑まる。

「まったく。これで何度めだ？　大人しく肩に乗っていればよいものを……」

「このような危険地帯、ご主人より察知が遅れてはならないからな。それより、そろそろなのではないか？」

「……確かに」

乾いた風を感じながら周りを見渡す。

すると、ガストンは二人の針路の先から何かを見つける。

目を細め、凝らして見ると、そこに風に紛れる魔力の波を見つけた。

鼻息を荒く吐いたガストンは、歩こうとするコノハを持ち上げ、頭の上に載せた。

「ふんっ。……あれか」

見据えるは、かつてアズリーがポチと共に鍛錬した場所。

そして先んじたアイリーンが先日離れた地である。

二人の目が捉えたのは、風塵と砂嵐と濃厚な魔力の入り混じった、人を寄せ付けぬ荒野……極東の荒野であった。

◆　◆

アズリーから渡された紹介状を握りしめ、ガストンは再び足を進める。コノハと共に。

―― 同日　魔法大学 ――

魔育館にて、常成無敗のアイリーンは、自分と然程《さほど》変わらない体躯のティファを前に、青筋を立て、怒気をあらわにしていた。

澄ました顔で本日の課題をこなしたティファだが、単純に課題をクリアした者を怒る程、アイリーンの心は狭くない。

今回アイリーンが怒った理由はその内容にあった。

それは、以前アズリーが受けた課題と同じで、魔育館内からアイリーンの制御するファイアを消す事。

これ以外に加えた条件、それは「魔法大学で学んだ事を発揮し解決する事」だった。安易に魔術を使い、課題をこなしたティファを前に、一学年のクラスメイトは騒ぎ慌てた。何しろ自分たちの知らない失われた魔術が、目の前で行使されたのだから。

今回アイリーンは、これを危惧して条件を付けたのだが、ティファには全く伝わらなかったようだ。

「ティファ、私が言った事が聞こえなかったかしら？　それでは課題をクリアしたとは言えないわよ」

「魔法大学に通い始め、リナお姉ちゃんに会い、アズリーさんに会って更に魔術を覚え、深めたのよ。あなたが言った事はクリアしているはずよ」

淡々と屁理屈をこねるティファに、アイリーンの青筋が肥大する。

この一ヶ月、クラスメイトたちはティファを避けてきた。理由は六法士であるアイリーンに対する態度もそうだが、一番はやはり、この冷たい瞳だった。

だから今回のこの一件で、アイリーンを怒らせた事で、更に溝を深めてしまうだろう。主《あるじ》の傍らでその様子を見守っていたタラヲがすっと立ち上がる。

普段は訳のわからない使い魔だが、仲裁してくれるのだろうか？　クラスの面々の脳裏にそう過《よぎ》る。

しかしタラヲの行動はその予想を超え、悠々と背中を見せて歩き、魔育館の隅に座り込む。そう、タラヲのとった行動は、和ではなく避難であった。

（ほんっと、どうしようもない生徒ね。これだけの人数の前で、堂々と魔術を使うなんてどうかしてるっ………）

額を押さえて困り果てるアイリーンだが、ティファの顔に反省の色は見られない。

魔育館を通りかかったトレースのおかげもあり、中断していた課題はその後も続けられたが、この日のクラスの面々の成績は散々なものだった。アイリーンから漏れる魔力にあてられ、皆が集中出来ずにことごとく失敗に終わったのだ。

実技が終わり、師アズリーと同じようにティファはアイリーンの部屋へと呼ばれる。

アイリーンの前に立つティファの目は、何か言いたげな六法士を見ず、窓の外に見える空を見つめている。

「何が目的なのよ？　頭の良いアナタが悪目立ちするような事をして？」

「別に…………」

口を小さく細めてそっけなく返答するティファ。

「あ、アイリーンよ。ティファは恐らくだな――――」

「黙ってなさい」

「はい」

一瞬で言葉を掻き消されたタラヲは、すぐに黙り口を押さえる。

沈黙が続き、答えを得られないと判断したアイリーンは、痒くもない頭を少し掻いて溜め息を吐く。

「理由があってそうしているのであれば、私はこれ以上は言わないわ。でも、忠告してあげる。そのやり方だと、敵を多く作るわよ。それだけは覚えておきなさいっ」

「…………………知ってるわ」

「……そう」

アイリーンが視線をドアに向け、ティファたちに退室を促す。

躊躇なく出て行くティファの後ろを、タラヲが器用に立って歩き出ていく。口を塞いだ手を離さないためだろう。

ドアが閉まり、アイリーンはティファが先程見ていた窓の外の空を見上げる。

「ったく、アンタより扱いにくいわよ……」

空に誰を描いたのか、アイリーンの瞳は一瞬優し気になる。

すぐに我に返ったアイリーンは頭を大きく振って自身を呼び覚ました。

「っ……もうっ」

再びツンとして腕を組みなおしたアイリーンは、床に足が着かない高さの椅子に身体を預けたのだった。

教室に戻ったティファとタラヲは、二人の席に戻ろうと階段型の教室を上る。

その間、周囲からの視線は冷やかなものだったが、ティファの瞳には敵わないようで、誰もがその視線を合わせようとしない。

自分の席の前まで着くと、ティファがピタリと止まる。視線は己が椅子に向けられている。

タラヲもそれに気づき、ようやく口から手を離して目を凝らした。

「ティファ、座席に設置着火型の魔法陣が描かれてるぞ？」

「そうね」

冷やかな返答にタラヲが目を向ける。

「しかし、これをどうにかせんと講義を受けられないのでは？」

「問題ないわよ」

「ほぉ？　どうやって解除するのか、ティファの腕、我が眼《まなこ》で見極めてやろうっ」

見栄を切りながら言う使い魔に再び冷やかな目を向けるティファ。

一瞬ビクリとするタラヲとクラスの面々。

「――――……なさい」

「ん？」

聞き取りにくかった主《あるじ》の言葉を再度拾おうと、タラヲは耳を近づける。

「アナタが座りなさい」

「へ？」

聞き取れた主《あるじ》の言葉を疑うような声が響く。

「大丈夫よ。ヘタクソな公式で大して魔力も感じないわ。回復魔法は得意だから、さ、どうぞ」

「いや、しかし……その……だな」

もじもじと答える使い魔に、ティファは淡々と続ける。

「逝くの？　行かないの？」

「一番タラヲ！　生かせて頂きます！」

唯一の活路を選んだタラヲ。

師とは違う方法でクラスからのいじめを回避したティファに、これ以降、間接的ないじめは起こらなかった。

当然理由は…………――

「解せぬ！　解せぬぞぉおおおっ！　熱っ！　うわっ、ちょっ！　あっつ！　これあっつっ！」

悲惨な思いをするタラヲという使い魔を見て、心が痛んだからに違いない。

136 乱戦

「ひぃいいいいいいいいいいいいいいっ!?」

「もぉおおっ！　何なんですかここはーっ!?」

全速力で逃げ回る俺とポチ。

「おぅらっ！　弾け飛べっ！」

「ギョォオオオオオオオオオオオオオオッ！」

戦い始めたら綺麗な顔も戦士のそれになる。聖戦士リーリアのイメージがぶち壊れる！

嬉々として笑いながらランクSモンスターである《インフェルノバグ》という紫炎色の巨大な蛾のモンスターの羽を飛散させている。

くそっ、どうやったらあの細腕にそんな力が宿るんだよっ!?

「はっはーっ！　トばしてるなリーリア！　大地割り！」

俺たちに狙いを定めていたランクSSモンスター、《マザー》。赤く溶解する身体をうねらせ、速度こそ遅いが、強靱な軟体が攻撃や魔法を吸収してしまう非常に厄介なモンスターだ。

だが………若い金髪優男のジョルノは、俺の知っている大地割りとは全く違う特殊技を見せた。

本来、大地割りとは、地走りのような技で、大地を砕きながら対象にダメージを与える技だ。ランクSの冒険者であれば、距離にして二十メートル先に届かせる事が可能な、戦士にとってありがたい遠距離攻撃である。

しかし、俺とポチの背後で起こっている事態は、決してそんな生易しいものではなかった。

大地が隆起し、躍るように砕け、割れ、地中にマザーを引きずり込んで行く。距離にして百メートルかあれっ。

黄竜の時もそうだったが、規格外にしても程があるだろうっ！

あれではマザーもひとたまりもない。

大地に食されるように消えていくマザーを見下ろす俺とポチ。

「あの二人…………人間ですか？」

遠目で戦う二人を追うポチ。

「ひゃっはーっ！　臓物をっ！　血をっ！　ぶちまけやがれっ！」

戦闘中のリーリアには極力近づかないでおこう。

「一、二、三っ！　よんっと！　ほら、リーリア！　雑魚がそっちいったぞ！」

あなたが雑魚と呼んでるそのモンスターは、ランクAの《アルファキマイラ》ではありませんか？

「獣のお前が言ってるとまた不思議だなおい」

ようやくしたポチへの返答。

「地の底が見えませんよこれ…………」

「きっと渓谷とか山はこうやって出来ていくんだよ」

「んな訳あってたまりますか！　全くっ！　これ一体どういう事ですかっ！」

「過去だよ過去！　俺たちは時空転移しちまったんだよ！」

「そんな事は気付きましたよ！」

「さっきな！」

「そそそそそんな事ないですよっ！　もう転移した瞬間に気付いてましたし！」

「ったく…………それが本当ならポーアなんて偽名は使わないんだよ……ったく」

俺の愚痴のような言葉にポチが首を傾げる。あえて「偽名」の部分は小声で言ったのだが、どうやらまだ気付いてないみたいだな。

「あの二人、おそらく聖戦士のジョルノとリーリアだ。それで、俺たちもよーく知ってるおとぎ話には……もう一人誰が出てくるんだよ？」

「ん…………？　確か物語の最後に、『勇者ジョルノ、戦士リーリア、魔法士ポーアの旅が終わる。人知れず消えていく彼らの存在に、後の人々はこう呼んだ。聖戦士と……』でしたっけ？」

「魔法士？」

「ポーアです」

「俺は？」

「マスターです！」

知ってる知ってる。

「シロが俺に付けた偽名は何だってんだよ！」

「…………………………………ポーアですね」

「ポーアだよな…………」

　さて、そろそろ耳を塞いでおくか。

「あぁあああああああああああああああああああっ!?　まままままままさかっ!?マスターがっ!?」

「ないない。今すぐジョルノたちに偽名だと話して――」

「なーに言ってるんですかっ！　あの規格外の力を間近で見るチャンスですよ!?　それに本当にこの世界がマスターが生まれる数十年前だとしたら、必ずあるはずです！《限界突破》の超古代魔術が！」

「むぅ、確かにそれはそうだけど…………」

　確かにそうなんだけど…………。

「アハハハハハッ！　己の無力さを嘆き悲しむがいい！　良かったわね！　世界の終わりの前に死ぬ事が出来て！　ハハハハハッ！」

「はぁ、被害範囲を抑えるのも苦労するなこの数は……あー、面倒だね。ったく」

　…………。

「あいつらの側にいたら命がいくつあっても足りないぞ？　見ろ、俺たちが手こずったアルファキマイラが素手で振り回されてる」

「マ、マスターだってダイナマイトで倒したじゃないですか！」

「よく考えろよ！　根本的な身体の作り自体が違うだろありゃ！　確かにトゥースも凄かったが、これはどう見ても別格だぞ!?　聖戦士並みの力ってのは本当だったのかよ!?　あいつっ」

「それはわかりませんよ。私たち、トゥースさんの全力を見た訳じゃありませんし」

「とりあえず、次の街だ。次の街に着いた段階であいつらとは別れよう。それまでは俺とシロで協力してだな――――」

「あ、ポーア！　そっちにアダマンタートルが行ったぞ！」

「くそ、一体なんなんだよ！　このモンスターの数はっ！　ほいのほい、オールアップ・カウント2&リモートコントロール！　シロ、いつも通りだ！」

「アウッ！」

ランクSモンスターのアダマンタートル。現代にはいない絶滅したモンスター。確か二千年程前にはもういなかったと聞く。

こりゃもう…………考えたくはないが、飛ばされてきてしまったんだろうな。

「ほほい、ディスペル！」

確か、アダマンタートルには常時掛けられている物理攻撃耐性のシールドがあったはずだ。

まずはそれを解除する。

「…………へえ。リーリア！　ポーアさん結構やるぜっ？　動きとかは全然だけど！」

「ふんっ！　あんな雑魚一匹蒸発しようが旅には支障ないわよ！　きぃいいいいいいいぃぇえええっ！」

あなたが「付いてくる？」とか聞いてきたはずですが？

おそらく戦闘が終わるとまた落ち着くんだろうな、あの人。

それにしても、この世界への時空転移は一体どうして起こったんだ？　あのトラップの魔法式。

確かに今思い出してみれば俺が昔考案していた時空転移魔法にそっくりだった。

だが、あんな魔力量一体どうやって確保する？　単純計算で俺の魔力の三倍から五倍は必要だ。それも一瞬で……。

となるとやっぱり神か？　いやいや、信仰がない今、それほどの力をあの段階で出す事は
…………いや、待てよ？

俺たちは今まで神への祈りを必ず行ってきた。食事前は必ず。それも、ポチズリー商店の全員でだ。

この二年間、それが積もり積もって神の力となったのかもしれない。それならば説明出来る。俺たち二人をこの時代に飛ばす事が出来たのも。

「シロ、腹だ！　身体を起こさせろ！」

「おまかせぇぇぇぇぇぇ、をっ！」

見えた！

ポチが巨体を使って体当たりで起こしてくれた腹に狙いを定める。今だ！

「ポチ・パッド・ボム！」

「な、なんですそれはっ!?」

ポチにも初披露となるポチ・パッド・ブレスの劣化版。水で出来た肉球の球体を飛ばし、触れた瞬間に爆発させる魔法だ。

威力はポチ・パッド・ブレスに劣るが、使い勝手の良い俺のオリジナル魔法だ。

腹部にそれを受けたアダマンタートルは、後方に吹き飛んで背中の硬い甲羅を割りながら岩壁に

叩きつけられた。

「エアクロウッ！」

そしてポチの追い打ち。小さな鳴き声を遠くで響かせ、アダマンタートルは絶命した。

◆　◆

戦闘が落ち着き、最後のモンスターとあの二人が戦っている間、俺はポチに怒られていた。

「なんですかあの魔法はっ！」

「この前完成した水魔法だよ」

「そんなのは見ればわかりますよ！　問題は名前です！　もっと可愛いのに出来なかったんですかっ！」

そこかよ。

「……例えばどんな？」

「そうですねぇ、ポチ・プリティー・ビューティフル・エクセレントとかどうですっ!?」

「よく自分をそこまで褒め称えられるな。それを戦闘中に叫んでスウィフトマジックを起動するにも勇気がいるぞ」

「まぁ、いいじゃないですか！　ちょっとその件、ちゃんと考えておいてくださいよ！」

何だかんだで、自分の名前が魔法に付いて嬉しそうではあるな。

好きな食事が出た時並みに尻尾が振られている。

「はいはい……ったく。お、終わったみたいだな」

二人が納刀している姿が見え、俺はそう言った。

「……おいポチ」

「何です？」

「偽名の件、気を付けろよ。俺はポーア、お前はシロだ。わかったな？」

「心配なのはマスターだけですよ。私はマスターの事マスターとしか呼びませんから」

それはそうだが、ポチのヤツ、真剣に話す時は俺の事アズリーって言ったりするのを忘れてないだろうか？

おっと、ジョルノとリーリアが戻って来たな。

「さぁ、ここら辺は片付いたみたいだから先に進もうぜ。明日にはソドムに着きたいからねぇ」

「はい」

「はいですー！」

「ポーア」

「は、はい！　リーリアさんっ！　何でしょうっ!?」

既に元には戻ってるようだが、俺……この人ちょっと苦手かもしれない……。

「アナタ…………………弱すぎ」

多分、この世界で一番の課題はそれだろう。

こんなところにいたら、俺たちは一日…………いや、一時間持たないで死ぬだろう。

これが、神話の世界か……。

137　ソドム

俺たちが飛ばされた場所。

それはほぼフォールタウン南部のあのダンジョン付近であっていた。

五千年は遡っているものの、どことなく知った風景や山々が存在する。

だとすると、ここから北上すればフォールタウンになる場所に着くのだろう。

もしかして、それがさっきジョルノが言ってた「ソドム」ってところか？　あの時代の地名はほとんど覚えてないからなぁ……。トウエッドが昔からあったのを知ってたからあの時ジョルノに嘘を言えたんだ。それについてリーリアが確認しなかったのは運が良かったとしか言えない。

で、そのリーリアだが…………俺を「弱すぎ」と一瞥した後、ずっと俺に見向きもせずに先頭を歩いている。

俺の隣には、呑気に欠伸《あくび》をしている勇者ジョルノ。

そういえばさっき鑑定眼鏡で見た時、全てのステータスを見る事が出来たな。本当はトゥースで試したかったんだが、どうやら成功していたみたいだな。この一ヶ月、鑑定眼鏡の能力も向上させておいて良かった。

まぁ、あの桁違いの能力を見た瞬間、これは失敗と思ったんだが、あれ程の戦闘を見せられては仕方ない。

　しかしこの二人、現段階では「聖戦士候補」となっていた。これは一体どういう事だ？　他にも候補がいるという事だろうか？

「それにしてもポーアさん。アンタ、この時代に魔法を使うとは珍しいね」

「そうですかね……はは」

「魔法なんて膨大な知識量を使うもんは、長命なエルフの連中に任せておけばいいと思ってたんだけど、アンタの知識量は確かに凄い。相当な努力をしたんだろうな」

　そうか、エルフの寿命は確か二百年から三百年程だった。

　魔法は人間が編み出したものだが、いざ手をつけるとなると長命なエルフがやった方がいいのか。

　だが、思った通り………この時代のエルフはまだダークエルフとは呼ばれていない。トゥースの話じゃこの頃から呼ばれ始めたと言っていたが、間違いだったのか？

　半信半疑だが、魔術もまだ存在しないと思っておいた方がいいか。いや、まぁ俺たちのこのレベルじゃ……使わない訳にはいかないんだろうけど、この二人の前で魔術を使って大丈夫か？

「見えたわ。ソドムよ」

　目を細めて遠くを見つめるリーリアの肩越しに、俺もそれを捉える。

　飛ばされた場所から歩き、走り、襲われて一日。ようやく着いたようだ。

　しかしこの場所……やはりというか何というか……。

「マスター、あれって……」

「あぁ……」

この要所を街にしておかない手はないよな。

造りや街並みは全く違うが、あれは正にフォールタウンと同じ場所。

「いや〜、相変らず殺風景なところだねぇ」

「そんな事はどうでもいいわよ。それより、ポーアのお守りにも限界があるんだからちゃっちゃと向かいましょう」

「へいへ〜い」

聖戦士候補の厳しいお言葉。

俺には苦笑するしか出来ない。当然ポチも同じ気持ちだろう。

ジョルノも否定をしないって事は、少なからずそう思っているんだろう。

くそっ、何が何でもこの世界で力を付けてやる。俺たちが過去に飛ばされたのには理由がある。絶対にだ。

戻りたくない訳じゃないが、戻る手段を探すのと並行して自分を強化すればいいだけの話だ。

ここで力を付け、その解を元の時代へ持って帰る。少なくとも、俺の役目はそれだと思っている。

「ぷぷぷぷ、マスター……お守りですって！　あー、おかしい！」

おや？　同じ気持ちのはずじゃなかったのかな？

◆　◆

あの二人には、感謝感謝……そして感謝をし、ソドムの入り口で別れた。

ポチが同行を勧めていたのに、別れたのは理由がある。

確かに側にいた方がいいのだろうが、側にいるという事は、側にいられるだけの力を持たなければいけないという事。

足手まといになっては、歴史が変わりかねない。

だからこそ俺たちは、初心に返らなければならない。

しかし、あんな危険なモンスターが闊歩しているというのに、街の警備があの程度で大丈夫なのだろうか？

と、思ったのが間違いだった。鑑定眼鏡で見ると、門を見張る男、女たちの実力たるや平均レベル百八十と、俺の知らない世界の住人だった。

とんでもない実力者が集まっているのか、これが普通なのかはわからないが、それを確かめる必要があるだろう。

俺とポチは、この時代の冒険者ギルドへとやって来た。造りは古いが新しい建物だ。そう、ここに入り、この時代の冒険者たちの実力を見ておくのだ。

ふふふふ、我ながら頭が良い。

「…………あぁん？」

見るからに悪人面の男が…………受付だった。

扉を潜るなり、眉間に寄る皺と殺意を同時に目にしたのは初めてかもしれない。

「誰だよお前？　見ねぇ顔だな？」

「魔法士のポーアといいます。冒険者の登録をしたくてここへ来ました」

俺が名乗ると、男は見定めるようにジロジロと睨んできた。

足下から頭頂部まで、それはもう気持ち悪いくらいに見られている。

「ふん」

俺から目を切った男は、ポチに視線を移し、またもや同じ事を繰り返す。

ポチはポチで胸を張って、見てもらう事については嬉しいようだ。視線は気にならんのか、お前は。

「こいつの名前は？」

「シロといいます」

「……ふ～ん。このご時世にこんな動物と契約するとは…………物好きな男だなお前。そんなんで冒険者やる気あんのか？」

これは、「何故モンスターや、強力な獣と契約しなかったのか？」と聞いてるんだな。

なるほど、種族で使い魔の実力を見る典型的なタイプみたいだな。

ポチは一瞬ムッとしたが、怒りはしない。こんな事はある意味日常的な事だからだ。元の時代でもそれはあったし、使い魔を差別する者はいる。

ポチはポチなりにそれを理解しているからな。

「はぁ～あ、めんどくせ。とりあえず、それに手を乗っけな」

男は顎先でそれを指し、俺の視線を誘導した。

カウンターの前には、強力な魔力を帯びた小さな魔法陣があった。いや、これはもしかして
…………？

「さっさと乗っけな、俺ぁ忙しいんだよっ」

そう急かされ、俺は言われるがままにそこに手を乗せる。

こんなものは現代にはなかった。一種の儀式か何かだろうか？

すると、身体が一瞬金色に光り、そして身体の周りの空気が渦巻くようにゆらゆら覆い始めた。

それを確認した男は、ポチにもやれと促し、ポチもそれに従った。

二人の身体を覆う金色のオーラ…………これは一体？

男は指をとんとんと動かし、カウンターを叩いて鳴らしている。どうやら何かを待っているみたいだ。

すると、俺の身体を覆っていたオーラが飛散した。と、共に脳内に流れる音。

………………………………これは？

「っ！　こ、これはまさか……レベルアップッ!?」

「あんだよ、どんな田舎に住んでたんだよ？　レベルアップは初めてか？　ポーアさんよぉ？　この世界でも皆、これを使ってレベルアップすんだよ」

「あの、モンスターを倒した時では……」

「それはレベル百までだ。百一以降はこうして、《限界突破》の魔術陣に触れてレベルを上げるんだよ」

「なっ!?　これが限界突破の魔術陣っ!?　なんでこんなものがここ――――」

俺が驚いている中、それ以上の声でそれを止めたのは、隣でオーラを飛散させたポチの声だった。

「まままますたぁああああああああっ!?　頭の中でレベルアップのファンファーレが止まりま

せんよぉおおおおっ!!」

「ど、どういう事だよそれっ!?」

「別に驚く事じゃねーよ」

やれやれという感じで肩を小さく上げた受付の男が、面倒臭そうに説明する。

「レベル百になってからこれまで、それ程の敵を倒してきたって事だろ？　別に珍しい事でもねぇよ」

そ、そうか…………ポチは大分前からレベル百になっていた。

という事は、それが解放された今、蓄積されたＥＸＰ《経験値》が正常な数値になり、一気に…………。

「つーかお前たち、レベル百でよくこの最前線へやってきたな？」

「最……前線？」

「見たところお前、レベル百一だろう？　そんなレベルでこんなとこに来るとか……自殺志願者か何かか？　ハハハハッ」

「…………」

「お、治まりました………」

「どんだけ使い魔をこき使ってたんだか…………。寝首をかかれねぇようにしな、新顔《ニュービー》。ハハハハハッ！」

受付の男が大きな笑い声を上げると、ギルドの中は笑いの渦となって俺の耳を叩いた。

だが、俺にそんな事はどうでもよかった。

第一に、この世界には既に魔術が存在する。

第二に、限界突破の魔術は設置型、そしてどうやって作ったか超小型の魔術陣だった。

第三に…………俺は……いや、俺たちは——

「マスター……私のレベルは一体……？　頭の中でファンファーレが三十回程なったのはわかったんですが……！」

ポチ
LV：132
HP：5611
MP：1498
EXP：2981631０
特殊：ブレス《極》・エアクロウ・巨大化・疾風・剛力・軽身・剛体・攻撃魔法《下》・補助魔法《中》・回復魔法《下》
称号：上級使い魔・極めし者・狼聖・番狼・魔法士・要耳栓・名付け親・菓子好き・愚者を育てし者・疾《はや》き者・剛の者

「ひ、百三十二だ……」

「百三十二っ!?」

アズリー
LV：101
HP：3129
MP：35277
EXP：109884401
特殊：攻撃魔法《特》・補助魔法《特》・回復魔法《特》・精製《特》・剛力・剛体・疾風・軽身
称号：悠久の愚者・偏りし者・仙人候補・大魔法士・上級錬金術師・杖豪・六法士（仮）・恩師・ランクS・首席・パパ・腑抜け・SS殺し・守護魔法兵（仮）・剛の者・疾《はや》き者・使い魔以下

この時代に来て……たった二日。
俺たちが探し求めていた《限界突破》を見つけてしまった。

138　マサキとランドルフ

「ふふん！　百三十二！　百三十二ですよ、マスター！」

「……あぁ、よかったな」

「それで～、マスターはいくつでしたっけ～」

この横目でニヤニヤする使い魔を早くなんとかしなくちゃいけないんだが、それよりも今は色々と考えなくちゃいけない事がある。

受付の男に詳しい話を聞くと、どうやらあの魔術陣に手をかざさなくちゃ、蓄積したＥＸＰ《経験値》を解放出来ないようだ。

つまり、あの魔術陣の公式を何とか取得するしか、現状元の時代に戻っても意味がない。

かといってその秘密がわかる訳もなく、冒険者ギルドの人間がそれを教えてくれるとも思えない。

しかし、ここで一つの謎が出来る。それはトゥースの存在だ。

あいつのレベルは、自称二百七十四だと言っていた。

この五千年で上げたにしては低いが、根っからの引きこもりだからな、あいつは。とまぁ、それは俺が言えた事ではないんだが、あいつは確かにその場でレベルを上げていた。こうしたひと手間を加える事はないはずだ。これはもしかすると、あいつの言っていた《限界突破》と、ここでの

《限界突破》の魔術は、似て非なるものなのかもしれないって事だ。

出来ればどちらの秘密も知りたいところだ。

「百一さん百一さん」

「誰だよその百一さんってのはっ！」

「百三十二は思うのです。こんなところで何をしているのか、と」

いつの間にか名前が変わった俺たち。

そう、それより何より、俺たちは今、最大級の問題に直面し、膝を抱えながら冒険者ギルドの前に座っている訳だ。

それは――――

「仕方ないだろ、金がないんだ。金が……」

「稼げばいいんじゃないですか？」

「無理だ。聞けばここは魔王軍と戦う最前線の街。どの討伐依頼も今の俺たちにクリア出来るものじゃなかった。他の街に行こうにも、護衛を雇わなくちゃならないぞ？」

「確かにそうですけど……」

「くそ、結局金なのか。愛だの友情だのあろうが、それを育むには金が必要だって事か！　おのれ、ちょっと賢者のすゝめに書いておこう」

と、俺がペンをとり、懐から賢者のすゝめを取り出そうとすると、後頭部に軽い衝撃を感じた。

「あいた。って、何すんだよ!?」

「正座」

「あん？」

「ちょっとそこに正座しなさい、マスター」

何やら怒っていらっしゃるポチさん。こういう時のポチには反抗してはいけない。何せ、過去に一年口をきいてくれなかった事もあるくらいだ。

俺はポチに言われるがままに正座する。

「シロさん、ちょっと地面が痛いです」

「我慢してください」

「はい……それで、どうしたのでしょうか？」

「いいですか、マスター？　我々は冒険者ですが、出来る仕事がない以上、何かやらなくてはいけないのです！」

「でも――」

「でもじゃありません！　見栄を張っている時ではありませんよ！　とにかく今は仕事を見つける時です！」

……なるほど。

確かにポチの言う通りではある……か。

◆　◆

「いらっしゃいませぇっ!!」

「あら、新しい人？　大変よねぇ、ここも入れ替わりが激しくて……あ、おカボチャ一つと、お玉ねぎ二つ」

「へい！　あ、奥さんこちらのレタスはどうでしょうっ！　新鮮でみずみずしくて美味しいですよ！　お肌にもいいですからね！　美人な奥さんですが、更に美しくなれるかと！　さ、いかがです？」

「もう、ゃぁ～ねぇ。お上手なんだからっ。仕方がないわ、そのレタスも二つお願いしちゃおうかしらっ」

「へへ、毎度ぉっ！」


「おい、何か向こうで大食いのマサキが大食い勝負に負けて、賞金とり逃したってよ！」

「まじかよ、あのマサキが!?　一体誰だよ、マサキに勝ったやつって!?」

「なんでも、誰かの使い魔って話だぜ!?」

「お、おう……ちょっと見に行ってみようぜ！」

「おしきた！」

◆　　　◆

「……いらっしゃい」

「おうおう、随分若ぇ店番だな？　そんなんで武具扱えんのかよ？」

「……扱うのは親方なんで」

「ふん、雰囲気だけは一丁前じゃねぇか。おら、預けてた武器、出せよっ」

「……引き換え票はお持ちで？」

「ったく、おらよ」

「……毎度」


「おい、あのマサキに勝ったやつ！　ついに大食い四天王のランドルフを打ち破ったってよ！」

「まじかよ、あのランドルフが⁉　だがやつは四天王最弱……。キャミィやフドウ、そしてジャンボには敵うまい」

「それがよ、今向こうで四天王最強のジャンボと勝負してるって話だぜ⁉」

「お、おう……ちょっと見に行ってみようぜ！」

「おしきた！」

◆

◆

「おにーさん♪」

「なんだよ気持ち悪ぃな……」

「いやー、最近大変じゃないです？　魔王軍の侵攻とかで～、お疲れじゃないですか⁉」

「あっれ～、あんちゃんそっちの人⁉　こんなとこで客引きなんて珍しいなっ」

「こっちの方が〜、屈強なお兄さん方が多いと伺ったので」

「かっかっかっか！　口がうめぇなあんちゃん！」

「うち〜、いい子揃ってますよ〜？　どうですー？　可愛い女の子に愚痴の一つや二つ……こぼしてみませんか〜？　今なら空いてる時間帯ですから女の子二人つけられますよ〜？」

「いやー、参ったな〜。ちょっとは負けてくれんだろうな？」

「へい、あっしにお任せくださいっ♪」

「おい、超新星のシロって使い魔が、遂に大食いクイーンのリーリアに挑戦したらしいぞ！」

「まじかよ、あのリーリアに!?　ジャンボ二人分って言われる最強の胃袋の持ち主だぞ!?　何もんだそのシロってやつぁっ！」

「とにかく今から始まるらしいから見に行こうぜっ！」

「おしきた！　悪ぃなあんちゃん。また今度行くから、そん時は宜しくな！」

「へへへ、かしこまりました〜♪」

◆　◆

「おいポチ、お前俺の客取るんじゃねーよ！」

宿に戻り、扉を開けて早々に、ポッコリ膨れた腹をポンポンと叩くポチを怒る。

呼び方の使い分けが馴染んできたような気がするな。これなら間違える事はないだろう。

「けぷっ……いやー、食べました食べました。しょうがないじゃないですか。いつの間にかギャラリーが増えちゃって……うっぷ……」

「んで、リーリアには勝てたのか？」

「えぇ、圧勝でした！」

　圧勝なら腹に余裕もたせて食べればいいのに……。

「まさか聖戦士候補とあんな再会を果たすとは思いませんでし――ぷぅっ」

　そのお腹、押したら身体の体積以上のモノが出てきそうだな。

「ったく、こんな事のためにポチビタンデッドを作った訳じゃないのに……休み無しで働き詰めとは……」

「でも、そのおかげで、結構お金貯まりましたよね？」

「お前の賞金とやらがとんでもない額だしな。この時代の金で三万ゴルドは貯まったはずだ。これなら護衛を雇って比較的落ち着いた土地に行けるはずだ」

「おー、それは良かったですー！　それなら……最後にひと稼ぎして来ますかね！」

「え…………まだ食うのかよ？」

「最強の敵が…………私を待っているのです！」

　何故か、ポチの背中は大きく……当然お腹も大きかった。

　あいつ、何で太らないんだ？

　それよりも最強の敵って誰だろう？

ポチ曰く、大激戦の末に勝てたらしいけど、ホント、誰と戦ったんだろう。

そのおかげで必要以上の資金も貯まり、ワンランク上の護衛をお願いする事が出来た。安全マージンってのは大事だからな。

ソドムとの縁はほとんど無かったが、この一週間、色々な事を学べた気がする。

そして今、ソドムの北門前で冒険者ギルドを介して雇った護衛を待っているところだ。

「遅いですねー？」

「まさか騙されたか？」

「いくら古代とは言え、冒険者ギルドが騙すのは流石《さすが》にないと思いますけど……む？」

ポチが上空に反応し、俺もそれに続き、仰ぐように上空を見て、振り返りながら背後に降り立つ二人を見る。

「あ」

「あ」

「あ」

「…………こいつらか」

何故引き合う。

何故引き合わせるのだ……神よ。

俺たち二人の前に現れた二人は…………一週間前に護衛をしてくれた二人だった。

139　スプーンを持て

「ホントにやるんですか、マスター？」

「やっぱり今の戦闘方法だと、どうしても俺がモンスターに止《とど》めを刺すパターンになる。そうなると身体を張るシロにＥＸＰ《経験値》がまわらないしな。今まではシロのレベルが最大になっていたからしなかっただけだ。となると………これしかないだろう」

「マスターが私のレベルに追いつくまでは……って事でもいいんですよっ」

ふふんと鼻を鳴らしてポチは言った。

いつもは本当に皮肉に感じるが、こういう時のポチは真面目で、これが照れ隠しだという事はわかる。

ジョルノ、リーリアとともにソドムを出て半日。外敵から見つかりにくいワイバーンの巣を発見し、そこで休憩をとる。

後方は崖、前方は森以外細い獣道のみとなっている。本来この道を使う人間は少ないが、冒険者たちはブルネアに続く近道として好んで利用するようだ。

ランクＣのワイバーンではあるが、群れを成すと脅威はランクＳに匹敵し、そんな討伐が冒険者ギルドに依頼されると、当然それに見合った難度となる。

勿論そんな危険な場所で休憩する命知らずはいないが、つい今しがた、ジョルノの特殊技、《ブレイブレイド》で一瞬で一掃されたんだ。

あれこそ正に一閃という技だった。俺の目には単純な横払いに見えた攻撃は、後に聞いた話では縦横無尽の十二の斬撃を飛ばすものだと言っていた。

斬撃を飛ばす技は確かに存在するが、これだけの広範囲、高威力のものは初めてお目にかかった。

従来……と言うのもおかしいが、魔力を剣先に込め、剣速を上乗せして放つらしいが、俺の時代の戦士であれば、一撃を放つにしてもその「溜め」が絶対に必要だ。

だがジョルノは溜める素振りも見せず、一撃一撃を見えない速度で放ち、尚且つ威力は強力とてもお得で気軽な感じでそれを使っていた。

かの黄竜もこの技で仕留めたのだとか言っていたが、これなら奴に速度負けしなかったのも理解出来る。

この時代の近接戦闘型の人間と、俺がいた時代の戦士の違いをレベル以外で挙げるならば、こういった魔力操作によるものが大きいのかもしれない。

戦士としては余りある魔力を無駄なく利用し、戦闘に活かす。

本質的に言うならば、技を発動する際に魔力を使っているのがブルーツたちで、技の中にある動きの一つ一つにすら魔力を使うのがジョルノたちだ。

現代の魔法士よりも卓越した魔力操作技術。これだけで戦闘がいかに楽になるかが理解出来る。

勿論それには保有する魔力が強大でなければならないというのが実状だ。限界突破が出来るこの時代だからこそ伸びた力だろう。

ポチのレベルが三十二も上がった時に気付いたが、レベルを百を超えた段階でＨＰとＭＰの向上率が飛躍的に伸びていた。そしてそれは動きにまで顕著に表れ、攻撃力、速度、反応速度ともに劇的に変化した。

もうポチ一人でランクＳのモンスターと対等に戦える程に。

しかし、まとまったモンスター群を一掃する時、強力なモンスターに止《とど》めを刺す時は、どうしても俺の魔法になりがちだ。

だから今回、ポチと話した末、使い魔契約の上書きをする事にした。

これは、互いが得るＥＸＰ《経験値》を均等に分配するための必要項目を付け足すものだ。

これによって、俺がモンスターを倒そうが、ポチがモンスターを倒そうが関係なくＥＸＰ《経験値》を得る事が出来る。

三年前、あのダンジョンから旅立つ時に、ポチのレベルを利用してこれを行おうとしたが、実戦経験なくレベルだけを上げる事を危惧したポチは当然それを断った。

だが今回はそうじゃない。俺もポチも理解しているからこそ「本当にいいのか？」と心配するポチと、「本当にいいんだ」と返答する俺の構図が出来上がった訳だ。

「――これでよし……っと」

「おや？　案外すんなりとおわりましたね？」

「結構簡単なもんだからな。使い魔契約の公式の上書きと、シロの意思の確認だけだし。それに、こんな簡単な魔法を失敗する程、俺も馬鹿じゃないって事さ」

「おい、そこのお馬鹿」

はい、馬鹿です。

「なんでしょうリーリアさん……？」

「必要ない時に魔力を使うなんて非常識だぞ。近くにモンスターがいた場合、微弱な魔力だと判断されて捕食対象になるわよ」

「あ、あれ？　ここら辺のモンスターは、そんなに魔力に対して敏感な感覚をもっているんですか？」

「魔王の胎動期が始まった時、国からそう発表されただろう？」

「あ、あぁ……えーっと………ハハハ……」

俺の様子から察したのか、リーリアは呆れた顔で溜め息を吐いた。

なんだろう、いつも見ているアイリーンの溜め息とは違った、完全に呆れられた目と表情。美形なエルフの顔がここまで歪むのかという程の印象だ。

「おいジョルノッ、こんな護衛契約なんて破棄してさっさとブルネアに行こうよ！」

「はっはっは～、馬鹿言うんじゃないよリーリア。お前が大食い勝負で負けて場の支払いをさせられたからこその護衛だぞ。目的地にも向かえて尚且つ金も手に入る。一石二鳥だって喜んでたのはお前だった気がするけど、別人だったか～？」

ニヤニヤと皮肉るジョルノに、悔しそうな様子のリーリア。おそらく敗北した時の様子を思い出しているのだろう。

そうか、そんな理由があって……。

ジョルノたちの金が無くなり、その金を俺たちが得て、ジョルノたちへ支払う。

なるほど、世界の金はこんな身近なところでも回っているんだな。賢者のすゝめに書いておこう。

だがしかし、リーリアの視線だけは理解できない。何故俺を睨むのだろう？　リーリアに勝利したポチにこそその視線を向けるべきではないのだろうか？

「だけど、ポーアさんがいると旅が遅くなるのは事実だ」

せめて俺のいないところで依頼主の愚痴をこぼして欲しいのだが、ジョルノ君？

「という訳で、ポーアさん。疲れてなければ付いて来て欲しいんだけど？」

「あ、えぇ。大丈夫ですけど……」

俺はポチを置き、案内されるがままにジョルノの後ろに付いて歩いた。

崖を軽く飛び下りるジョルノと、フウァールウィンドを使って下りる俺。一瞬自殺志願者かと思ったが、何でこんなに簡単に着地出来るんだ？

これもレベル差の問題か？　それとも金剛体の技を使って？

そんな考えを巡らせていると、ジョルノは足を止めて崖の真下を指差した。

先に見えるのは広大な森林。そしてその中心にぽっかりと空いた広場のような草むらがある。そこには米粒のような存在が動いている。

あれは…………マスターゴブリンの群れ？

そう理解した俺はジョルノに向き直った。その時既にジョルノは、人差し指を立ててにっこりと笑っていた。

「一つ、マスターゴブリンは飛べない。一つ、マスターゴブリンはこの崖を上る術を持たない。一つ、マスターゴブリンはここまで攻撃を届かせる術を持たない――――」

「え、ちょっと――――」

「一つ、ポーアさんの魔法ならマスターゴブリンを一掃出来る。さぁ、頑張っていこ～」

にこやかに、それはそれはとてもにこやかに贈られた言葉だった。

ランクAのマスターゴブリンの群れを、遠隔魔法攻撃で蹴散らせと言っているのだ。

あの数、とんでもない数だ。二百匹はいるだろう。

戦ってみて気付いたんだが、やはり胎動期のモンスターはとても強力になっている。

あの神の使いの爺さんが一段階力を上げると言っていた理由がわかった。ランクが丸々一段階上がるという訳ではないが、やはり強い。

しかし、それに伴って得られるEXP《経験値》も増えていた。

ならば、ランクSに近い実力を持ったマスターゴブリンをこの数だけ倒せれば、俺もポチも、少しはレベルが上がる。ジョルノはそう判断したのだろう。

「でも、これでいいんですかね？　実戦を積まずしてレベルだけ上げるような事で……？　それに先程リーリアさんに魔力を使うなと――」

「ポーアさん、今あなたは実戦の場に立つ事すら許されないレベルだ。赤ん坊が食事をする際、母親に食べさせてもらうように」

赤ん坊を例えに出されると、非常に情けなくなってくる。

「せめて、スプーンくらいは持てるように力をつける。これに関して……どこか間違ってるかい？」

ふーむ……複雑な気持ちだが、確かに一理ある。

ブルネアに着いたら二人とはまた別れるだろうし、それまでは勉強させてもらうか。

問題はブルネアに着いた時どれだけレベルが上がってるか……だな。

「僕もここで見物させてもらうから、危ないモンスターが近付いて来たら僕が代わろう。お金は多めに貰ってるからね。これくらいはサービスしとくよ」

「ははは、助かります」

俺の苦笑に笑顔で返答するジョルノは、「さぁ」と促して俺を見た。

この規模、この数ならばポチ・パッド・ブレスがいいんだろうが、周りの被害を考えると、的確に狙った方がいいだろうな。

「よぉおおおっし！　……ほいのほい、オールアップ！」

ジョルノがにこやかに見守る中、お馴染みの強化魔法を使った俺は、杖先をマスターゴブリンの群れに向けた。

１４０　三つ巴改め、三つ巴

ブルネアに向かう途中、休憩、休息の度に俺はジョルノが見つけた穴場でモンスターを殲滅した。ある時はオーガの集団を水葬し。ある時はリザードマンの巣を水で埋め。そしてマンドラゴラトレントの森を崖の上から焼いたりしていた。

最近モンスターが可哀想になってきたが、どれも人間にとっては危険な存在である事には違いない。戦場では情けは無用……か。これはブルーツに教わった事だ。そういえばあいつ、元気にしてるだろうか？　あいつの事だ、元気にやっているに違いない。

定期的にレベルを上げたかったのだが、途中訪れた街に限界突破の魔術陣は存在しなかった。やはり貴重なものだという事か。小さな街や村にはなくて、要の土地でそういった貴重なものが置かれる。ブルネアにはあるらしいが、それまでレベル百一というのも大変だな。

俺が遠隔攻撃でモンスターを討伐しているその間、ポチはリーリアと二人きりな訳だが、特に話はしていないようだ。

ポチの胃袋に嫉妬しているのか、食事の際、張り合うように食べてるのは目に見えてわかるんだけどな。最後の休憩地点、ここより先はブルネアまで一気に向かうという場所で、俺とポチは既視感を覚え、それを見上げた。

「巨人の通り道ですね……」

「て事は、やっぱりブルネアってのは……」

そう、ベイラネーアの事だ。訛りとか響きとかの関係でそう残ったのだろう。

となると、ベイラッドドラゴンから変化した名前のバラッドドラゴンは存在しないのかもしれないな。

「お、ようやく知ってる場所に出たかい？　ブルネアに行く途中、ここは必ず通るからねー」

「ジョルノ、乾きの砂漠からでも回りこめるわ？」

「あーダメダメ。あっちにあったアランの街。どうやら滅びちゃったらしいよ？　あの街で休めなかったらほぼノンストップでブルネアまで行かなくちゃいけないから、今となっては大規模なパーティじゃないと通り抜けるのは無理だろうね」

「アランの街がっ？　初耳ね……」

「この前商戦団と会ったろ？　その時僕も聞いたんだ」

「アランの街はどうして……？」

「絶望の使徒を街に招いちゃったみたいだね～。初めは有力者から始末してたみたいだけど、壊した要所からモンスターを呼んで、呆気なく……だそうだ」

現代の乾きの砂漠近辺に街は存在しない。なるほどな、この時代に滅ぼされてしまったのか。

だが、絶望の使徒………そこまで知能が高いのか。

人間の姿になれる存在だと言っていたが、本当にランクSSのモンスターが変異したものなのか？　もしかしたら神の使いが言っていた事は違うのか？　しかしあの爺さんが嘘をついてるとは思えない。

「けど、あの街の心眼使いは何故それを見落としたの？　最悪の失態じゃないっ」

語気を強めてリーリアが言った。同じ心眼使いとして悔しいのだろうか。それとも恥じているのだろうか。

「流石にそれはわからないさ。あの規模の街となると、心眼使いは一人しかいないだろうし、過労による疲れからか……………もしくは察知されない使徒だったのか……どう思う？　ポーアさん？」

「あ、えっと………心眼が効かない使徒なんているのでしょうか？」

「現状は確認されていない。だが、敵さんも馬鹿じゃないからねぇ～。心眼使い同士であれば見破れないから……そこを突いてきたのかもね～」

ジョルノはこんな事を軽く言うが、本当に勇者なのだろうか？

「という事は、ジョルノは我らエルフの中に魔王軍の味方をする者がいると言いたいのか？」

リーリアが目を細めて剣の柄に手を置いた。あぁ、そういえば彼らエルフは誇り高い一族だと聞いた事がある。

トゥースは通り越して我儘なだけだが、一瞬空気が割れた気がするぞ……。

「そんな事は言ってないさ」

「ではどういう意味だ」

「身体を乗っ取られでもしたら起こり得る事だって言ってるんだよ。今は――――」

「あっ」

三人がばっとこちらを向く。急に思い出したから思わず声が出てしまった。

「どうしたんだい、ポーアさん？」

「いや、魔法か魔術なら出来るんじゃないかなーって思いまして」

「魔王軍の中でそれが使えるのは悪魔の奴らだけだ。確かに奴らなら可能かもしれないが――」

え？　今、リーリアは何て……。

「――奴らがそんな小細工をするようには思えないわ」

「ちょ、ちょょっと待ってください。悪魔が魔王軍にいるんですかっ!?」

俺より先に聞いたのは、勿論ポチだ。

「当たり前だよ、モンスターの親玉は悪魔。こんなの常識のはずだよ？」

「そ、それはつまり、魔王が悪魔って事じゃないですか！」

「……本当に知らないみたいだね。ポーアさん、しっかり教えてあげないと～」

「あ、あぁすみません……」

知らないから教えられない。そんな事はポチにしかわからない。

それからジョルノは、溜め息を一つ吐いてから説明を始めた。

一瞬リーリアの表情が曇ったのは気のせいじゃないはずだ。

「いいかい？　モンスターってのは悪魔が世界を滅ぼすための尖兵だって言われてるんだ。滅ぼすと言っても結局は縄張り争いのようなものだけど、人間という種を消しにくるという事に変わりはない。布告の段階では家畜としては使ってくれるとか言ってたけど、そんなのは生きてるとは言えない。だから僕たちは立ち上がってこうして戦ってるわけさ」

「それは知ってますが、魔王がモンスターの王ではなく、悪魔だというのはどういう………」

「はぁ……百年くらい前の事さ。エルフは《悪魔召喚の儀》を行って《魔術》を得た。悪魔の力を借りてね。以来エルフはダークエルフと蔑まれるようになったんだ」

なるほど。やはり既にそう呼ばれているのか。だからリーリアはあんな顔を……。

ジョルノはそういう事をあえて口にしていない。いや、最前線であるソドムではそう呼ばれていなかった。それはきっと、リーリアの活躍によって得たものなのかもしれない。

「《悪魔召喚の儀》が、何故成功したのかも知らないのかい？」

「何らかの対価を払って……という事までは知っています！」

ポチが身を乗り出しながら答えた。

「そう、それこそが最大の肝でね。一部のエルフが対価として支払ったのは他でもない、《悪魔による人間界の介入》さ」

…………………。

「……それってどういう事です？　ハハ」

薄く、恐怖を含んだ小さな笑い声を出しながら、ポチが聞く。

「この世に存在しないはずの悪魔が存在するのは、その対価が原因だと言っているんだ」

「そんな!?　一部のエルフだけが決められる事ではないはずですっ！」

「悪魔にそんな事は関係ないさ。エルフは魔術を得る対価として、この世に悪魔という絶望をもたらしたんだ」

そりゃ…………ダークエルフと呼ばれる、か。

だが、そういう事なら何故現代の悪魔は、現代に復活しようとしている魔王を倒そうとしているんだ？　同じ悪魔同士だろう？

いや、人間同士でも争うんだ。悪魔同士が争わないという事はないはずだ。何らかの対立があると見て間違いないだろう。

「……では、悪魔と魔王って……何が違うんです？　普通に存在する悪魔と、一定の周期で復活する悪魔……一体何が？」

「うーん、実際に戦った事ないから魔王の強さはわからないけど、単純に強さだと思うよ～？　使徒の中にモンスターもいれば、悪魔もいるけど、その程度なら僕とリーリアでなんとかなるしね」

さらっととんでもない事を言ったけど、やはりこの二人が協力すれば、悪魔を倒す事が出来るのか。そうだ、これを機会に聞いてみるか。

「それにしてもお二人はとてもお強いですが、お二人以外にも高名な方はいらっしゃるんです？」

ジョルノは「う～ん」と腕を組んで唸った後、ちょうどいい岩に腰掛けたリーリアに顔を向ける。

「私に聞くか？　ふん……そうね、《アダムス家》の男……それから《フルブライド家》の娘には驚いたかしら……」

「あー、確かに」

おや、どちらも聞いた事があるような家の名前だな？

一人は………ウォレンの家で、もう一人は………あれ？　誰だったっけ？

すると、俺の捻る頭の横で、ポチが肉球で口元を隠しながら小声で言った。

「アダムス家って言ったら、いじめっ子グループのリーダーの人ですよね、確か」

あー、現学生自治会副会長のオルネル君か！

１４１　見えた、ブルネア！

そうだったそうだった。確かオルネルは貴族で、アダムス家って家名もあったな。

しかし違う家だという事もなくはない。

まぁ、そのうちわかるかもしれないな。

そしてフルブライド家。そういえばウォレンは、「没落したが、この名を覚えておけ」とか言ってたな。

もしかして、ウォレンは俺がこの時代に来る事を知っていた？

もしくは、そう指示されていた？

……なんともわからない事だな。

俺は答えの出ない問題を頭で考えながら巨人の通り道を上っていた。

だが、途中からそんな事を考える余裕はなくなっていたんだ。

俺たちの正面を巨大な影が覆う。昼間だというのに夜を感じる不思議な光景だった。

「マ、マスター……」

ポチの声が震えている。

レベルが百三十二になったポチが恐怖を感じる。

つまりそういう事だ。

当然、俺の身体も、知らず知らずのうちに勝手に反応していた。

肩の震えが…………止まらない。

「知ってたかい？　ポーアさん。ここが何故《巨人の通り道》なんて呼ばれているのかを」

現代にはいないが、超古代にはいた。だからそう呼ばれていたんだ…………。

「ジャイアントマーダラー……」

「そっ。どうやらちょうど休眠期を終えたようだね～」

古代種のジャイアントマーダラー。ランクＳＳだった……かもしれないと言われる危険なモンスターで、群れをなして動くと聞いた事がある。

巨大化したポチの四、五倍はある巨軀。目測で三十メートルというところか。紫色の肌を隆起させ、どこで調達したのか知らないが、腰布一枚と巨大な……ダガー。

遠目で見ればダガーだが、間近で見ればそれは肉厚の鉄塊だ。

くそ、巨人なら巨人らしく鈍器でも持ってろよっ！

「ポーアさん、ゆっくり後ろへ。リーリア、三十秒持ち堪えろっ」

「はんっ、ぶち殺してやるよっ！」

既にリーリアは出来上がっていた。剣の腹を舐め、目は血走り、髪の毛はゾワゾワと逆立ち始める。え、あの人モンスターじゃないの？

「ポーアさん、死なないで……ねっ！」

同時にジョルノは横に駆け始め、リーリアは正面からジャイアントマーダラーに向かった。

あの掛け声からして、ジョルノにしては警戒している。

という事は、二人にとっても強敵であると推察出来る。

なら、俺も援護しなくちゃなっ！

「シロ！」

「はいですー！」

ボンと巨大化したポチは、瞬時に俺の首根っこを咥え、首を大きく振って上空へ放り投げた。

それを追い掛けるようにポチは飛び、俺の着地をポチの背中に合わせる。

「荒っぽいがナイスだ！」

「とーぜんです！」

その頃既に、リーリアはジャイアントマーダラーと剣を交えていた。

いや、正確には捉える事は出来なかったが、耳に届く強烈な衝撃音がそれを知らせた。

「見えるか、シロ？」

「まったくです！」

「ほいのほい、オールアップ・カウント2&リモートコントロール！　どうだ!?」

「……か、辛うじて！」

レベル百三十二の目を細めたポチが、ギリギリ遠目で捉えられる速度。

当然、俺に見えるはずもない。

つまり――――、

「これじゃリーリアに補助魔法を掛けられないぞっ？」

「今後は戦闘が始まる前に掛けましょう！」

「今は!?」

「もう、仕方ありませんね！　誘導します！　ジャイアントマーダラーに当てたらダメですよ！」

「当たっても大丈夫な公式だよ！」

「かしこまりました！　いきます！」

「――うおっ!?」

首を捻挫するかと思った。

レベルアップによってポチの身体能力が強化されている証拠だが、まさかここまでとは――

「――ぐおっ!?　……っっっ……いってぇな！　急に止まるなよ！」

「は…………は……」

「ん？　なんだよ……？」

「速くてビックリしました！」

お前もかよ！

「ったく、いけるか!?」

「百一さんに言われるまでもありません！」

にゃろう。再び走り出したポチは、リーリアの後方へ着地し、金属と金属が弾け、音が集中する中、リーリアの動きを追っていた。

血眼、という言葉が似合う程、ポチは目を光らせている。

次第にポチの身体が揺れ始め、いつの間にか軽やかにトーントーンと跳躍を始めた。獣の武器なのか、既に速度に慣れた感じを示し、瞳を上下左右に動かしている。

同時に俺も宙図《ちゆうず》を始め、ポチに全てを預けるように集中した。

「ここですっ！」

正面へ一直線に駆けたポチは、左から現れるリーリアにピタリとタイミングを合わせる。

同時に身体の向きを側面に向け、リーリアの背中と俺の右手が合うように誘導し、絶妙な空間を作った。

「ナイスシロ！　ほい、オールアップ！」

「っ!?」

一瞬ちらりとこちらに横目をやったリーリアだったが、すぐにまたジャイアントマーダラーと剣を合わせ始める。

「おぉおおおおおおおっ!!」

雄々しい気合いの叫び声を背中に浴びると同時に、ポチは横に跳び、次の応援相手であるジョルノの下へ一足飛びした。

「シロ君やるぅ～」

口を尖らせてポチを褒めたジョルノ。その肩を摑んだ俺は、足に力を入れ、ポチの身体で円を描くように止めさせ、そのまま肩から左手で描いていたオールアップの魔法を叩き込む。

「おぉ、ポーアさんも、戦い慣れてはいるみたいだねぇ。それにこの魔法。中々いいんじゃなーい？」

「それよりもリーリアさんの支援を！」

「あーだいじょーぶだいじょーぶ。この魔法を受けたリーリアなら一人でも倒せるよ」

「でも――」

「――それに」

ジョルノが身体の向きを右に向け、俺の視線を誘導する。

「ジャイアントマーダラーは群れで動くからねぇ～……」

涼やかな顔で言ってのけたジョルノだったが、俺とポチの瞳は左右で五体のジャイアントマーダラーを捉え、その圧倒的なプレッシャーに捕えられた。

最早恐怖しか感じない身体。勝手に鳴り始める歯と歯の音に気付いたのは、ジョルノの適当な音色の口笛を聴いた時だった。

「いや～、絶景絶景♪　これは死ぬかもしれないねぇ～」

「しょ、正気ですかっ!?　一度撤退をっ!!」

「そうです！　五体のジャイアントマーダラーと戦闘とか、自殺行為です！」

「そうはいかないよ。休眠期を終えたジャイアントマーダラーはブルネアを狙うだろうし、ここで止《とど》めを刺さないと、人類の形勢は確実に悪くなる。ブルネアには今、こいつらと戦う戦力はないしね。あ、シロ君。前に三歩歩いて」

ジョルノの言葉に、首を傾げながらもポチは前に三歩進む。

と、同時に右手前方からチカッっと小さな光が見える。なんだろう……アレ？

「っ!?」

「なっ!?」

瞬間、ポチの背後の大地が焦げ臭さを残して消えた。

崩落の音も、風切り音も聞こえず、起こった事態に俺とポチの目は点になる。

「わ、私のお尻がぁあああああああああっ!?!?」

「大丈夫だシロ!!　ほら、尻尾の毛が少し無くなっただけだっ!!」

「無理っ!　無理ですマスターっ!　あんなの相手に出来る訳ないじゃないですかっ!!」

「はははは、少し焦げちゃったね～」

何を呑気に言ってるんだ、この人は!?

「おっ、リーリアが一体倒したみたいだね。それじゃ、僕たちで四体を相手にするから、ポーアさんとシロ君であの一つ目のジャイアントマーダラーをよろしくっ」

と、ジョルノが大きな目を一つだけ顔面に持つジャイアントマーダラーを指差す。

「む、――――」

『無理です!』。そう言おうと、俺とポチが手を前に出した時、近くで戦っていたリーリア、ジャイアントマーダラーを指差していたジョルノは既に消えていた。

「――むり……って、あ!　いないっ!」

左にいた二体をリーリアが受け持っている。怒号と汚い言葉が響いているから間違いない。

右にいた二体をジョルノが受け持っている。爽やかに髪を靡《なび》かせるのが遠目で見えた。

そして正面にいた一つ目の大魔人が…………俺たちを受け持とうとしてくれている。

ニチァッという、気持ちの悪い笑みを浮かべながら。

「……ピ～ンチ」

142　全力全開

「ゴォオオオオオオオオオオオオオオオオオオオオオオオオオオッッ!!!!」

アズリーとポチを捉えて離さない巨大な瞳を持つその巨人は、大地を揺るがす雄叫びをあげた。

抱き合うように身を寄せる二人は、横歩きをしながら静かに後退していく。

巨大化しているポチに覆い被されているアズリーが、ずれている眼鏡を直しながら囁く。

「……ポチ君、助けてくれたまえ」

ポチの本名を言うアズリーだが、既に遠くに見えるジョルノに気遣う事はなかった。

「……アズリー君のお力でなんとか……」

「無茶言うなよ。だが……」

「そうです。なんとかしないと、死、あるのみですよ……！」

アズリーは頭の中にいる感情を抑え、理性と知性を総動員させながら現状打破の道を探る。

「ど、どうするんですか、マスターーッ！」

「そんなの………逃げるしか……ねぇだろ！」

「その言葉を待ってました！」

そう言うと同時にポチが駆け始め、アズリーが背中の毛を片手でわしっと摑みながら引っ張られる。

「て、てめっ！　俺を置いてくつもりだっただろ!?」

「そんな訳ないじゃないですかっ！　たぶん！」

後ろ手に背中を掴むアズリーはポチの動きに、柳が風に靡くように揺らされている。

ポチが走りながら気合いを入れる。疾風と軽身の発動である。

「多分って、ぬお！　……くっ、このぉああああっ！」

アズリーも気合いを入れ、剛力と剛体を発動させる。

ポチの背中を掴んでいた左手が一気に膨張し、肥大を見せると、真っ赤な顔のアズリーがようやくその背に跨る。

「って、マスター!?　向きが逆じゃないですかっ！」

「しょうがないだろ！　いいからこのまま走り続けろ！　って避けろ避けろ避けろ避けろぉおおおおおっ！」

いつもの向きとは逆に跨ったアズリーは、正面に見据えたジャイアントマーダラーが開く口を視認し、ただひたすらに叫ぶ。

「避けろって、どっちですか!?」

「左！　あ、やっぱ右！　上だ上だ上だぁあああああああああ！」

「くっ、いきます!!」

「ほい、フウァールウィンド！」

ポチの跳躍と合わせるように足下に魔法を放ったアズリー。

想像以上の大ジャンプを見せたポチは、上空で悲鳴を上げ、下降と同時に更に音量を上げた。

着地の瞬間にアズリーが同じ魔法を放ち、地面との衝突を免れたポチだったが、一瞬にしてやつれてしまったのは言うまでもない。

「おい！　あの二人逃げたぞ！」

二人が後退した事を見送り、二体のジャイアントマーダラーと戦うリーリアが叫ぶ。

「はははは、逃げちゃったねぇ～」

「ったく…………これどーすんだよ！　ボケナスジョルノ！」

「ま、二人で何とかするしかないねー」

「くそっ。あの疫病神共っ！」

そう吐き捨てたリーリアを横目に、ジョルノが二人が向かった方を見つめる。

「おい！　手伝えよジョルノ！」

「はいはい」

剣を片手に軽く振りながらリーリアの下に加勢に向かうジョルノ。

その口元は、どこか何かを含んでいるようだった。

空からの落下に息を切らし、心臓に手を当てるポチが叫ぶ。

「もうっ！　寿命が五年は縮まりましたよ！」

「俺もだよ！」

「そんなもの、あなたにはないでしょう!!」

「お前もだよ!!　ほら、止まるな！　前行け前！」

絞るような声と共に再び駆け始めたポチの背で、アズリーが宙図《ちゅうず》を始めた。

ジャイアントマーダラーも二人を追うように歩き始める。

「攻撃魔法ですかっ!?　そんなもの、この距離で届くんです!?」

「やるっきゃないだろう！　ほいのほい、ファイアランス！」

中級系火属性魔法ではあるが、アズリーはこの時、飛距離を考えてこの魔法を放った。

ファイアランスは対象に当たるまでの飛距離に優れ、同時に宙図《ちゅうず》しやすいといった利点があったからだ。

そして、アズリー自身が公式無視の改良魔法式にしているため、その威力は本来の上級系魔法に匹敵する。

ジャイアントマーダラーに届かせる事、そして上級系魔法がどれ程効果を示すのか、判断するためでもあった。

「ど、どうですかっ!?　当たりましたかっ!?」

「大変だポチ!!」

「どうしました!?　マスターーッ！」

「小バエでも払われるかのように『パチッ』ってなったぞ、『パチッ』って！　こりゃ特級の大魔法でも効果は薄いぞ！」

「何呑気に言ってるんですか！　早くなんとかしてくださいよ！」

「そんな事言ったって有効な魔法がないんだよ！」

「前に見せてくれた《ポチ・パッド・ボム》はどうですかっ!?　ポチって付いてますよ！」

「ボムじゃ威力が足りないし、《ポチ・パッド・ブレス》だと範囲が広すぎてジョルノさんやリーリアさんを巻き込んじまう！」

「はっ！　そ、そうです！　アレですよアレ！　《驚異のオリジナル魔法》ですよ！」

息を切らし、走りながらポチが叫び、思い出すようにアズリーは息をのんだ。

「そうか、ゲート・イーターかっ！」

「です！」

二人の脳内に一筋の光が宿り、同時にそれは二人の顔に笑みを作り出した。

「距離が遠い！　ポチ！　百メートル以内まで近づけるか!?」

「嫌です！　ですが、やってみます！」

「ほほい、パワーバリア・カウント2&リモートコントロール！」

即座に対物衝撃魔法を二人に発動するアズリー。

ないよりはマシ、と考えた上での発動だという事はポチも気付いているだろう。

そのポチは円を描くように方向を変え、弧を描くように跳び上がる。正面から再びジャイアントマーダラーがブレスを吐こうとしていたからである。

宙図《ちゆうず》に集中するアズリーは、跨っている向きを正す事なく、ポチに身を任せている。

リーリアと二体のジャイアントマーダラーの怒号、そして剣撃による衝突音が近くなってくる。

ジョルノは、近づく二人の気配を肌で感じると、くすりと笑った。二人の撤退がただの撤退で無かったと、最初から知っていたのだろう。

「何だよ、やつら戻ってきたぞ!?」

「そんな怒るなよリーリア。これがポーアさんたちの戦い方なんだか、らっ」

ジョルノはにこりとして喋りながら鉄塊の剣撃をかちあげる。

「あんな逃げ腰の戦い方、私は知らない、ねぇっ」

受けに回ったジャイアントマーダラーを、リーリアの一撃が押し、敵の身体を浮かせ、吹き飛ばした。

ギョっと驚いた顔を見せる巨人たちは、不気味さ漂うリーリアの笑みに背筋を凍らせる。

「その口、耳まで届きそうなくらい開いてるぞ」

「知らないねぇっ！」

大剣を担ぐように走り出すリーリアの背中を追うように、後ろからポチが駆けてくる。

「行きますよ、マスター！」

「――ぉおおおおおおおおおおおおおおっ――――っほい！　喰らえ、ゲート・イーターッ!!」

跳び上がるポチの背の上を反対向きに跨る魔法士アズリーは、一つ目のジャイアントマーダラーの肩を跳び越えた時、その巨大な後頭部に向けて漆黒の魔法を放った。

瞬間、一つ目のジャイアントマーダラーの頭は消え去り、落下の最中、ポチが地面に向けて吐いた極《きわみ》ブレスにより、着地の衝撃を和らげた。

突如戦闘不能になった仲間に意識を奪われた残りの四体。その犯人をアズリーと捉え、四体は一斉にアズリーたちに殺気を向ける。

戦闘はまだ終わっていないのだ。

そして、その事を理解していないジョルノとリーリアではなかった。一瞬出来た隙を突き、二人は一体ずつ止《とど》めを刺していたのだ。

ずるりと落ち始める巨大な頭部が落ち切る寸前、アズリーが再び叫ぶ。

「エネミートラップ&グラビティストップ!!」

がくりと肩に……いや、身体全体に重さを感じた残りの二体。

その実力から膝を地に突けさせる事は出来なかったが、作り出した隙は、二人にとって十分なものであった。

「ポーアさんナ~イス♪」

「……ちっ、気に食わないねぇ!」

十字を切るように二人の身体が舞い、ジャイアントマーダラーの肩の上で納刀した時、全ては終わっていた。

崩れるように落ちて行く二体の身体を利用し、ジョルノとリーリアが降りてくる。

四つん這いになり、涙目になり、息を切らし、鼻水を垂らすポーアとシロ。

「ぜっ、ぜっ……こひゅっ!　全世界の空気が欲しい……かっは!」

「ひぃいいいはぁあああ、ひぃいいいはぁあああ………マスタ……空気、分けてくださ
――――かっは!」

ジャイアントマーダラーの身体が四方に倒れる頃、ジョルノは呆れた顔で。リーリアは不満げな顔で二人を見下ろしていた。

143　額の傷

――　戦魔暦九十四年　五月二日　十七時　――

日は傾き、橙《だいだい》の光が一筋。それが消えかける頃、極東の荒野へ着いたガストンとコノハは、トゥースの下を訪れていた。

（……まさか、これ程の者とは……な）

小さな身体に走る驚き。見上げる程の巨軀。

まるで豆粒のように見えるコノハが、ゴクリと喉を鳴らした。

（ご主人……これはモンスター……ではない、か？）

見下しながらトゥースの目が細くなる。視線がガストン、そしてコノハへと動くと、コノハの身体がビクリと固まる。

面倒臭さを隠す様子もなく、深い溜め息を二人に見せ付けるトゥース。

アズリーの紹介状を手にしたガストンが一歩前に出る。

ガストンの手元の書状を睨み付けたトゥースは、書状の端に見える癖のある字に、片眉を上げた。

どうやら書状を書いた主を察したようだ。

「極東の賢者、知肉のトゥース殿。本日は頼みがあり参っ――――」

「出てけ」

そう言い放った後、ガストンの横を通り過ぎるトゥース。

あまりの突然の出来事にあっけに取られたコノハの顔が固まっている。そして、何が起きたかを理解し、ガストンの肩の上で振り返るコノハは、顔を赤くしてトゥースに怒鳴った。

「貴様、わざわざ足を運んだご主人に対して失礼だぞ！」

「やめよ、コノハ」

「しかし――むぐっ!?」

トゥースを睨み続け反論するコノハだが、ガストンが皺の多い指でその口を塞ぐ。

「静かに暮らす者のところへ頼み事に来たのだ。失礼なのは我々の方だ」

トゥースの背中が見えなくなる頃、塞がれていた口が解放されたコノハはガストンを見上げた。

砂塵が視界を覆い、トゥースの大きな足跡をじっと見つめるガストン。

砂が積もり、すぐに消えてしまう足跡。

横風に片目を瞑り、一陣の風が過ぎるのを待ち、再び目を開く二人。

「無論、ただの一度で諦める事はない」

「……追うのか？　ご主人」

「いや、日を改める」

ガストンは静かに口を固く結び、近くの小岩に腰を下ろす。

ただじっと時が過ぎるのを待ち、陽が落ち、そしてまた登る。

同じ場所にトゥースが戻る訳ではなかったが、彼の魔力を追えないガストンではない。

翌三日、埋め込み式魔術の体内時計が午前十時を知らせた時、ガストンは再び立ち上がる。

濃く繊細な魔力を追い、腕を組みながら岩陰に寄りかかるトゥースを見つけると、アズリーの書いた紹介状をその眼前へと差し出す。

「アズリーの紹介で参った。是非とも話を聞いて欲しい」

「……邪魔だ、帰りな」

ピクリと眉間に皺を寄せ怒りを見せるコノハだが、やはりガストンはそれを止める。

俯き、手に持つ紹介状を畳むガストンは、鼻を鳴らして腰を下ろす。ガストンが抱き込んだ杖を登り、その上でコノハが腕を組む。

「ご主人、あれはダメだ。諦めた方がいい」

「フン、儂が頑固なのは知っているだろう……」

「最近は丸くなったと思ったのだがね。あのアズリーという坊やのおかげでな」

「…………………」

噤《つぐ》んでいるが、ガストンは口の端を少し上げている。

(否定しないとは、これまた珍しい。なるほど、あの坊やが与えている影響は大きいという事か)

同日二十時、ガストンは再びトゥースの下を訪れた。

呆れた様子のトゥースは、アフロ頭の中に手を入れ頭頂部をコリコリと掻く。

「はぁ……ったく、飽きねぇな爺《じじい》。暇でもないんだろ？　さっさと帰ってガキんちょどもを育てた方がためになるぜ」

「くっ、守護魔法兵団をガキんちょ呼ばわりとは…………」

「よいのだコノハ。トゥース殿にとっては儂とて子供。事実を事実のまま述べたに過ぎぬ」

コノハが首を傾げ、トゥースは小さく舌打ちする。

「あの野郎、喋りやがったな……」

「非礼を詫びよう」

「ふん、そんな得にもならない言葉はいいから……さっさと帰りな」

三度《みたび》断ったトゥースは、一瞬にして闇に消え、コノハを驚かせる。

「………ご主人より速いな」

「あれで十分の一の実力も出しておらぬよ」

「…………なるほど、ご主人が粘る訳だ」

再び夜が明ける。四日の十時、二十時にトゥースの下を訪れ、また断られる。

頼みの内容すら聞き入れないトゥースに、コノハはその都度感情を昂ぶらせる。依然ガストンは黙したままである。

翌日も、そのまた翌日も断られ、ガストンの眉に払い切れない砂埃が溜まる。

「ご主人、真っ白な私の身体が茶色に染まってしまったぞ。これではまるでドブ鼠のようだ」

「……入っているか?」

ハウスの宙図《ちゆうず》をほのめかすガストンだが、コノハはゆっくりと首を振る。

「いや、珍しくご主人が『付き合え』と言ってくれてここまでやってきたのだ。今更入る気にはならない」

「……そうか。時間だ、行くぞ」

五月七日の午前十時。ガストンが腰を上げる。慣れたように主人の衣服を登るコノハ。肩まで見送り終えたガストンがトゥースの魔力を追う。最早ガストンが眼前に現れる事を不思議に思わなくなったトゥースは、冷たい目だけを送り続けている。

「……懲りない爺《じじい》だ」

「……………………………」

「……ぁん？」

物言わぬガストンに首を傾げるトゥース。するとその視界に、信じ難い事が起こった。

絶句するコノハの目は大きく開き、トゥースの視線はより鋭くなった。

地に膝を折り、腿の上に手を置いている。

「ご……ご主人………」

「…………六法士筆頭、焔の大魔法士ガストン。その頭はそんなに安くないはずだが？」

「そうだご主人っ。立ってくれ！」

手が地に向かい動く。

ガストンの手の平には砂利独特の感触がある。その行為にコノハが強く目を瞑る。

「……お願いする。話を聞いて頂きたいっ」

下がる頭。地に突く額。芯のある重い言葉にコノハが震える。

じっとガストンを見つめるトゥース。微動だにせず頼みが願いに変わった瞬間を見続ける。

これ以上主人が頭を下げているのを見たくないコノハは、それでも何も言わないトゥースを睨み付ける。

しかしトゥースの眼力はそんな睨みなど意に介さない様子で、ガストンだけを見ている。

再び何かを思い強く目を瞑ったコノハが、意を決した様子で目を開く。ガストンの肩から下り、その隣で膝を折ったのだ。

「く……！　頼むトゥース殿！　ご主人の願いを聞いて欲しい！　取るに足らない私のチンケな頭だが、礼を以てお願いする！」

遂にコノハは耐え切れなくなり、主人に倣い、主人のために願った。主人の願いは自分の願い。そう思い、ただひたすらに願った。

地に額を擦り付け、茶色になった額の体毛がじんわりと赤に染まる。

ガストンの願いとコノハの願い。二つの願いがトゥースの心に何を届けたのかは不明だ。

しかし、その願いはトゥースの溜め息の色を変えたのだ。

「あ～……………ったく。……立ちな」

「「………………………」」

「いいから立ちなっ。いくら俺でも爺《じじい》と鼠に頭下げられ続けたら気持ち悪ぃんだよ。さっさと立て！」

ただ不快にさせてはならないと、トゥースの指示に従った二人。

人指し指を一本立てるトゥースに、額から血を流す二人が気付く。魔力が指先に集まっているのだ。

何らかの魔法を宙図《ちゆうず》しようとしているのが容易に想像出来た。

「……一度だけだ。よーく見とけ……」

その意味こそわからなかったガストンだが、トゥースの指先がこれから行う宙図《ちゅうず》を見逃してはいけない事だけは理解出来た。

「ほい、ハイキュアー」

「っ!?」

トゥースの指先の繊細な動きは、ガストンの額の傷を一瞬で治した。

ガストンの目には何も映らなかった。魔法名だけが情報を与え、トゥースが何をしたのかを知らせた。上級回復魔法の神速の宙図《ちゅうず》。文字通り目にも留まらぬ速度に、二人は驚きさえも口に出せずにいる。

「……一週間だ。一週間でこれが出来るようになったら爺《じじい》、アンタの話を聞いてやる」

ほんの少し。微かな前進だが、コノハにはガストンにそれが可能とは思えなかった。

それ程トゥースの見せた修練の賜物は異質だったのだ。

しかし、コノハの主人は違った。小さく口元を緩め、この僅かな前進を確かな前進だと確信したのだ。

「礼には礼を……だ。返さねばアズリーに顔向け出来ぬわ。……この試練、六法士ガストンがしかと請け合ったっ！」

小さな老人は、小さな拳を強く握った。喜びと期待……久しく感じていなかった胸の高鳴りを聞いた。

コノハは主人の背中に見た。その小さな身体に背負った意地と向上心を。

144　あれから半月

――戦魔暦九十四年　五月十一日　午前六時――


「戻って来ないな、アズリー」

屈んでいるララが、作物の周りに生える雑草を抜きながら言った。

「戻ってこないですねー」

「念話連絡でも連絡がつかないとなると、余程遠いところか……。もしくは何らかの理由で遮断されていると考えた方がよいだろう」」

イツキがララに同意して言うと、尻尾を器用に使ってプチプチと雑草を抜くツァルがその理由を答えた。

「そうねー、まだ発って間もないし、そこまで気にする事はないと思うわよ？」

「だがよベティー、リナは大丈夫なのかよ？」

「あら兄貴、あの子は強いわよ。心も、力もね。昨日だって体術でエッグに勝ったんだから」

「げっ、マジかよ!?」

「それは凄いな」

目を開いてブルーツが驚き、ブレイザーが感嘆の息を漏らす。

戦士であるエッグが、魔法士のリナに体術勝負で負けたというのは意外だったのだ。

エッグをそこまで知らないララだが、皆にのっかるように「おー」と呟く。

「ま、相手があのリナじゃ、エッグも集中出来なかったでしょうけどね。あ、兄貴、そこ雑草抜き残しあるわよ！」

「あー、わりぃ」

「さーて、私の分は終わったわ。そろそろご飯だからナツと春華《はるはな》を手伝ってくるわね。兄貴たちはそれが終わったら皆を起こしてきてー」

すっと立ち上がったベティーは、そう言い残して家に入っていく。

時を同じくしてブレイザー、イツキ、ツァルと仕事を終え、皆一日の仕事の準備にかかる。

「ったく、こういうのは本当に苦手だぜ……」

「ブルーツ、そこ」

「あいよー」

「そこも」

「へいへい…………って、ララもそろそろライアンたちを呼びに行く時間じゃねぇのか？」

「今日はブルーツ号で行く予定だぞ」

「…………」

淡々と答えるララの言葉は、最新型人力車ブルーツ号から溜め息を生ませる力を有していた。

「戻って来ないわね、アイツ」

◆　◆

同日、午前七時。

徹夜で学生自治会の雑務を行っていたリナに、顧問のアイリーンが呟くように言った。

「そうですね――……」

「流石に今回は連絡があると思ったんだけど、半月も連絡ないと、心配になるわね」

「そうですか？」

思いがけない言葉に、アイリーンは咥えていた筆をピコリと止める。

同じ気持ちだと思っていたはずのリナから出た言葉だとは思えなかったのだ。

「何よ、驚いたわね」

「へ？　あ、変でした……か？」

「変じゃないけど……意外だっただけよ」

鼻をすんと鳴らして椅子の背もたれに寄り掛かったアイリーンは、再び咥えていた筆をピコピコと動かし始めた。

「アイリーン先生。それ、私が前に注意されたやつですよ」

「うぉ？」

今年の一月に自分がリナに注意した事を思い出すアイリーン。

その事を振り返りながら筆を口から離す。

「なんだかんだで、アイツ三ヶ月しかここにいなかったのね」

「ランクSの昇格審査で少し離れた期間もありましたしねー。でも、その三ヶ月で色々起きましたし、沢山勉強も出来ましたよっ」

ぐっと両手を握って成長をアピールするリナの顔を見て、アイリーンが苦笑する。

「まったく、目の下のクマをなんとかしないと締まらないわね」

「あ、え？　す、すみませんっ」

手で目を覆い、恥ずかしそうにするリナに再び苦笑すると、アイリーンは遠くから聞こえる靴音に耳を傾けた。

「重さ、振動、歩幅からいってオルネルかしら？」

「だ、だと思います……」

二人の予想は的中し、勢いよく開かれた扉から息を切らせたオルネルが現れた。

ずり下がった眼鏡を直し、息が整わないうちにオルネルが言う。

「はぁ、はぁ……すまん、リナ。遅れたっ」

「ほえ？　引継ぎの約束の時間までまだ時間がありますよ？」

「あらあら、教員の私より早くリナに挨拶かしら？」

からかうように皮肉を伝え、オルネルの顔が少し引きつる。やってしまった、そんな様子で焦り、自身を正そうとするオルネルは、勢いよく頭を下げる。

「おはようございます、アイリーン先生！」

「はい、おはよう」

生徒の慌てる姿に満足したのか、アイリーンは笑みを作ってそう答えた。

未だ頭を上げないオルネルは、ちらりと顔だけ見せ、窺うように聞く。

「……あの」

「ん？」

アイリーンが不思議に思い首を傾げる。リナも首を少し傾けている。

「何故リナは目を覆い隠してるのでしょうか？」

「……ふふふ、内緒……」

何かを含んだ笑みを見せて答えたアイリーンに、ようやく頭を上げるオルネルはそのまま首を傾げた。

照れながら紅潮するリナの顔が元の色に戻る頃、オルネルは自身の席へと腰を下ろしていた。

「それで、今年の一年からは一名の補充だったな。学生自治会入会生徒の精査、どうなんだ？」

「うーん、候補は決まったんだけど、やっぱり絞り切れなくて……」

「何でだ？　実力的にはまだまだだが、結構な人材は揃ってるんじゃないか？　その中からバランスの良い人間を選ぶだけだろう？」

資料を見ながらオルネルが聞く。

リナが答えるより早くアイリーンがムスっとしながら反応する。

「白の派閥からだと……偏り過ぎてるのよ。実力は平凡だけど向上心があり、性格が良いと評判のマッシュって男生徒。それに実力は底辺だけど活発で人望だけはあるティミーという女生徒。最後に………」

そう言いかけて止めたアイリーンに、オルネルは何かに気付く。

学生自治会副会長の席に就いているオルネルが知らないはずがない。

アズリーの生徒ティファは今年の首席入学者なのだから。

入学後も噂を耳にしているし、リナから、アズリーに教わった生徒だとも聞いている。

そして何より、アイリーンが実技授業の度に愚痴を漏らすワースト一位が彼女なのだ。

「ティファです……か」

「実力だけならそりゃ群を抜いているわ。正直、驚きを隠せない程にね。でも、内面は大問題よ。

ま、これに関してはどこかの誰かを思い出さずにはいられないわよね……」

「そんな、アズリーさんはそんな事——」

「アイツは違う意味で大問題だったわよ」

遮るように言うアイリーン。

「入学情報の細工、契約書の細工、クラスの問題を起こし、色食街《しきしょくがい》に手を出し、空間転移魔法の
権利を私に売りつけたのよっ？　まったく、アイツ関係でまともなのはリナだけよっ」

鼻息を荒くして吐くアイリーンに、リナとオルネルの顔が引きつる。

（確か、アズリーさんの件って……）

（アイリーン先生はそのほとんどに関係してたはずじゃ……？）

二人の顔の変化に気付いたアイリーンがジロリと見る目を変えると、二人はさっと目を逸らした。

しばらくの沈黙の後、資料を見返していたオルネルが顔を上げる。

「俺はティファを推しますよ。人望や性格以上の実力が、彼女にはありますからね。実力がないと

無理ですよ、学生自治会は」

「でもねぇ……それならマッシュはどう？　先を見据えるなら学生自治会《こっち》で鍛える手はあるわよ？

それなりに伸びるだろうし、空いてる席から考えて、庶務なら出来るわよ」

「んー……リナはどうなんだ？　さっきから発言してないじゃないか？」

「えっと、アンリに交渉してみようかな……って……」

オルネルが副会長になる事で空いた枠である学生自治会風紀の席に就いたアンリ。

その存在と交渉という言葉にアイリーンが気付く。

「もしかして、アンリを庶務に移し、空いた風紀にティファを？」

「ダメ……………ですかね？」

「ダメ、と言うより無理ね。風紀なんて重要ポストを一年の前期で……しかもティファに任せるなんて。私たちが許可を出しても、他の自治会メンバーが許さないわよ」

うーんと喉を鳴らし、腕を組んで考えるリナ。

どうやらリナの頭の中ではそのプランが最有力候補なのだろう。アイリーンのやや否定的な意見を受け入れられずにいる。

これを理解したアイリーンは小さな鼻息を吐いた。

「……でもま、最終的な意見はオルネルとリナで出す事だからね。会長と副会長が黒の派閥の今、実力的にティファの名前が挙がるのは必然だと思うわ。リナが言えばアンリも納得するでしょうから…………やるだけやってみなさい」

顔の前で手を合わせ、顔に明るさが灯るリナは、嬉しそうに息を吸った。

「ありがとうございますっ」

溢れる感情と笑顔を零し、眩い光をリナに見たオルネルの顔が綻ぶ。

話が一つまとまったと見たアイリーンは、席を立ち再びリナを見る。

「さ、午前は休んで構わないから少し休んでらっしゃい。講師には私から話を通しておくから」

「あ、はいっ」

早朝の学生自治会室に声が響く。

アイリーンの言葉に甘え、リナも席を立ち、二人で部屋を出て行く。その間際、アイリーンがオルネルに言った。

「オルネル、ここを頼むわね」

「はい！」

二人の足音が遠くで消え、静寂に包まれる学生自治会室。

先程まで会長席に座っていたリナの顔を思い返す青髪の青年。

「…………可愛い」

ほっと息を吐くように緊張を体外へと排出した言葉は、誰にも言えない彼だけの秘密である。

145　聖戦士の顔

「…………くっ！」

「ふっふっふっふっふっふ………」

「わ、私の名はシロ！　聖戦士ポーアの使い魔！　何者です!?」

「ほぉ、この膨大な魔力に当てられても尚気付かぬと言うのか？　使い魔シロ…………いや、ポチと言った方がいいか……な？」

「何故、何故それを知っているんです!?　あなたは一体…………!?」

「我は名を持たぬ存在。なれど世界で知らぬ者なき存在」

「ま……ま…………まさかっ!?」

「左様、我は魔王。矮小な存在の人間を絶望におとす者なり…………」

「そんな事させやしません！　この最強で最高の存在であるポチ様が、魔王！　あなたを止めてみせる!!」

「ふっ、主《あるじ》無き使い魔など雑魚に過ぎぬ！　あの超大天才賢者アズリー様がいない今、貴様を葬るのは容易い事………」

「ざ、雑魚ですって!?　この超プリティーササミーお菓子ーなポチさんが……雑魚ですって!?」

「雑魚に雑魚と言って何が悪い？　さぁ、もう話も飽きた。超超超大天才賢者アズリー様の使い魔ポチよ…………永遠に眠る時がきた。我にひれ伏さぬのであれば――――」

「――はいストーップ!!」

「何だよ!?　今いいところだったろうが！」

「何だよとは何です！　雑魚って何ですか雑魚って!?」

「いや、だから、魔王だったらこう言うだろ！　きっと！」

「言いませんよ！　私の存在に恐れをなして、『負けないもんっ！』とか言うはずです！」

「何だよその魔王！　可愛すぎて倒せねぇよ！」

「それに何ですか！　『超大天才賢者アズリー様の使い魔ポチ』って!?」

「お前こそ何だよ！　『超プリティーササミーお菓子ーなポチさん』って!?」

「その通りじゃないですか!?」

「俺だってその通りですけどぉ!?」

「私は！　お菓子に！　なりたいんです！」

「俺は！　賢者に！　なりたいんだよ！」

「馬鹿マスター！」

「犬ッコロ！」

「大体、ブルネア近辺に魔王が現れる設定ってなんですか!?　ここから北は平均ランクBのモンスターばかりなのに現れますか、普通!?」

「お前が言い出したんだろ!?　『道端で魔王に会ったらどうしましょう!?』って！　だからこうや

ってイメージトレーニングをしようってなったんじゃないか！」

「いい歳し過ぎて聖戦士ごっこはありませんよ！」

「ごっこを超える演技力があっただろ!?　それにお前！　楽しそうだったじゃねぇか！」

「マスターだって！」

「道半ばで仲間を助けて死んだ英雄アズリーが、ここで復活してだな！　魔王を驚かせるところまでやったら楽しかったよ！」

「その登場はズルいです！　私も殺しましょう！」

「なるほど……二人で一気に復活するのもありだな。よしそれで…………じゃない！　まぁそろそろ冒険者ギルドも空いてきた頃だろうし……戻るかっ」

「そうですね。設定にばかり凝ってあっと言う間に過ぎましたね、時間」

設定は凝った方が夢が広がるからな。

ブルネアに着いた途端、リーリアは俺たちから離れ、ジョルノも「縁があれば」とだけ告げて、街の中に消えて行った。

ジャイアントマーダラーを一体倒したからといって認めてくれる訳じゃない。ジョルノは二体、リーリアに至っては三体倒してるのだから。

まだまだ俺たちのレベルや経験は低いし、この時代の知識も浅い。

ブルネアで一晩疲れを癒し、翌日冒険者ギルドにレベルアップをしに行こうとしたら、非常に混んでいたため散策目的でここまで来たはいいが、いつの間にかポチは聖戦士の使い魔に、俺は魔王になっていた訳だ。

設定や台本制作に二時間。本番に五分という時間が過ぎ、時刻は昼少し前。もう空いてるだろうと冒険者ギルドを再び訪れる俺たち二人。

案の定、長く並んでいた列は消え去り、俺とポチはあの魔術陣に手をかざす事が出来た。

見てのお楽しみ、という気持ちで何度も鳴るファンファーレから意識を逸らし、鳴り終えた時に鑑定眼鏡を起動する。

「…………おぉ」

アズリー
LV：131
HP：6091
MP：69999
EXP：288877409
特殊：攻撃魔法《特》・補助魔法《特》・回復魔法《特》・精製《特》・剛力・剛体・疾風・軽身
称号：悠久の愚者・偏りし者・仙人候補・大魔法士・上級錬金術師・杖豪・六法士（仮）・恩師・ランクS・首席・パパ・腑抜け・SS殺し・守護魔法兵（仮）・剛の者・疾《はや》き者・使い魔以下・古代種殺し・魔王（仮）

ポチ

ＬＶ：１４７
ＨＰ：１３１２２
ＭＰ：３８４２
ＥＸＰ：４１７０５３１８
特殊：ブレス《極》・エアクロウ・巨大化・疾風・剛力・軽身・剛体・攻撃魔法《下》・補助魔法《中》・回復魔法《下》
称号：上級使い魔・極めし者・狼聖・番狼・魔法士・要耳栓・名付け親・菓子好き・愚者を育てし者・疾《はや》き者・剛の者・古代種殺し・お菓子（仮）

魔王になってる……。

それにしても、レベル百以降は本当に体力と魔力の上昇率が著しいな。

これも神の力によるものか。現代と差があって当然だな。

「お菓子になってますー！」

「あ、お前、いつの間に俺の眼鏡を！」

勝手に俺の眼鏡をかけているポチを見、取り返そうと手を伸ばした時、身体の異変に気が付いた。

「うぉ!?　軽いぞこれ！」

「一気にレベルが上がると、確かにそれは感じますね。でも、ここまではジョルノさんやリーリアさんの助けがありましたから簡単にレベルが上がりましたけど、これより先は、二人で協力しなくちゃ大変ですよ！」

珍しくポチがまともな事を言ってるが、確かにその通りだ。

ジョルノはここでの用を済ませたらまた元のソドムに戻ると言っていたし、本当に縁がなければ再び会うとしても大分先だろう。

「ちょっと～、そっちばっかりじゃない」

「何よ、私の魅力あってこそでしょ？　嫌ならどこかへ行けば？」

「ははははは、喧嘩しちゃダメだぞ、子猫ちゃんたちー」

神の意思で俺たちがこの時代へ連れて来られたのだとしたら、俺たちは何をすべきか。

神の使いからそんな指示は受けていない。ならば当初の指示通り「研鑽する」というのが正しいだろう。

「もぉ、私はそんなに小さくないわよっ」

「はん、でかいだけしか能がない女って事～？」

「うるさいわね。見せる事も出来ない胸に言われたくないわよ！」

「はははは、大きくても小さくても、俺は君たちの味方だよ」

どうせ現状はここでしか、この時代でしか成長出来ないんだ。

だったら、この時代で出来るだけレベルを上げ、並行して限界突破の魔術陣公式、もしくはその仕組みを現代へ持って帰るのが俺たちの使命だ。

やる事は多いが、この時代で経験した事は、全て現代で役立つはずだ。

「も～、ジョルノってば優しい～」

「ホント、私はアンタに釘付けさ」

「ははははは、本当に釘を打っちゃっても知らないよ？　ま、打つとしてもそれは……夜かな」

「もぉ……」

「エッチ……」

振り向いちゃいけないんだ。振り向いたらきっと俺の中の聖戦士像が崩れてしまうんだ。

先程から聞こえてた三つの声の内一つは、絶対に知っている声なんだが………振り向いては駄目な気がする。

おそらく振り向けば大きいのと小さいのとアイツがいるはずだが、真昼間から冒険者ギルドで飲んでいるとは思わなかった。

ポチなんて、後ろの話がエスカレートし始めた段階で、肉球で顔を覆ってギルドから出ちまったぞ。

全く、誰だ「再び会うとしても大分先だ」とかぬかしたヤツは。あとでポチの尻尾ビンタの刑にしてやろう。あれは中々気持ちいいからな。

よし、とりあえず現状一週間程のお金はあるし、無理に依頼をこなす事はない。

近辺のモンスターを効率よく狩れば、それなりの成果にもなるだろう。よし、そうしよう。

このまま……ギルドを………出れば――

「あっれー、ポーアさんじゃないかーい？」

まぁ俺の服この時代では目立つし……見つかるよな。

俺はぎこちなく振り向き、得意ではない内容の話をしているジョルノを見た。

幸いジョルノは、にこやかに、そして爽やかにこちらへ手を振ってくるだけだった。俺も顔の横で振れ幅のない手を振って作った笑顔を返すと、ジョルノは何も言わずに掲示板の端を指差した。何だろうか？　端には取り残された依頼票が貼ってある。

もしかしてオススメの仕事の紹介でもあるのだろうか？

そう思い、ジョルノに小さく会釈をしてその掲示板の前へ行く。

他とは隔たれた空間に貼ってある依頼票。どうにも大分放置されていたようだ。少なくとも昨年から受理されていないものだ。

嫌な予感がする。何故なら誰も手を付けない依頼なら、俺だって手を付けたくないような依頼だからだ。

見たところ、このブルネアのレベル帯は、現代のベイラネーアのソレに近い感じだ。ジョルノが前に言った通り、確かに魔法士といった様相の人間はほとんどいない。依頼が残っているという事は高難度の依頼か、よほど割に合わない仕事かって事だが……さて。

依頼内容：フルブライド家長男、「ブライト・フルブライド」殿の魔法指導。
募集要項：一、ランクA以上の冒険者。二、男であること。三、男色家でない者。
報酬：成功報酬。
備考：長女「ジュン・フルブライド」殿の面接有。

146　フルブライド家

どう考えても何かしら問題を抱えている。そんな依頼内容だ。

振り向き困った顔をしてるであろう俺を見たジョルノは、親指を立ててとてもイイ顔で微笑んだ。

魔法士がいない訳ではない、ただ単に条件に当てはまる魔法士がいなかっただけかもしれない。

適役かもしれないが、頭に残る不安を拭い去る事が出来ない。

ギルドの外にいるはずのポチ。捜しに出てみれば、ポチは一人の少年に身体を撫でられていた。

「そうです！　頭から首に！　首から胴にかけて！」

「おぉ！」

「そして頬に円を描くように！　そうです！　中々上手になってきましたよぉ！」

「はい、先生！」

何やってるんだ、アイツは。

黒髪の少年がポチの頬を揉むように撫で、再び頭部に手を移したところで俺が声をかける。

「お待たせ」

「あ、マスター！　何かお仕事は見つかりましたか？」

頬を引っ張られながらも気持ちよさそうにポチが言う。

「んー、あるにはあったが、手つかずの依頼でちょっとなー……」

「どんな内容なんです？　どんな仕事でもやってみる価値はあると思いますけど？」

「ちょっと珍しくてな？　どうやらフルブライド家の長男が魔法の指導を求めてるらしいんだが、大分手がつけられてなくていわくつきみたいな依頼なんだよ」

「む、ほら！　何で手を止めてるんですか！　次は背中から尻尾にかけてですよ！」

「あ、はい！」

手が止まった黒髪の少年に、ポチが続きを催促する。

おや？　この少年、どこかで会ったような気が………気のせいか？

「報酬はどれくらいなんです？」

「それも成功報酬で、一週間前後しか生きられない懐事情の俺たちには少し不透明な感じで悩んでるんだ」

「それくらいなら――――」

「ほら！　また手が止まってますよ！」

「はいぃ！」

まったくコイツは……この少年、結構な身なりだぞ？　何様のつもりなんだか。

……そういやこの少年、まだ十歳程だろうが昼間とは言え保護者の付き添いがないのか？

冒険者ギルドの正面だとはいえ、流石に危ないような気もするが……。

「とりあえず受けてみてはいかがです？　定期的な収入になるかもしれませんし、相手が見えなくちゃわからない事もありますから」

「んー……ま、そうだな」

「それなら――――」

「はい、耳の裏！」

「はい！」

「お前、いい加減にしてやれよ。さっきからその子、何か言いたそうにしてただろう」

耳の裏のマッサージを心地よさそうに薄目にして聞いていたポチが、腑抜けた声で「そうですかぁ？」と言った時、気持ち良さからでるポチの吐息にかぶせるように背後から声が聞こえた。

「坊ちゃま！」

俺たちに掛けられた声ではないとわかったが、声の方向と距離を考えて、掛けられた相手はこちら側にいる。そんな声に俺たちは振り向いた。

するとまた背後から声が響く。まだ成長途中のボーイソプラノ。張りがあって通る声だった。

「爺《じい》！」

一言で主人と従者がわかる言葉に、俺とポチは顔を見合わせた。

……お前まだ薄目なのかよ。

ポチから手を離してオールバックの白髪の老人に向かった少年。そうか、やはりこの黒髪の少年はそれなりの身分の子供、という訳か。

中腰になり少年の言葉に耳を傾けている老人は、一通り聞き終えた後、俺たちをちらりと見た。

まるで……そう、あれはまるでゴミを見るような蔑んだ目だった。

え、何ですかあの目は？

ハンカチを取り出して口元に当てて近寄り…………対面にして話すにはやや離れた位置で止まる老人。

背はかなり高い。ブレイザー並みにあるな。常に皺が寄っている眉間と、太い白眉。綺麗に整えられた顎鬚《あごひげ》がハンカチからはみ出ている。

「……ふんっ」

敵意剝き出しの目と、威圧感のある声を交えた鼻息。

流石に俺もポチも気付いてしまう。この老人は、冒険者を快く思っていないのだと。

身なりからして貴族だろうか。質の良い生地を使った黒いスーツ。メルキィが教えてくれなければ知らなかった。やけに背中の部分が長いスーツだが、こういう服なのだろう。

そしてあの少年の服もそうだ。スーツの上から薄手の羽織り……どこからどう見ても貴族様だ。

「なんとタイミングの悪い冒険者だ」

「……どういう事でしょうか?」

未だ理解しにくい状況だが、薄々わかってきた気がする。

もしかしてこの二人は…………——

「付いて来い」

「ご馳走様です!」

流石ポチだ。

理解より先に欲がきている。獣の鑑《かがみ》だと思う。

だが、そう言いながらも俺を先頭にして膝裏を頭で押すところは小心者だと思う。

断る理由もなかったが、老人の態度が抵抗材料として残った。しかし、こちらを見て微笑む少年の目は、何故か断れない魅力があった。

まったく、厄介事じゃなきゃいいけど……。

◆

◆

「デカいな」

「おっきぃですねぇ～」

俺もポチも眼前に現れた大きな屋敷を見上げながら言った。

ブルネアの南東に建つ屋敷は、正門が頑強そうにあり、その中にはよく手入れされた芝が見えた。とんでもないな、庭だけでポチズリー商店より広い。

「ここは？」

老人は俺の問いに答える様子を見せない。

先程から黒髪の少年も何も喋らずニコニコとしているだけだ。

無垢な笑顔だが、この笑顔、どこかで見た事のあるような気がする。

正門から入り、歩いて三分はかかる庭を通り過ぎると、俺たちは屋敷内へと通された。

広いエントランスホールが俺たちを迎え、右手後方には二階へ通じる階段。一般的には二階が住居だ。屋敷の裏手側に別棟が見えたが、そちらが使用人の住居だろうか？

老人に続き俺が一歩前へ出ると、どこから出したのか、老人はステッキをポチの正面に出し、その進行を妨げた。

　この行動に俺は止まったが、ポチは前にステッキなどないかのようにするりと避けて前に進む。

いや、止まれよお前。

「くっ、止まれ、犬」

　制止を促す声にようやくポチは足を止め、ピタリと止まる。

　それはもう見事な止まり方だ。ポチだけ時間を止めたかのような止まり方。

　ウィンクさえしなければ剝製と見間違うんだがな。

「犬はここまでだ。貴様はこっちだ」

「爺《じい》、僕は姉上を呼んでくるよっ」

「それはそれは、お手を煩わし申し訳ありません」

　少年にはコロッと目の色を変え、深々と頭を下げる老人は、少年の足音が二階へ向かうと、再びキツい目を見せて頭を上げた。

「来い」

　俺は小さく鼻息を吐くと、老人が向かう階段横の部屋まで付いて行った。

　ドアを開けた老人が入室を目で促す。促されるがままにそこへ入ると、どう見ても応接室とは言えないような簡素で寂れた部屋へ通される。静かにドアを閉めた老人は、小さな咳払いを一つする。

……座れって事か。

　損傷こそないが古びた対面ソファーの奥に座り、テーブルを挟んで老人が座る。

　窓の中から太陽が顔を見せ照らされる部屋は、どこか不思議な印象だった。

部屋の大きさを考えると…………どう見ても屋敷の端の部屋には思えない小さな部屋だった。入る時に見た部屋の一帯に、他の部屋はなかった。だとしたら、何か他の空間があるのか？

部屋を見渡す俺に、老人が話し掛ける。

「貴様、名前は？」

「ポーアといいます」

今でこそこの偽名を使っているが、本当は使いたくない。しかし、ジョルノたちがこの街にいるならば、本名を名乗ってしまうと不都合が出てきそうだった。だから、俺とポチはあえて偽名のままでいる事にしたんだ。

俺が名乗り終えた頃、どこからか浴びせられる鋭い視線に気付いた。これは？　壁の中から感じる？

なるほど、つまり余分な部屋の空間を隠し部屋に使い、誰かが覗いてると。

とまぁ、流石にこういう流れだと気付いてしまうな。

あの黒髪少年の身なり、そして姉上の存在。

……この視線の持ち主は只者じゃない。壁越しでもわかる程の実力。そうだ、リーリアは言っていた。

「仕事を探してるそうだな？」

フルブライド家の娘には驚いた、とね。

147　フルブライド家の依頼

やはりというか、何というか……ここはフルブライド家という事で間違いないらしい。

フルブライド家は、黒帝ウォレンと、骨拳ジェニファーの没落した家名。

こんな古い時代から続く名家だとは知らなかった。

という事は、あの黒髪の少年がブライト・フルブライド。そして、この壁越しから伝わる鋭い視線は…………おそらくジュン・フルブライドの視線という事か。

「ええ、定期的にお金を得られるもので、と考えてます」

「…………」

何だ？　少し意外そうな顔をした老人は、すぐに元の辛気臭い顔に戻し、再び俺を睨みつけた。

しまった。もしかしてこう言うと足下見られてしまうだろうか？　だけど言ってしまったものは仕方がない。

「我がフルブライド家では、有能な魔法士を募り、選別している。貴様、名前は？」

「ポーアといいます」

「なるほど。で、貴様は魔法士なのか？」

何故名前を聞いたんだ？

「やたら派手な恰好だが、戦士ともとれる体つきをしている」

「魔法士です。しかし戦闘となれば、使えるものは何でも使おうと考えています」

「ふん。確かにその体も使えそうではある」

あれ、そう言えば………この時代から魔法士って呼ばれてたのか。後でこの時代の事もしっかりと調べないといけないな。

「が、貴様にその資格があるとは私には思えない」

溜め息を混ぜながら吐かれた言葉には、人を苛立たせるだけの感情が込められている。わざとじゃないと感じるところが、とても腹立たしい。

しかし、これも選別の一つかと思うと、抑えられない感情ではない。

だからかはわからないが、そう言われて尚、黙って老人を見据える俺に、老人は小さな舌打ちを見せた。

できればそれは陰でやって頂きたいものだ。

さて、俺からも何か質問しないとだな。

「それで、ブライト様の魔法指導という依頼内容でしたが、どの程度の指導を望まれているのですか？」

「まだ貴様を受け入れるとは言っていない」

間髪を容れずに老人が答える。

さすがに俺の眉もピクリと動いてしまった。

俺だってまだ引き受けるとは言ってないのに……。

仕方ない。ここは切り口を変えてみるか。

「では、そちらの方とお話しさせて頂きます」

俺が壁を見て言うと、老人の片眉が上がり、鋭くなった視線は和らぎ、そして消えていく。

確かにこの視線、ランクＡ程の実力がないと気付けないだろうが、そういう選別だとは思わなかった。

老人が大きい溜め息を吐き、吐いたかと思うと、再び凛々しい顔つきに戻る。おそらく主《あるじ》の登場だからだろう。

ドアの外に感じた気配は二つ。ブライトと……先程の視線の持ち主。

ドアが開くとそこには黒髪の少年と、一人の女が立っていた。

「ジュン様、坊っちゃま。いかがなさいましょう?」

控えて言った老人の言葉に、ジュンが小さく頷く。

立ち上がった俺の瞳を捉えた瞳は、濃い灰色の澄んだ瞳だった。

「アルフレッド、ご苦労でした。下がりなさい」

「かしこまりました」

なるほど、この老人の名はアルフレッド、か。

アルフレッドは、頭を下げながらドアまで下がり、ドアを開け、閉める際に再び頭を下げた。

ジュン……か。リーリアが驚いたと言った人間。

褐色肌の黒髪。右耳に銀のピアスを見せた輝く唇の持ち主。重そうな鎧を身に着け、装飾には美しい金の彫刻。

名誉ある地位さながらの装備だな。携える直剣を見る限り戦士タイプの人間だろうか。

「ブライト、奥にお座り」

「はい、お姉様」

姉とは対照的な色白のブライト少年。どこか見た事があるとは思っていたが、どことなくウォレンに似ているんだ。

まぁ、アイツは嫌な笑みを浮かべ、ブライト少年は嫌みのない笑みを見せるからな。このブライト少年もいつしかあんな顔になってしまうのだろうか？

ジュンが腰を下ろすと、俺に着席を促した。

「失礼します」

倣って腰を下ろした俺を、ジュンはジッと見つめていた。

なるほどね。弟思い故のあの依頼内容か。男色家はやり過ぎだと思うけどな。

「まずは非礼を詫びよう。先程はすまなかった」

「構いません。私も態度に出てしまったかもしれませんし」

「正直なやつだ。ジュン・フルブライドだ」

差しだされた手には無数の剣ダコがあり、歴戦の強者だと俺に知らせた。

「ポーアです」

軽く手を交え、ソファーから少し上がった腰を戻すと、ジュンがブライトを見やった。

「これはブライト。私の弟だ。本当は今日あの依頼を取り下げるつもりでアルフレッドをギルドへやったのだが、まさか最後の最後で君が現れるとはね」

「取り下げるつもりだった……という事は、もしかして他の指導者が？」

「いや、私がここを離れなくてはならなくなったからだ。明日中に東へ発たねばならない」

「その間、屋敷には僕とアルフレッド、少数のメイドのみとなってしまうのです」

ブライトの言葉を聞くに、ジュンだけここを出るという事か。それなら尚更弟の事が心配だろう。

ジュンはブライトの頭に手を置きながら話を続けた。

「そこで今回の仕事だが、私が留守の間、ブライトの魔法指導、及びその身辺警護をお願いしたい」

「勿論それは構いませんが……依頼は魔法指導だけだったのでは？」

「何しろ急用でな。本来であればブライトも連れて行くべきだったが、こうして信用できる人間が目の前に現れたのだ。無理に連れて行く事はないだろう」

「信、用……？」

この短時間に何をどう信用されたのかわからない俺は、その言葉を聞き首を傾げた。

それを見透かしたようにジュンが付け足す。

「ジョルノ殿からの推薦だ」

「ジョルノさんが……？」

「『隠してる事は多いが、悪い人間ではない』と言っていた」

俺たちがトウエッドに帰ると言ってここまで来たのにもかかわらず、定期収入のこの仕事を紹介した。

トウエッドに行くなんて話はそもそも信じてはいなかった。

なるほどな、バレバレだったって訳か。

「しかし、それだけでは……。俺が言うのも何ですが、信用出来ないかと」

「我がフルブライド家は、武芸秀でた家系だ。今の地位もその武勇で成した事が大きい。……それだけに、私は自分の目に自信を持っている。過程で信を得る事もあるだろう。しかし、それは絶対ではないという事だ」

「はぁ……」

タラヲとは違ったタイプの自信家だな。

頬をポリポリと掻く俺に、ジュンは口の端を上げて応えた。

「勿論、魔法指導以外に身辺警護の仕事を追加するのだ。成功報酬に加え、保障も用意しよう」

「保障、と言うと？」

「聞けばポーア殿。君は現在生活に困っているそうだな？　その生活を保障しようじゃないか」

ふむ、なるほど。食い物と寝る場所は任せろという事か。

大食らいチャンピオンもいるし、支出がほとんどなくなるのは確かに大きい。

それだけに、ここに縛られてしまうというデメリットはあるが……。

「ひと月もすれば私もここへ戻る。それ以降の身辺警護に関しては、多少緩和されるだろう。報酬は次に私が戻った時、ブライトの能力を見て決めようじゃないか。何、最低十万ゴルドは約束しよう」

聞けば聞く程良い話だ。さーて、どうしたものか。

そう思い、腕を組んで悩んでる俺の頭に、聞きなれた声が響いた。

『やってみましょうよ、マスター！』

『うおっ!?　何やってんだポチッ?』

『何って念話連絡ですよ。ギリギリそちらの声が聞こえたので』

『念話連絡って……おま――』

『私もレベルアップして魔力が大きくなりましたからね。これくらい訳ないですよ！』

なるほど、レベルアップで増えたＭＰで、ポチの魔法や魔術にも幅が広がったって事か。

『んー、わかった。まずはひと月。こっちも試しでやってみるか』

『アウッ！』

少しの沈黙にブライトが首を傾げている。

「どうだろうか?」

「わかりました。やれる限り尽力してみます」

会話の始め同様、しかしそれより固く手を交わした俺とジュン。

そこに小さな手を置くブライトの目は輝き、その光で俺たちの顔は少し綻んでしまった。

しかし、古代で魔法教室か…………とりあえず頑張ってみよう。

148　教えてポーア先生！

ジュンと固い握手を交わした後、俺は二階のブライトの部屋へ案内すると言われ、部屋を出た。

当然、途中のエントランスホールでは、ポチがお座りしながら待っている。

遂に束縛が解放されると思ったのか、ポチは目を光らせるが、俺たちがそのまま二階へ上がってしまった時のあの悲しそうな表情は、今日一番の収穫だろう。

「君の使い魔だね？　名前は？」

「シロといいます」

「はははは、黒い体毛の面積が大きいのにシロか、面白いな」

黒いシロが勝手に付けたんです。

ジュンの言葉は、挨拶程度の世間話の延長なだけに、少し乾いた笑いだった。

二階に上り、奥の廊下に並ぶ六部屋の内、手前から二番目まで来ると、ジュンとブライトは足を止めた。

この廊下には左右三部屋ずつ。

「この左側の部屋がブライトの部屋だ。そして右手奥の部屋が私の部屋だ。ブライトの身辺警護をお願いするからには、君には左手手前の部屋を使ってもらおうと思っている。君の部屋とブライトの部屋は室内にあるドアで繋がっているし、警護もしやすいだろう」

こくりと頷いた俺だが、どうしても気になる事を聞いておかなければならない。

「あの」

「ん、何だ？」

「シロをこの部屋に入れちゃまずいのでしょうか？」

ピタリと止まるジュンさん。

まるで「正気か？」と訴えかけるような顔だ。やはりか。

悪い予感はことごとく当たるな。確かに貴族の家だし、どこぞの冒険者の使い魔が家の中を歩くのは流石にまずいという事か。俺としてはポチの鼻と耳は重宝するし、何より枕がなくなるのはな……なんとしても避けねばならない。

私の顔が全てを物語ってるだろう、と言わんばかりにジュンは何も返してこない。少しの間の抜けた沈黙が走ると、思わぬ援軍が現れた。

「姉上、僕からもお願いします」

ブライト少年のこの言葉、そして階下から大声で聞こえる『私からもお願いします！』と響く声。

あんにゃろめ、後でお仕置きが必要だな。前者の言葉だけで十分だったのは言うまでもない。ジュンは膝を曲げ、顔を崩してブライト少年を撫でた。

「へへ、もぉ～、ブライトはしょうがないな～」

あのキリっとした顔つきがどうしたらここまで綻ぶんだと思う程、ジュンは変な生物になった。

確かにブライト少年の瞳には年相応の可愛さがあるが………マナやリードでも、リナに対してここまで豹変しないだろう。

しかし、このブライト少年……もしかして――

◆　◆

「よいしょっと!」

部屋の端にある窓から、出さなくてもいい声を出して現れた我が使い魔。

あの後、ジュンは屋敷内で獣が出歩くのだけは駄目だと言い、庭から繋がるこの二階の窓をポチの出入り口とした。つまり、ポチは窓から俺の部屋に入り、窓から外に出るという訳だ。

この時代の貴族にしてはとてつもない譲歩と言える。

「お前、屋敷内で大声出すなよな」

「あら、聞こえちゃいましたか?」

何故あれが聞こえないと思うのだろうか?

ウィンクしながら可愛く出してる舌を引っ張ってやりたい。

「魔法指導は明日からでしたね」

「あぁ、でも身辺警護は今日からだから、異音や異臭に気付いたら教えてくれ」

「それにしても身辺警護って……フルブライド家ってそんなに敵が多いんですかね?」

「それについては、後でアルフレッドさんが教えてくれるそうだ」

「マスター、見てください!　キングサイズのベッドですよ!」

フルブライド家の敵への興味はどこへいった？

がしかし――

「ふかふかですー！　――はっ!?」

「どぉおおおりゃっ！」

「へぶんっ！　く、く、く苦しいですー！」

「主人を差し置いて何勝手にベッドを独占してんだお前は！」

「あははは、ここでは私が王様ですよ！」

「おのれ、こちょこちょこちょこちょこちょー！」

「くっ、あははっ、ちょっ！　この、こちょこちょこちょこちょこちょーっ！」

「「あははっ」」

「「あははははっ！」」

「「あはははははっ!!」」

「――いいかね？」

その渋い声に、ベッドの上でピタリと止まった俺とポチ。

部屋のドアはいつの間にか開かれ、手を背で組むアルフレッドがそこに立っていた。

ベッドから下りる俺と、ベッドの下に隠れるポチ。どうやらこの爺さんは苦手のようだな。俺もそこに入りたい。

「ははは……よいです」

「このフルブライド家では貴様は下男の一人だ。だが、ご主人様の言い付けによりこの部屋を使わせるのには意味がある。それはわかっているのかね、ポーア殿？」

こくこく頷く俺に、仏頂面のアルフレッドが続ける。

「よろしい。フルブライド家に仕える以上、節度と尊厳をもって行動にあたれ」

「………」

「屋敷を魔力で覆う事は出来るかね？」

「この大きさとなると、常時、という訳にはいきませんが――」

「――では、止む無く坊ちゃまから離れる場合。排泄等の場合はそれを使え。貴様が寝る場合はどうする？」

「あ、シロを――」

「信頼出来るのかね？」

「それはもう――」

「フルブライド家は貴族の割には敵が少ない。それはご主人様がこれまで血の滲む思いでここまでやってきたからだ。しかしいないという訳ではない。学のない貴様が知ってるとは思わないが、聖帝様に仕える貴族にも派閥がある。フルブライド、アダムス家含む保守派。それに対する革新派がいる。魔王の胎動期が始まってからこの革新派の動きが活発化してきた。既に保守派の何人かが被害に遭っている。くれぐれも注意しろ」

なるほど、魔王が生まれる前だってのに、人間は人間で小さな勢力争いをしているって事か。

そして――ようやく思い出した。ここは遥か昔、聖帝時代。暦は確か………神聖暦。俺が生まれる十年程前に終わった時代だ。

聖帝の病、後継者の病死なんかで時代が変わったと記憶してるが、なるほど。もしかしたらこの貴族間の争いが原因の一つかもしれないな。

「食事は八時、正午、二十時だ。全て坊ちゃまの食事が終わってからとする。そこの犬と交代でとれ。こちらまで運ばせよう。八時五十分より十一時半、十二時五十分より十八時が坊ちゃまの魔法指導の時間となる。その間、侍女を一人付ける」

「つまり用があればその方に――」

「貴様ではない。坊ちゃまの侍女だ」

「あ、はい」

「魔法指導は裏庭で行え。身辺警護も忘れるなよ」

「わかりま――」

「では失礼する」

……………………………………。

「私、あの人苦手です」

「奇遇だな、俺もだ」

◆　◆

――神聖暦百二十年　五月十五日　午前五時――

ジュンが早々に家を出るという事で、俺はブライト少年、アルフレッド、複数の侍従と共にジュンの見送りに庭に出ていた。

昨晩食事が少なすぎて泣いていたポチは部屋でふて寝しているが。

「アルフレッド、家を頼んだぞ」

「かしこまりました。お気を付けて行ってらっしゃいませ」

「ポーア殿、ブライトを……」

「任せてください。気を付けて……」

頷くジュン。

最後にブライト少年が俺の前に立ち、小さな背中を震わせる。

「姉上、ご自愛ください」

「なぁに、たったひと月の事だ。ポーア殿の下でしっかりと励むんだぞ」

「はいっ！」

「では行ってくる」

背中を見せながら言ったジュンだが、きっとブライト少年と離れる事になって寂しいんだろうな。ブライト少年以上に背中を震わせてるんだから。

てっきり、馬車か何かで出かけるのかと思ったが、ジュン程の実力者になると流石に必要ない、か。国からの招集みたいな公なものだとそうもいかないんだろうけどな。

ジュンの後ろ姿が見えなくなるまで見送ると、俺は部屋に戻っ――――れない。何故かマントに重みを感じる。

「早起きしたついでです！　早速教えてください！　ポーア先生！」

無邪気に輝く瞳、期待と魔法への憧れ。

そんな気持ちが垣間見え、初日から時間外労働を強いられる俺だった。

149　ブライト少年

仕方なく、懐に忍ばせてあったポチビタンデッドを飲み、昨日までの疲れをとる俺。

そしてそれを前に、ブライト少年は用意されたテーブルの前に嬉しそうに腰掛けた。

後ろから静かに付いて来る侍女が一人。てっきり若い女かと思っていたが、そう言えばここの主人は弟が大好きな訳だ。

当然、若い女なんて近づける訳がない。

ブライト少年の視界の隅に控えた一人の老女。名前はジエッタ。

風格漂う歴戦のメイド……そんな感じだ。フルブライド家に長年仕えているのだろう。そうじゃないとジュンが任せるはずがないからな。

頭をぽりぽりと掻く俺の後ろから、複数人の気配がする。これは、アルフレッド？

振り返ると現れた仏頂面。背後には二人の執事が羊皮紙やペン、それに三冊の本。

なるほど、魔法書や勉学用の筆記具か。

それらを無言で置き、静かに頭を下げてさがって行く三人を見送ると、興奮が限界に達したのか、ブライト少年は勢いよく立ち上がった。

「ポーア先生！　では！」

男版のナツを見てるかのような無邪気っぷりだ。確かに初めて魔法が使えた時は興奮したが、子供となるとここまで変わるのか。

俺は入門書と書かれた魔法書を手に取り、この時代における魔法の入門レベルを確認した。

…………なるほど。読んでみて現代と大差ないが、いささか説明が大味というかなんというか……。

まぁ、これは少なからず進化してるという事だな。

「ではブライト様。ブライト様が描く魔法士とはどんな魔法士ですか？」

「んー……そうですね。圧倒的存在感で……戦況を一瞬でひっくり返せるような……そんな存在です」

これまたデカい目標だな。

確かにこの時代での魔法士の役割は大きい。魔法士自体が少ないからな。

この街の冒険者ギルドでは俺しか見かけなかった程だ。やはりエルフがそういった部分を担っているのだろうか。

ソドムでは何人か見かけたが……。

「でも、一番は……姉上のお役に立てるような、そんな魔法士になりたいのですっ」

力を込めた拳を胸の前に出し、意気込みを見せるブライト少年。

さて、どんな魔法士になるか楽しみだな。

◆　◆

「ポーア先生、これは？」

「設置型魔法陣のマジックシフトです。この魔法陣の上にいれば、私の魔力が使い放題です」

「おぉ！」

年齢の低いブライト少年が、レベル一《いち》のブライト少年が魔法を発動するのは、中々に骨だ。

街から出る事を許されない状況でレベルを上げろってのも無理な話な訳だ。

色々考えた末、苦肉の策でマジックシフトを使う事にした。

これによって少ない魔力で魔法を放ち、付いた良称号から当人に魔力を与えるという強引な方法だ。ある程度の魔法が使えるようになれば、マジックシフトを使わずに魔力回復魔法《ギヴィンマジック》のみで魔法の指導が出来るのだ。

しっかし…………俺以外の魔法士だったら、もっと強引な方法になっただろうな。少しでもレベルを上げなくちゃ魔法の知識だけという事になってしまう。

知識で得られる良称号もあるかもしれないが、俺はそれを知らないしな。

ジュンが戻ってきたら戦闘の方も教え込みたいところだが、果たしてあのジュンがそれを許すかどうか……。

「では復習です。四大元素は？」

「はい！　火・水・土・風の四つです！」

「よろしい。先程教えた最下級攻撃魔法は覚えてますか？」

「はい！　リトルファイア、ウォータードロップ、ストローストーン、ブリーズです！」

「魔法式は？　ご飯だぞ！」

「は、え!?　ご、五芒星です！」

「四つの魔法式に必要なものは？」

「具現式、移動式、発動式です！」

「ではリトルファイアから！」

「はい！　えっと目標は!?」

「三、二、一……――」

「――ご飯はどこですかっ!?」

「ポチ《アレ》です！」

「ほいのほいのほい！　リトルファイア！」

「ふんっ！」

ブライト少年が見事に放ったリトルファイアを、ポチが下から上に払った爪で掻き消す。

「ご飯はどこですか！　何してくれちゃってるんですか、馬鹿マスター！　あ、それよりご飯はっ!?」

怒りが欲に負けるという面白いケースだな。相変わらずポチの行動は面白い。

俺の周りで存在しない食事を探しながら鼻をすんすんとさせている。

そしてより一層鋭い目つきになった。

何だ、何かを見つけたのだろうか？

「紅茶ですね!?　良質な茶葉を使用してます！」

ないはずの眼鏡をくいっと上げる仕草を見せた後、ポチは前脚でテーブルを指した。

「ふっ、わかりましたよマスター……紅茶がここにあるという事は…………即ち、この後ケーキが来るのでしょうっ!?」

そんな輝かんばかりの笑顔で言われても何もねぇよ。

おっと、それよりブライト少年だ。

初めての魔法発動だし——

そう思い振り返った時、ブライト少年は自分の両手をじっと見つめていた。

手を握り、開き、そしてまた握る。何度か同じ動作を見せると、震えながら口の端を上げた。

瞬間、ぞくりという悪寒が俺を襲った。

…………大変だ。早くもあの黒帝様の嫌な笑みが顔を見せ始めた。寧《むし》ろソックリだ。

先祖だし、しょうがないと言えばしょうがないのだが、こんなに似なくてもいいのに。

すぐに元の無邪気な表情に戻ったみたいだが…………やはりこの子、根は相当なブラック様《さま》だな。

心から姉の事が大事なのには変わりないが、ブライト少年自身が隠している顔も多そうだ。

「で、では次ですね！　その紅茶を使ってウォータードロップを！」

「あ、でも的を用意しなくちゃいけないですよ。シロはもうやりたがらないだろうし……」

「シロさん、ケーキを用意させましょう」

「むきーっ！　私そんなに安くな——」

「ジエッタ、ホールで用意してあげてください」

「どんと来いです！」

早くもポチの扱い方を心得たブライト少年は、この早朝の魔法指導だけで、四大元素の攻撃魔法の初歩を身に付けた。

俺より早く朝食を済ませたブライト少年は、魔法書を一ページ一ページめくりながら終始そわそわしている。

魔法という存在が、それ程までに大きな衝撃を与えたという事か。

朝の魔法指導で、風魔法の中の特殊初歩魔法のボルトを習得。というかブライト少年が勝手にやったんだけどな。

これにて最下級と呼ばれる初歩を身に付けたブライト少年は、俺の昼食中に魔法の入門書を読破。一字一句間違わずに暗唱する程、驚異的記憶力を俺に見せつけた。

理解力はリナ並み、記憶力はティファ並み、応用力はララ並みだ。

ちょっとやばいくらいに天才かもしれない。

一番長い昼食後の魔法指導。遂に回復魔法に手を出し始めた。

回復魔法には初歩と呼ばれる最下級魔法が存在しない。なので、下級魔法のキュアー、リカバーをじっくりと教え込んだ。

するとブライト少年に異変が起きた。あれ程簡単に最下級魔法をこなしていたのにもかかわらず、回復魔法には相当時間がかかったのだ。魔法公式を覚え、手に魔力を込めるだけでも内在的なモノが反発し合って発動しにくくなる現象がある。

魔法士間で、これを「魂性《こんしょう》の不一致」と呼んでいるのだが、コツさえ摑めばどうという事もない。

俺も魔法大学に入学し。少しビリーに回復魔法を習ってからはそれが改善されたしな。

結局、午後の魔法指導では、ブライト少年に明日以降の予習をしてもらった。

魔法の底は深く広い。下級魔法、中級魔法、上級魔法と上がる度に、それは難しく、より広がっていくのだ。

さて、ブライト少年のステータスはどうなったかな？

ブライト
LV：1
HP：88
MP：199
EXP：6
特殊：
称号：弟・生徒・見習い魔法士・求道者・カリスマ・黒帝（童）・天才（偏）

どこかの黒帝と似たようなステータスだな。

しかし天才か。今までこの称号を持った人間に会った事がない。今日だけで確かにその片鱗は見た。称号の力もあってか、レベル一の体力と魔力じゃないなこれは。

…………もしかしたら俺は、とてつもない偉人に出会ったのかもしれないな。

150　ただの魔法兵団

――　戦魔暦九十四年　六月一日　午前八時　――

(何だ……コレは…………？)


王都守護魔法兵団の鍛錬場で、雷光とも称されるジャンヌは巨大な黒い影に覆われていた。

それは鍛錬場の八分の一が影に染まる程だ。

幹部席の石畳をコツコツと鳴らす小さな男は、呆然と立ち尽くす兵たちの前まで歩く。

焔の大魔法士ガストン。魔法兵団の長たる彼が、兵たちに見向きもされない。彼に心酔しているヴィオラ団長でさえもだ。

「窮屈でしたかな？」

ガストンが言葉を発した時、全ての視線が彼に集まった。

「……そりゃな」

そして再び視線が戻る。

ガストンが放った言葉。それは相手を敬う発言だった。

それに対し、やる気のなさそうな返事をした男は、影の正体だった。

知肉のトゥース。極東の荒野を出て、はるばるここ王都レガリアまでやってきたのだ。

（ったく、まさか本当に一週間でアレをモノにするとは思わなかったぜ。こうなるなら手なんか抜かなきゃ良かったたってもんだ……）

胡坐をかくトゥースの隣に立つガストン。

並べてしまうと、豆粒にも見えるガストンに、兵たちは溜まっていた唾で喉を鳴らした。

「まぁーったく、ここに来るなら来るでちゃんと教えて欲しいものよね！」

ツンと張る声を、トゥースに掛けた女が一人……観覧席から現れた。

知っている声だけに、皆の動きは迅速だった。振り返った兵の一人がその名を叫ぶ。

「アイリーン様！」

即座に控える兵たちにアイリーンは軽く手を上げて起立させた。

「出たな、糞婆《ばばあ》……」

「五月蠅《うるさ》いわよ糞賢者。ガストンから知らせが入らなかったら、気付かないで終わってたでしょうね」

「はんっ、苦労したぜ。ここまで来るのにな」

「アナタが？」

アイリーンが小首を捻る。賢者と言われる程の男が、レガリアへの移動に、苦労という言葉を遣ったのが理解出来なかったのだ。

単純に、トゥースがここまでくるのは非常に簡単だ。

しかし、トゥースにはトゥースの事情がある。王都に存在する灰色《グレイ》の師であるからして、王都に近づきたくないのだ。近づけば死なないにしろ面倒が起こる。それ故、トゥースの王都接近という報を、グレイ《ガスパー》に知られてはならない、という障害があったのだ。

そのため、トゥースはガストンにアズリー発案のストアルームを教え、かつてメルキィがアズリーに頼んだように、ガストンにここまで運んでもらったのだ。

そして、身体に宿る巨大な魔力を抑えるという事も行っていた。アイリーンやアズリーが常時身体に施している魔力循環の法を少し弄り、空間転移魔法の公式を応用して、極東の荒野にその噴き出る魔力を送っているのだ。

これにより、トゥースはガスパーに察知される事なく王都レガリアへ入ったのだ。

無論それは…………ガスパーには気付かれないというだけで、野に潜む者は当然に気付くのだった。

一人、兵たちが並ぶ最後列で尻もちをついた女兵がいた。

前に並んでいた男兵がその女兵を睨む。トゥースが現れたという大事なれど、規律を乱す事は王都守護魔法兵団の恥であるからだ。

しかし、男兵は気付いたのだ。女兵が見上げたその先に、鍛え上げられた正規兵が取り乱す原因を。

「あ…………あ……」

女兵とともに尻もちをついた男兵は空に見た。

次々と強制的に腰を落とされる兵たちの波が、ついにトゥース、アイリーン、ガストン、ヴィオラの下へ届く。

トゥースが見上げ、黒い点を捉えた。

空で止まり、その圧倒的魔力で兵たち、そして隣にいるガストン、アイリーン、ヴィオラに強烈なプレッシャーを掛けたのは——

「なんでぇ、紫死鳥《ししちょう》か」

頭を掻きながら、空を見つめた先には、先日アズリーたちを苦しめた紫死鳥が飛んでいた。

トゥース程の人物が王都レガリアに近づけば、レガリア近辺を縄張りにしている紫死鳥が気付かない訳がない。

相手に害があれば、身の危険にも繋がるからだ。

「……お知り合いでしたかな？」

「なぁに、二回程喧嘩した事があるだけだよ」

「天獣《てんじゅう》相手に喧嘩ぁ？　ふざけた男ね」

平静を装いながらもガストンもアイリーンも気付いていた。紫死鳥の圧力に。

その気になれば、自身を含むこの場の全員が死んでしまうという事実に。

隅に控えていたフユは、杖を抱きかかえながらガタガタと震えている。姿形がまともに捉えられない距離にいる小さな黒点に、場の皆は恐怖し、そして震えた。

天獣《てんじゅう》が現れてはトゥースも身を隠した意味がない。

早々にこの場から去って欲しいと思ったトゥースは、紫死鳥に念話連絡の魔術を発動した。

『よぉ、久しぶりじゃねぇか』

『……やはりお前だったか』

『今やり合う気はねぇよ。お家《うち》へ帰んな』

『…………最近はよく人に会う』

『へぇ、珍しいじゃねぇか？　だが、ここから先は色んな人間に会うだろうぜ』

『どういう事だ？』

『ま、そいつぁまた今度教えてやる。今は帰れ。てめぇの視線が俺の敵を呼んじまうからな』

『………………いいだろう。渓谷で待つ』

『あいよ』

　目を瞑ったまま念話していたトゥースが、懐かしさからか少し口を緩ませると、紫死鳥は北へと戻って行った。

　天獣《てんじゅう》を前にする。それだけの短い時間が、兵たちの顔を白くさせてしまった。彼らが、いつの間にか出ていた大量の汗に気付き、冷たさを感じる頃、いち早く平時に戻ったガストンは、小さな咳払いをした。

　それに後押しされるように、地に着けていた腰が上がり、再び兵に規律が戻る。

　ガストンはトゥースを手で指し、言った。

「トゥース殿だ。極東の賢者と呼ばれる知る人ぞ知る偉人である」

「へっ、爺が持ち上げやがる……」

「先日より皆に課した鍛錬メニュー。誰一人として最後まで行えた者はいないと聞く。無論、このヴィオラもだ」

　この言葉に俯くヴィオラだが、誰も彼女を非難する事はない。

アズリーが行ってきたトレーニングは、兵たちに「不可能」だと思われていたからだ。

少なからずそう思っていた兵たちは、この鍛錬メニューを出したガストンに不信感を持っていた。

「戦士でもない我々に何故これほどの肉体鍛錬を課すのか」と。

だからこそ、この話を聞いて俯く者はいなかった。

この時、兵たちの顔に苛立ちを覚えたアイリーンが一歩前に出たのだ。

「ぬっるいわ！　そんな顔してるからいつまでたっても弱いままなのよ！」

兵たちの顔が凍りついた。

それなりの強さを自負する兵たちが、弱いと宣言されたからだ。

いくら六法士のアイリーンといえど、この事態を飲み込むには時間がかかったのだろう。

「おめーもな」

「アンタは黙ってらっしゃい！」

ボソりと呟いたトゥースに噛みつくように言うと、アイリーンは再び兵を睨んだ。

「あの程度のメニュー、十時間もあれば楽勝よ！　私もガストンも当然クリアしてるわ！　魔法技術や魔力じゃなく、私たちとアナタたちの単純な差はこれよ！　意志の弱さ、わかる⁉　爺も爺よ！　こいつら全員、甘やかしすぎなのよ！」

吠えるように喚き散らし、言いたい事だけ言ったアイリーンは、最後にそっぽを向いて荒い鼻息を吐いた。

兵たちはただただ驚きを隠せずにいる。もしアイリーンの放った言葉が全て事実であれば、自分たちは何なのだ、と。

意志の弱さを指摘された。しかし、彼らには自信があった。そこらの冒険者には決して負けないという自信が。

言葉の意味を理解出来ている者はいない。

トゥースが溜め息を吐き、アイリーンがそれに続くと、ガストンが一歩前へ出る。

「……日々の鍛錬、まことに結構。だが、それで終わっている者がお主らだ。飽く事なき鍛錬の先に真の力がある。そういう事だ」

「ま、口で言ってもわからないヤツばっかりだから、こんな糞賢者を呼んだってわけよ」

「糞は余計だ、糞婆」

「これより先！　付いて来れぬ者は置いてゆく！　皆の者、心せよ！」

ガストンが太くしゃがれた声を鍛錬場に響かせる。

状況を理解出来ない兵たちの気後れした返事に、トゥースが再び深い溜め息を吐く。

（まったく、何人持つ事やら…………。アズリー《あの野郎》、こんな面倒な仕事押しつけやがって……帰って来たら…………いや、それも面倒だな）

大きく長い欠伸を出し、足下で喚いているアイリーンにいつまでも気付かないトゥースであった。

151　ねじりマント

――神聖暦百二十年　六月一日　午前十一時――


「――これにより、反発し合う火と水、土と風の元素は、互いに同じ魔法式内に存在出来ない事がわかります。しかし、これには例外も存在します。何故だかわかりますか？」

「……おそらく魔法式内での共在が不可能なだけで、一度閉じた魔法式の外に、一回り大きな魔法式を構築する事によって、反発までの時間を稼ぎ、それよりも発動を早くすれば…………可能なのでは、と」

本当に飲み込みが早い。たった半月で下級魔法のほとんどを習得してしまった。

「では証明してみましょう。ほい」

俺はブライトの前で宙図《ちゅうず》を始め、中級系風魔法のクロスウィンドの魔法式を描いて見せた。

「これが何の公式かわかりますか？」

「風魔法の中級……いや上級系魔法？　情報量から考えると上級系魔法でしょうが……主軸の公式情報だけは簡易なものですから、中級系でしょうか？」

「その通りです。これに魔力を込めれば中級系風魔法、クロスウィンドが発動します。これに素早く中級系火魔法、ファイアウォールを繋げてしまいます」

そう告げると、ブライトの顔は一瞬で強張った。

流石だな。この危険性に気付いたか。

「完成している魔法式に更に完成した魔法式を繋げる…………一歩間違えば暴発してしまいます……」

少し震えた声で言ったブライト少年に、俺は静かに頷いた。

「そう、だからこの魔法は相当な修練が必要です。後ほど鍛錬法を教えますので、最下級魔法で試していくのがいいでしょう」

「……はい」

息を呑むようにブライトが返事をすると、俺は溢れてしまった笑みを戻すように宙図《ちゅうず》を再開した。

「――よっ」

「これはっ？　平面的な魔法式の構図ではなく、重ね合わせている⁉　いわば魔法式の立体化……」

「そう。最後にこの魔法式の終わりの部分を、クロスウィンドの魔法式の終わりの部分に繋げ合わせ、魔力を込めれば…………めでたく暴発する訳です」

「えっ⁉」

「しっかーっし！　繋げた瞬間、魔力を込めている最中に関しては暴発する事がありません！　魔力が魔法式に注がれ終えたその時、手に反発指向性の魔力を込めれば……暴発が反射され、この魔法が完成するのです！　……ほい、フレイムトルネード！」

フルブライド家の裏庭中央に放たれたそれは、人間大程の炎の渦となってブライトの瞳を橙に染めた。

ジエッタは粛々とスカートを押さえながらも、目に驚きを見せている。

石畳を黒く染め渦を巻く魔法は、十数秒の時を経て風と共に消えていった。

「………………凄い」

「とまぁ、これは私のオリジナルです。ブライト様に魔力が宿ってきたら教えてあげましょう」

「は、はい！」

「そろそろ昼食の時間ですね。続きはその後にしましょう。午後からは中級の回復魔法の座学に入りますからね」

俺がそう言うと、ブライト少年は少し難しい表情になった。回復魔法は本当に苦手みたいだからな。嫌ではないにしろ、距離を置きたい気持ちはあるのだろう。

しかし、日常に魔法を置く者こそ知っている。どんな攻撃魔法を覚えるにしても、最低限中級系の回復魔法を習得しておかなければならないという事を。

確か現代の魔法大学でもそれを推奨していたはずだ。

あのオルネルなんかは攻撃魔法を優先して覚えてたみたいだが、俺としてはあまりオススメ出来るものではない。

オルネルといえば……この時代にアダムス家も存在してるんだよな？　だとすると、このブルネアに住んでいるのだろうか？

神聖暦でもレガリアは存在したはずだが……――

『ブーラーイートーくーん!!』

甲高く黄色い声が、その声を子供のものであると俺に知らせた。と同時に、俺の前で食事をしていたブライト少年が、持っていたスプーンをカランと落としたのだ。

赤い絨毯に白色のスープが染まり、浸されて黒くなる頃、ブライト少年は顔を青くさせていた。

「ど、どうしました、ブライト様？」

「に…………ょう」

「え？」

「今すぐ逃げましょう！　ポーア先生！」

「……へ？」

ガタンとテーブルを鳴らし立ち上がったブライト少年。

突然の豹変に、扉の近くで控えていたアルフレッドを見ると、彼は目で俺に伝えた。

――指示に従え、と。

何やらよくわからないが、撤退という事なら早い方がいい。俺はブライト少年を片手でヒョイと持ち上げ、二階で待機するポチの下へ向かおうと食堂を出た。

瞬間、

「リトルファイア！」

「っ!?　あっっっっっつっ!?」

俺のデコを襲った小さな熱球は、パチンと音を立てて消える。

尻もちをつく俺。その衝撃でブライト少年を放してしまったが、どうやら無事なようだ。

しかし今の衝撃は……魔法っ!?

すぐに立ち上がった俺だが、その時ブライト少年は俺の背後にさっと姿を隠していた。

まさか、こんな日中から……敵襲っ!?

魔法が放たれた魔力の筋を辿りながら追うと、そこには逆光に包まれた小さな体軀のシルエットが腰に手を当てて立っていた。

「女………の子?」

そのシルエットの中にスカートと思われる影を捉え、少女を認識した俺がそう零した時、ブライト少年は既に俺の背中のマントを捻るように隠れていた。子供がカーテンにくるまるように……。

一歩歩けばブライト少年が倒れてしまう。そう思い、俺は相手の出方をうかがって身構えていると、影の女の子はそのままこちらへ歩き出した。手は腰に置いたまま……。なんだろう、随分と偉そうな感じで歩くな。

敵……なのか? 敵意や殺意は感じないが、マントから伝わる振動が、ブライト少年が震えているという事を知らせている。

「あら? ブライト君じゃないのね? アナタ誰?」

「……いきなり攻撃魔法を放ってきた方に名乗る名はありません」

以前トゥースに、いきなり大魔法を放った俺だが、そんな事は忘れた。今、忘れた。

「……死にたくなければ答えなさい」

尖ったように鋭い言葉で静かに脅す……少女。

「その程度の魔法で死ねる身体ではないもので」

「口が減らない下男ね。アルフレッド！　アルフレッドはいないのっ？」

　知っている名前を叫ぶ少女に、俺の背後からアルフレッドが返事をした。

「ここに……フェリス様」

「コイツをクビにして頂戴っ」

　……おや？　なんだか徐々に話が見えてきてしまったぞ？

　もしかしてこの少女はとてつもなく偉い方なのでは？　死にたくなければ……と言ったのは、もしかして社会的にという意味なのでは？

　俺の収入源をいきなり絶たれるのは困る。そんな困った様子の俺をちらりと見たアルフレッドだったが、顔つきを変えないままフェリスと呼んだ少女に頭を下げた。

「フェリス様、大変申し訳ございません。この者はブライト様の警護を担う者でございます。多少のご無礼はご容赦頂ければと存じます」

　逆光から抜け出ながら俺の前に姿を現した少女は、キツイ目付きを俺に送った。

「……アナタがぁ？」

　ピンクが基調のワンピースに薄手のショール。丸顔だが整った顔立ちで大きな瞳。水色の長い髪をまとめたツインテール。

　絵に描いたようなワンパクお転婆生意気少女……そんな印象だった。

　年はブライト少年より上……なのかもしれないな。

「ポ、ポーアといいます。……えっと、あの、どちら様で？」

　アルフレッドにそう聞くと、彼は表情を崩さず淡々と告げた。

「そちらにいらっしゃるお方はフェリス・アダムス様だ。アダムス家の次期当主で、ブライト様の幼馴染でもある。以後、態度には気を付ける事だな」

「はぁ……」

「下男のくせに派手な服ねっ」

「すみません」

何で謝ってるのか自分でもわからないが、とりあえずここは波風立てない方がいいだろう。

「それで、ブライト君はどこ？」

キョロキョロと見回すフェリス嬢は、未だに俺の脚にピトリとくっ付く捻《ねじ》りボーイに気付かないでいる。

すると奥の逆光の中に、再びシルエットが現れた。今度はとても見慣れた姿だ。

窓から降りてこちらに回って来たのか。

「マスター！　いかがしましたかっ!?」

玄関の扉が閉まり、逆光がなくなり見えたポチの姿は……相変わらずだった。

「おいシロ、口元がジャムだらけだぞ」

「それは勿体無いですー！」

振り向いて、口のまわりをぐるりと舌で拭うポチを見たフェリス。

どうやら言葉を解する獣、そしてその内容で俺の正体に気付いたようだ。

「……ポーアって言ったわね？　アナタ、もしかして魔法士？」

「はい。ブライト様の身辺警護と共に魔法指導の仕事をしています……」

そう告げた時、彼女は不敵な笑みを浮かべ、俺を見つめてきた。

これは……嫌な予感しか――

「いいわ。パパがトウエッドに向かってからアタシも魔法の指南役を探してたのよっ」

……………………だから何なのだろう？

フェリス嬢の青眼に宿る面倒臭そうな光に、俺はブライト少年と一緒になってマントにくるまりたくなった。

152　古代の生徒、二人目

「……ブライト様、どうするんですか？」

「大丈夫です。今はアルフレッドが応接室で応対していますから」

「だからって何でベッドの下なんですかっ。私とマスターとブライトさんで、もうぎゅうぎゅうですよ！」

「はい、もふもふです」

「ふ、ふふんっ」

喜んでる喜んでる。

「フェリスさんはおそらくポーア先生を魔法指導役として使おうとしています」

「……でしょうね。あの眼は確かにそう言ってました。しかし他家の事でしょう？　ブライト様が一言言ってくれれば――」

「無理ですよっ。あのお転婆女には何言っても…………あっ。し、失礼しました」

ブライトがここまで取り乱すんだ。相当な我儘に違いない。

そしておそらく、かなりの頑固だろう。オルネルを見ていればわかる。

「ではマスター、あのお転婆女からブライトさんを遠ざければ？」

「遠ざけた結果がこれだろう。流石にこの状態から街に出ればアルフレッドさんに何言われるかわからんぞ？　悪漢ならともかく、友好的な繋がりがあるんだから。フルブライド家とアダムス家は」

「とりあえず……最悪の結果にならないようにしなければなりません」

「というと？」

ブライト少年の言葉にそう聞き返すと、彼は静かに告げた。

「今日中に……帰ってもらいます」

◆

◆

「リトルファイア！」

「うわっ？」

「おっと」

かろうじてブライト少年が避けたリトルファイアを俺が握り潰す。

魔法指導が始まって早々にこれか。

本日だけはと、ブライト少年とフェリス嬢に魔法指導する事になったんだが、典型的ないじめっ子といじめられっ子の構図だな。

「フェリス様、人に向けての魔法発動はやめるようにしてください」

「はいはい、手が滑ったのよ」

俺がよくポチに使う手だ。

ポチを前にするとよく滑るんだよな、手。

違いと言えば、ポチはポチでやり返してくるが、ブライト少年はフェリス嬢にやり返す事はない。

両家の関係悪化に繋がるからという頭が働いてしまってるんだろうな。これも姉に迷惑をかけたくない一心だな。

「それで、どんな強力な魔法を教えてくれるのかしら？」

「強力な魔法？　とんでもないです。最下級魔法で手が滑ってしまうのでしたらまずはその修正からですよ」

「リトルファイア！」

「っと」

何て危ない子だ。顔に目掛けて飛んできたぞ……。

「大丈夫よ、もう狙って出来るわ」

どうやら狙われたらしい。

俺は凄く……それは物凄く困った顔をして溜め息を吐いたが、フェリス嬢には伝わらなかったみたいだ。

ブライト少年は目で伝えてくる。こんな人なんです、と、わかりやす過ぎる程のお転婆娘だ。

「でしたら、フェリス様はお父上に魔法を習ったそうですが、どの段階まで教わりましたか？」

「……そうね。リトルファイアとキュアーはしっかり覚えたわっ！」

これ見よがしに威張ってそう言ったフェリス嬢。

「……えっと、それ以外には？」

「何よ？　これだけじゃ不満？」

…………アダムス家の現当主は、フェリス嬢の性格を知ってるからそこまでしか教えてないのだろう。

これ、俺が勝手に教えてしまっていいのだろうか？

ブライト少年の判断に任せてしまってよいのだろうか？

「いえ、そんな事は……ないですよ」

ひくつく顔を抑え、見事笑顔で返した俺を誰か褒めて欲しい。

「シロ、下級魔法なら教えられたよな？」

「中級魔法までなら問題ありませんよ。知識としては特級まで入ってます！」

誇らしい顔で言ったポチだが、いつの間にそんな知識を……。

「ならブライト様の発動を補助してやってくれ。もし危なかったらしっかり守ってやれよ」

「お任せを！」

「さてフェリス様」

「なーに？」

「先程のリトルファイア、もう一度、今度は私に向かって発動してもらえますか？」

「ふふん、いいわよ！　…………リトルファイア！」

宙図《ちゅうず》速度は上出来。普段からこの魔法を何度も使っている証拠だな。

逆に言ってしまえば、遊び道具がこれしかなかった事も問題なのかもしれないが……。

俺は放たれたリトルファイアを人差し指で受け止める。同時にフェリス嬢の顔がビクついた。弾くと思ったが受けるとは思わなかったのか。しかしやはり自分からダメージを負うってのは嫌なもんだな。

「ちょ、ちょっとっ！　アンタなら簡単に消せたでしょうっ！　それを何でそんなっ!?」

「おー、あちちちち。えーっとこれは、わざと受けたのです」

「見ればわかるわよっ」

俺は受けた人差し指をフェリス嬢にぴっと見せる。

生々しい傷と火傷に目を逸らそうとするフェリス嬢を、俺が声に圧を掛けて止める。

「……何なのよ」

「では、キュアーをお願いできますか？」

「そういう事？　しょうがないわね。見てなさい…………キュアー！」

回復魔法の宙図《ちゆうず》は並以下だな。普段はそうそうそんな場面に出くわさないだろうし、それも仕方ないか。

指の傷が治り始める。しかし途中まで治ると、その効果が消えてしまった。

「あ、えっ!?　何でっ？」

「キュアーが治せるのは傷であって火傷ではありません。つまり火傷には別の回復魔法が必要になるわけです」

「…………じゃ、じゃあそれを早く教えなさいよ」

むすっとしながら目を背けて教えを乞うフェリス嬢は、少し恥ずかしそうだった。

俺は一冊の魔法書を渡し、それを読むようにと彼女に伝えると、ムキになったように読み始めたのだ。

その間、フェリス嬢はブライト少年をチラチラと見続けていたが、彼に負けたくないのと、彼に好意があるからだろう。若いのに進んでる事だ。

さて、このフェリス嬢だが……やっぱり攻撃魔法を多く教えるのは怖いな。

ならば回復や補助魔法に重点を置いて指導するのがいいだろうな。

筋は悪くないし、今日一日あれば下級補助魔法のいくつかは覚えられるだろう。

「それで、フェリス様はどのような魔法士になりたいのですか？」

「炎龍を倒すのよ！」

「……は？」

「知らないの？　ロードドラゴンって呼ばれる大きな龍よ」

「勿論知ってますが、何故炎龍を？」

「………どうでもいいでしょ、そんな事はっ」

何かありそうな間だったな。ムキになるところが怪しいが、炎龍とはね。

その後、俺はスピードアップとタイトルアップの魔法をフェリス嬢に教え、ブライト少年は下級魔法の公式無視の法を練り、その安定性を上げた。

夕方になり、本日の魔法指導が終わろうとしていた時、裏庭へアルフレッドがやって来た。

アルフレッドは魔法書と格闘するフェリス嬢に深く頭を下げると、終わりを告げる一言を伝えた。

「フェリス様、お迎えがいらっしゃいました」

「わかったわ、今行く」

おぉ、もっとごねるのかと思ってたらそうでもなかったな。

ブライト少年もほっと一息吐き、フェリス嬢に気付かれないように拳を握っていた。

するとフェリス嬢はすっと立ち上がり、無言のまま俺たちの前から去って行った。

「……無言で去ったな」

「まぁ嵐の前も後も静かなもんですよ」

「そうだな。とりあえずあそこで神に祈ってるブライト様が治ったら、ここを片付けるか」

「そうですね」

俺はポンポンとポチの頭を軽く撫でるように叩き、振り返ろうとした。

その瞬間。背後から先程去って行ったはずの靴音が石畳をコツコツ鳴らして戻って来たのだ。

すぐに俺とポチが振り返ると、そこには偉そうに鼻を鳴らした、あのお嬢様が立っていた。

ブライト少年は既に限界だというのに、この子は一体何を考えているのだろう。

「フェリス様、一体どうしたのですか？」

「どうしたもこうしたもないわよ。さっさと続き、やるわよ」

「あれ？　……えっと、帰られるのでは？」

「誰がそんな事言ったのよ？　迎えを帰して私の着替えを取りに行ってもらったの。こっちにいる間、私もここに泊まる事にしたから」

この言葉の後、ブライト少年は祈りのポーズのまま、裏庭の芝生に顔を突っ込んだ。

俺は過去に……一体何しに来たのだろう？

153　ありません!

――　神聖暦百二十年　六月三日　午前十時　――


まさか屋敷勤めで街に出る日が来るとは思わなかった。

この時間は魔法指導の時間だが、フェリス嬢に強く言われてはブライト少年もアルフレッドも何も言えなかったのだろう。

今は俺一人でブルネアの街に出て、ある物を購入しようとしている。

勿論、屋敷ではポチが目を光らせて警護をしている。あの二人には魔法書を読みながらの自習をお願いしている。

本来であれば午後の魔法指導が終わってからと思ってたんだがな。

ブライト少年の魔法能力は既に異常なまでに育った。

たった半月と少しで下級の攻撃、補助、回復魔法を修めてしまったのだ。

フェリス嬢には、この二日で攻撃魔法以外の魔法をバランスよく覚えてもらっている。ブライト少年程ではないが、子供ながらに吸収率は高い。

下級の魔法をある程度修めた者は、ある壁に当たる。

それは体力だ。

下級魔法士とは並以下の人間の動きではまずいのだ。いや、並の動きでもまずい。

ならば動いてもらうしかない。ただ立って魔法を発動していればいいという訳ではないからな。

少なくとも俺の魔法教室でそんな魔法士は育ってほしくない。

そしてブライト少年に提案したのが杖術の指導。

これも立派な魔法指導だと伝え、その意味を知ると、興奮して首を縦に振っていた。

そう、姉を支えるならば、姉と共に動けなくてはいけないからな。まぁジュンの実力はジョルノやリーリアレベルだ。相当な修練が必要だろうが、体力を付けておくに越した事はない。

そんな訳で街に出て買いに来たのは杖術に使う木製の棒。先端を綿で覆って包んでお子様仕様にしなければいけないが、成長の早い子供の事だ。それもすぐとれるだろうけどな。

訓練用の棒や剣なら武器屋に売ってるだろうと思い、ブルネアの商業区までやってきた俺は、流石にどこでも一緒だろうと、品のよさそうな店に入ろうとした。

すると、背中を引っ張るようなしゃがれた声が俺の足を止めさせた。

「兄ちゃん、その店はやめときな」

振り返るとそこには頭より大きい面積の髭を蓄えた、背の低い中年男が立っていた。

太ってはいないが身体がそう見えるのは鍛えられた肉体と太い腕のせいだろう。右手には酒瓶、背中にも酒瓶。そして左手にも酒瓶と、身体を覆う酒気から鼻がおかしくなりそうだ。

「あの、何か?」

「何を買うのか知らねぇが、その店はやめとけと言ったんだ」

「それを決めるのは俺が店の中に入ってからでは?」

「ちげぇねぇ。だが、この店の俺の評価を教えといてやろう。見栄えそれなり、切れ味それなり、仕上がりそれなり、価格は最悪だ」

そこまで言ったところで、店の中から眼鏡を掛けたオールバックの細い男が飛び出して来た。

「あーた！　まーたうちの評判を下げるような事をしてっ！　さっさと消えないと水ぶっかけるわよ！」

女口調で中年の男に怒鳴る店の男。

「何でぇ、本当の事言っただけだろうに」

尖らせた口を戻さずに、中年の男は酒をあおる。

「すみませんでした。お客さんっ！　さささっ、中へどーぞっ！」

誘われるままに店に入った俺は、店に入ってその事実に少し驚いた。

見栄えが………それなりだったのだ。

の割には見える値段がとんでもない金額ばかり。隅に書かれた注意書きには「試し斬り禁止」の文字。

近寄って仕上がりを見てもちょっと乱雑な造り。武器の目利きは出来ないが、強力なモンスターがはびこるこの時代では、とても残念な品揃え、というのが俺の感想だ。

と言っても俺が欲しいのは、ただの木の棒だ。

「お客様はどのような武器をお探しで?」

「あぁ、訓練用の棒を探してます」

店の男は少し眉をひくつかせたが、そこはプロなのだろう。すぐにそのコーナーへ連れて行ってくれた。

どうやら客層もかなり選ぶみたいだな。

細工は豪華だが、その留め金が酷い。何故訓練用の棒で二千ゴルドも払わなければならないのか？

俺は肩で息をするように大きく吐いて、その店を出て行った。

去る者追わず、なのか、出て行く者には何も言わない店の男に不信感を抱いてしまうのは仕方ないだろう。

これは、リピーターも少ないな。

店を出ると、なんとあの中年の男が、酒をあおりながらまだ立っていたのだ。

苦笑する俺に、「ヒヒヒ」と愉快そうに笑いながら。

「ウチへ来な」

酒の匂いを追うようにその後ろ姿に付いて行く。

現代とこの時代の大きな違いは、魔法士も戦士も武器屋を利用するという事か。

現代であれば、武器屋の店先で魔法士の客の取り合いという現象は起きないだろう。

その店を離れて五分程、少しだけ古い建物が俺を迎えた。

店の名前は「マールス・ウェポン」。戦神の武器とは、中々思い切った名前だな。

中に入ると、そこは異質な空間だった。この匂いと独特の雰囲気はどこか感じた事のある場所だ。

見栄えこそそこまでよくないが、鏡のように仕上げられた刀身と、背中をぞくりとさせる刃の鋭さ。持ち手の事を考えたグリップに手頃な値段。

凄いなあの男。酒だけ飲んでる訳じゃなさそうだ。

「気に入ったかい？」

「知り合いに見せたいくらいですね」

「そりゃ嬉しいね。今度宣伝しといてくれ。ヒヒヒ」

「けど、今日俺が求めてるのはこういった武器じゃないんです」

「まぁ、珍しくも魔法士だからな。しかし、使わない訳じゃないんだろ？」

男はカウンターに肘を置き、ぐびぐびと酒を飲んだ後、俺の懐に差した護身用のナイフを指差した。

ちょっと前に王都レガリアで買ったものだ。

多少マントに隠れてたのによく気付いたな。

「護身用ですよ」

「だから少しは目利きが出来ると思ったんだよ。そうだとしたらあの店から出て来る事はわかったからな。んで、何が欲しいんだい？」

「訓練用の棒を。その度合によって、今後も新調があるかもしれません」

「ほぉ、杖術でも教えてるのかい？」

「そういう事です」

「歳と背丈は？」

「九歳のこのくらいの男の子と、十歳のこのくらいの女の子です」

俺はブライト少年とフェリス嬢の情報を簡潔に説明し、男は少し考えた後、中央端のコーナーへ歩いて行った。

「それならこれだな」

持ちやすいように柄が丁寧に削られていて、子供にも優しい造りだ。

この時代にここまで手を入れるのも珍しいな。

即決した俺は、屋敷から預かったお金を支払い、その証明をもらった。

「また来な、兄ちゃん」

「……どうも」

安い買い物にもしっかりと気持ちを送るあの男、中々良い店主だな。

屋敷に戻り、アルフレッドに残った金を渡した俺は、裏庭まで向かった。

そこでは背中に跨られ、手綱の代わりに耳を引っ張られている涙目のポチがいた。

「アイタタタタッ、痛いですー！」

ブライト少年は勿論止めようとしている。

しかしフェリス嬢に口で敵わないのか、慌てながら見ているだけだ。

「こらっ、暴れるんじゃ……ないわよっ！」

「痛いです！　痛いです！　痛いですー!?」

尻をぺちんぺちんと叩かれるポチ。

何て可哀想なんだ。可哀想だけど面白そうだからもう少し見ていよう。

「フルーツの盛り合わせじゃ割に合いません！」

なるほど、既に釣られた後か。

「じゃあそれを一週間付けるわ」

「ハハハッ！　どうぞ犬とお呼びください！」

ははは、お前は既に犬だぞ。

「鳴きなさい！」

「アオーンッ！」

「お座り！」

「ササササッ！」

「お手！」

「サッ！」

「ちんちん」

「ありません！」

俺が腹を抱えていると、ブライト少年が、俺の存在に気付いた。

「ポーア先生！」

「あ、やばっ」

フェリス嬢も俺に気付いたようだ。

どうやら先生として意識はしてくれているようだ。

慌てながらどこからか出した眼鏡をしたポチは、指示棒を使って空を指している。

「こ、このように魔法に魔術公式を埋め込む技術が確立したわけです！」

凄いな、この一瞬でそこまで教えたか。

「あ、あれ？　マスターじゃないですか？　早かったですねっ？」

「フルーツ盛り合わせ」

「一週間！」

脳と声が直結してるんじゃないだろうか、この犬は？

「こ、これは…………!?　一体私に何の魔法を掛けたんですか、マスター!?」

それ風に言われても俺の心は乗り気じゃない。

「食欲だ」

「あ、納得です」

「さぁ二人とも、訓練用の杖ですよ」

ブライト少年、フェリス嬢それぞれに手渡すと、早速フェリス嬢がそれを振り被った。

ブライト少年が眼前でそれを受け、顔をひきつらせた。

しかしそれはフェリス嬢も同じだった。

「結構響くでしょう？　それが実戦に近い衝撃ですよ」

初めて手にした武器とその感覚に、二人の顔は固まり、痺れる手を見つめるばかりだ。

するとブライト少年が気付く。手元の柄に彫られた銘に。

「えと、ガルム……キサラギ……さんの作品ですね。手に馴染んでとてもいい感じです」

…………………何だって？

154　ジュンの帰還

狼王ガルム？　まさかまさかそんなはずはない。問題は姓の方だ。

咄嗟に懐から出した護身用のナイフ。確かに彫られた「ドン・キサラギ」の文字。

あのレウスとドンの姓。腕がいいとは思っていたが、ここまで遡って武器屋を営んでいるとは思わなかった。

にしてもこれだけの短期間で、俺の知っている名前や存在に出会うのは出来過ぎている感がある。

神の狙いがこういった事にあるのかもしれないだろうが、いまいち意図が読めないな。

「くっ！」

「このっ！」

「そうです。魔法はフェイクにも、牽制にも使えます。途中まで描いた魔法陣を消したふりを見せ、片手で保持。そのまま反転して相手の攻勢を乱すんです」

杖術の指導が始まってすぐ。フェリス嬢の思わぬ才能を発見した。

どうやらフェリス嬢はこっちのが性に合っているようだな。

魔法士の中にもタイプがある。ブライト少年のような完全後衛型。そしてフェリス嬢のような前衛型。

前者はオルネルやイデアみたいなタイプで、後者はリナやミドルスのようなタイプだ。

これぱかりは血だけではないという事か。

「はっ！」

「そこです！」

「よーし、良い調子です。常に仲間の一人を敵の死角に置くのは集団戦で大きな利点になりますっ」

「でも……当たらないじゃないっ！」

「動きが全く読めないです……」

俺対二人の杖術での戦闘。フェリス嬢が俺と対峙し、ブライト少年が背後から狙う。

咄嗟にチームを組ませて戦わせてみたが、中々のチームワークだ。長年腐れ縁のように付き合ってきたからかもしれないな。

「少し難度を上げますよ」

「……っ!?」

身体を覆う魔力の圧を一段階上げる。これだけで二人の顔は緊張し強張った。

先程まで軽かった足が重くなり、頬を伝う汗の量も増える。

「シロ、アシストについてやれ」

「かしこまりました！　フェリスさん。マスターの行動全てを奪わなくていいのです！　半身、いえ片目だけでも行動を奪ってください！」

「無茶ばっかり言ってっ！」

「ブライトさん！　マスターが持つ杖は右手です。しかし左手には何らかの罠があると思ってください！」

「はいっ！」

ポチの指示と適度な応援もあり、フェリス嬢は一歩を、ブライト少年は牽制を放つ事が出来る。難度を上げたといっても、覆う魔力を上げただけで、戦闘力を上げるといった訳ではないのだ。実戦形式の魔法指導を取り入れた事により、戦闘中の戦略の重要性を理解させ、その判断を向上させる。

これだけで、魔法士としての能力は段違いに変わる。

戦闘力はともかく、あくまで知識としては、この二人…………魔法大学一年生レベルまで育ってきているだろう。

「ぼさっとしてないで、アンタもいきなさい、よっ！」

「ひぁっ!?」

抜けた悲鳴を出し、お尻を押さえて跳び上がったポチは、涙目になりながら俺に向かってくる。

「お、おいっ、ずるいぞ！」

「使えるものは何でも使うのがアダムス家よ！」

「マスター、危ない！　すぅぱぁ肉球アタック！」

爪こそ出さないものの、振り被って俺に殴りかかってくるポチ。こいつめ、後で覚えてろ？

完全な援護ではないが、俺の行動を制限し、自分の選択肢を増やすやり方は確かに悪くない。

ちゃっかりブライト少年も俺に下級魔法を放とうとしている。何てブラックなんだ。

「もらったわっ！」

後頭部一直線。フェリス嬢が放った一撃は、確かに俺の頭を捉えた。

しかし、先程の手の痺れ同様、鈍く重い音を響かせた杖。その衝撃のあまり、フェリス嬢は杖を落としてしまった。

「何なのよもうっ！　アンタ、何てかったい頭してるのっ!?」

「そうです！　マスターはいつもお固いんですよ！」

本当、調子に乗るとうるさいんだからポチ《あいつ》は。

「シールドの魔法を局部的に発動させたんですよ。これはもう教えた魔法でしょう？」

「……凄い」

「確かにそうだけど、そんな事が出来るなんて聞いてないわよ！」

「私だってシロを使うとは聞いてませんでしたから」

満面の笑みでフェリス嬢に答えると、彼女は顔を真っ赤にさせてそっぽを向いてしまった。

体術に関しても……俺が手を抜いてるとは言え、中々早い成長だな。

ブライト少年も、すぐに腰掛け、先程の局部的シールドの考察に入ってる。

良い調子で育ってきた。それだけにレベルの壁があるのは早くなんとかしたいものだ。

身辺警護といっても、その仕事が一番やりやすいのは、警護対象が強くなる事にある。

移動もスムーズになるし、やるべき事もいち早く理解できるからな。

幸い、間も無くジュンが出てってからひと月が経つ。もうすぐ戻って来るだろうし、それまでは底上げに重点を置くしかないだろうな。

――　神聖暦百二十年　六月十八日　午前六時　――


と思ったらいつの間にか半月が過ぎていた。予定よりも遅いとの事でブライト少年も心配していたが、ジュンは問題なく戻って来た。

「姉上っ！」

膝立ちでブライト少年を迎えたジュンは、そのまま優しく抱き包んだ。

早朝故フェリス嬢は起きて来なかったが、ブライト少年が起きては俺も起きない訳にはいかない。

「ん～、ブライトの良い匂いだ。もう最高だな。すんすんすん」

余程弟に飢えてたのか、帰宅早々全開で全壊なジュン。

ハッと我にかえった時はもう遅い。俺もポチも困った顔しかしていなかった。

コホンと咳払いをしてほんのり赤くなったジュンは、アルフレッドに荷物を預け、俺の下まで歩いて来た。

「慣れたか？　ポーア殿」

「アクシデントさえなければ、もっと早く慣れたんでしょうけど。でもそれも少しは慣れました」

苦笑しながら言った俺に、ジュンは首を傾げた。

「アクシデント？」

答えにくい俺を気遣い、ブライト少年が補足する。

「フェリスさんが……」

「何？　本当かっ？」

「二階の客室にてお休みになられてます」

アルフレッドが一言伝えると、全てを理解したようにジュンは片手で額を覆った。

溜め息を吐きながら俯き、俺に「すまない」とだけ言った。

「いつからだ？」

「六月の一日《いっぴ》よりいらっしゃっております」

「そうか……。ポーア殿、詳しい話は日が昇ってからとしよう。これからはブライトの身辺警護も楽になるはずだ。私も少し休む。後程な」

「わかりました」

ジュンはそう言ってブライトとアルフレッドたちと共に屋敷の中へ入って行った。

その時、一瞬……背後に視線を感じた。殺気こそないがへばりつくような嫌な視線だ。

「っ！」

すぐに振り返った俺だが、既に背後には誰もおらず早朝の静寂だけが広がっていた。

「シロ、今何か感じたか？」

目を切らずに言った俺に、ポチは鋭い目つきで答える。

「ええ、私の鼻は誤魔化せませんよ。……朝食の支度が始まりました」

そっちじゃないそっちじゃない。

二時間程経ち、ブライト少年とフェリス嬢の朝食が済んだ後、俺の手が手羽先に見える程病んだポチの食事を先にとらせた。

警護しやすいようにと、ブライト少年は俺の部屋まで来てくれた。まぁ、少しの間だけでもフェリス嬢から逃げたいという口実なんだろうけどな。

「おーいちちち。どうしたら俺の手が食べ物に見えるんだよ……ったく」

「マスターはたまに美味しそうに見えますからね！」

それはお前が腹ペコになったサインだろうに。

「それよりブライト様。ジュン様はまだ起きてないのですか？」

「ええ、朝食に起きて来ないところをみると、やはり相当疲れていたようです」

きっと帰りはとてつもないスピードで帰って来たんだろうな。

ポチの食事が済み、俺の食事をポチが横取りしたおかげで、俺の朝食は、パン一つという成人男性にはとても足りない量で我慢する事になった。

今日も朝の魔法指導が始まる。

「仮想敵……ですか？」

「そうです。今からシロが獣系のモンスターを模してお二人と戦います」

「へぇ、中々面白そうじゃない」

珍しく嬉しそうなフェリス嬢は腰に手を当てて言った。

「ではフェリス様からやりますか？」

「当然よ」

「シロ、ランクDのヘルバウンドだ」

ポチは少しだけこちらを見た。

どうやら「本当にそれでいいのか？」と言いたそうな雰囲気だ。

いいんだよ。勝てない相手とやらせなきゃ意味がないんだから。

「いくわよっ！」

試合が始まり突っかけたフェリス嬢は、ポチの鼻先を杖で狙い打つ。

しかし手加減しているとはいえ、ランクDの強さを模しているポチにかわせないはずはない。

「ぬっ、この！　このぉ！」

翻弄し続けるポチにフェリス嬢の息が乱れる。

「ちょこまかしないでよねっ！」

右手から瞬時に左手に持ち替えた杖でポチを払うフェリス嬢。――がしかし、

「はばいれふ！」

甘いです、と言いたかったんだろうが、口で受けたらそうしまらなくなるよな。

フェリス嬢の武器を制し、それを奪い取ったポチ。

納得がいかない様子でまたもムスッとしたフェリス嬢。しかしこの半月で成長したものだ。

最初の頃であれば、勝負について納得がいかなかっただろうが、今は自分の力にそれが向いている。

座学用の椅子にどすんと座り、次の相手であるブライト少年に譲ったようだ。

杖を構え、腰を落としたブライト少年はどうやら待ちの姿勢みたいだな。

ポチの目配せに俺は先手を許可するように頷いた。

跳びかかって距離を詰めるポチを、すんでのところかわすブライト少年。

「――のほい！　ウィンド！」

おぉ、片手宙図《ちゅうず》か！

左右に跳び、攻撃の意図を読ませないポチの動きを逆手にとったんだ。

「なんの！」

身体を捻って下級系風魔法をかわし、着地と同時に地を蹴ったポチ。

「っ!?」

が、一瞬にして後退した。

何だ今のは？　強烈なプレッシャーを屋敷の方から感じた？

俺とポチだけがそれに気付いたようだが、好機ととったブライト少年が差を詰め寄る。

「おっとっ」

首を反ってかわし、フェリス嬢と同じく武器を咥えようと振り切られた杖を口で追う。

「くっ！」

また同じプレッシャーッ!?

俺はその原因を探ろうと、それが一番放たれてる屋敷の二階を見上げた。

二階の窓のところに誰か……いる？

目を凝らすと、そこにはなんとも言えないオーラを発したジュンが、ガラス窓にへばりついて試合を見ていた。

なるほど、弟への愛分の憎悪がポチに向いてただけか。

あ、窓にヒビが………。

155　胎動

「見事だポーア殿。まさかブライトがあそこまでの実力を身に付けていたとは思わなかった。それにフェリス殿もな」

「最初はどうしたものかと思っていましたが、ブライト様の相手として互いに刺激し合えてるのかと」

実際、あの二人は良い意味で合っている。

ブライト少年はフェリス嬢の強烈な攻撃といじめに必死で抵抗するし、フェリス嬢はブライト少年に良いところを見せたいようだからな。

互いに性別を間違えて生まれてきたらよかったのに。

「金は成功報酬だったな。後でアルフレッドから受け取ってくれ」

「ありがとうございます」

「それで、どうだろうか？　これから先もブライトの魔法指導をしてくれるだろうか？」

「それはジュン様が私の事を前向きに検討して下さっているという事でよろしいですか？」

「勿論だ」

良い傾向だ。

これならば少しくらいの我儘を聞いてくれるかもしれないな。

「でしたら私のお願いを聞いて頂きたいのですが……」

「何だ？　出来るだけ譲歩しよう」

「ブライト様のレベルの事です。これまでは誤魔化しながら魔法を使ってきましたが、流石《さすが》に今のままのレベルではこれ以上の成長は難しいかと思います。低レベル帯のモンスターの狩りや、戦闘を行わせたいのですが、いかがでしょうか？」

ジュンは腕を組んで黙ってしまった。

モンスターを倒さなければレベルは上がらないし、強くもならない。

どの時代であれ、それは変わらない事実だ。

ジュンがブライト少年を溺愛している事は知ってるが、このままではブライト少年の成長にはならない。

ジュン自身も殻を破って欲しいところだが……さて？

「……ポーア殿の言いたい事はわかった。しかしだな――」

「――しかしもかかしもないわよ！」

ドンと応接間のドアを開けたのはフェリス嬢。

そして聞き耳を立てていたのか、ブライト少年が倒れ込んで来る。

「ジュン殿！　アナタがいつまでもそんなんだからブライトはいつまでもこんなんなのよ！」

「こんなんって……ブライトは可愛いじゃないか、フェリス殿」

論点はそこじゃない。

「私もブライトも、少しは強くならないと自分の身を守れないのよ！」

「この子に私しかいないように、私にもこの子しかいないのだ。ブライトの身は私が守る」

「じゃあ何!?　ブライトはお遊びのために、このひと月魔法指導を受けたっていうのっ？」

「そんな事は言っていない……しかし――――なっ!?」

「くっ!?」

「な、何だっ!?」

その時、強烈な大地の震動とともに、腹の底に響く脈動が聞こえた。

相当大きな揺れ………これはもしかして……。

「魔王の………胎動……？」

いつもは気の強いフェリス嬢が両肘を抱いて蹲《うずくま》る。

未だ揺れ続ける屋敷の中、俺とジュンは見合う。

逆に、いつもは気の小さいブライト少年が、フェリス嬢の肩を支えているのだ。

「姉上………私からもお願いします。どうか……！」

強く逞しい眼差しに、ジュンが何を思ったのかはわからない。

しかし、このひと月の成長を実感した事は確かのようだ。

それにしても魔王の胎動がここまでとはな……。

両肩に伸し掛かる強力な魔力。心の臓を直接握られたような感覚。まるで死と隣り合わせにいるみたいだった。

俺でも立っているのがやっとだ。

ポチのヤツ、今頃ベッドの下で目を塞いでるだろうな。……助けに行ってやるか。

「ジュン様、シロが心配です。ここをお願いします」

「あぁ……」

◆　◆

「おいシロ！　大丈夫か!?」

『いません！』

案の定ベッドの下から聞こえるこもった声。

「大丈夫だって。まだ魔王の復活まで時間がある。それまでに強くなればいいんだって！」

『いないんです！』

こりゃ相当ビビってるな。

獣特有の感性というか、本当に鋭い事。

「俺、シロがいないと生きていけないんだよ！」

『私だってそうですよ！』

声が少し震えている。

ポチにしては珍しい。

「だから……な？　手伝ってくれよ」

『駄目駄目なマスターですからね！』

「……あぁ、駄目駄目な俺だから、お前が必要なんだよ」

鼻先だけベッドの下から出てきた。

「…………アズリー」

「何だ……ポチ」

「約束してください。私を置いていかないと……」

言葉に、詰まった。

こんなにも弱気なポチを見るのは初めてだから？

いや、長い長い間。悠久とも言えるその時間を共に過ごしてきたからこそ、ポチが言ったんだ。

長い長い間。無限とも言えるその時間を友として歩んできたからこそ、言葉に詰まったんだ。

「……それは、俺のセリフだ」

かろうじて振り絞った言葉に、ポチへの返答は含まれていなかった。

「……馬鹿マスター」

「犬ッコロ……」

鼻先を引っ込めたポチは、垂れているシーツをグシャグシャにした後、何事もなかったかのようにヒョイと出て来た。

窓に向かい、庭に降りようとする背中でポチはこう言った。

「さぁ！　そろそろ午後の魔法指導の時間ですよ！　マスターもボーっとしてないで、ちゃっちゃと準備しちゃってください！」

それだけ言って、ポチは庭へ降りて行った。

「……あいつも、震えてたな」

魔王という強大な存在の片鱗を直に触れて、ポチが感じたものは大きいだろう。

俺たちもそろそろ強くならなくちゃいけないな。

せめて……ジョルノたちと肩を並べられる程には…………。

午後の魔法指導の時間、フェリス嬢は部屋にこもってしまった。

部屋の奥で「一日だけ欲しい」と言っていた。どうにも出来ない俺とブライト少年は、久しぶりに二人だけで授業を行った。

その魔力量故に中級魔法を教えるのは先になるだろうが、教えられる事がない訳じゃない。

魔法の効果や範囲、その有効対象など、覚える事は尽きる事がない。

座学から動きに発展し、魔法を深めるのは俺がよくやっていた手法だ。

基本的な下級魔法は完璧に覚えたブライト少年は、早く次の段階にいきたいのだろう。うずうずしているのがよくわかる。

そんな印象に困っていた俺の下へ、ジュンが現れた。

「どうしたんですか?」

「低レベルのモンスター狩りの話だがな」

さて、ブライト少年の強い眼差しの結果は……どうなったかな?

「北へ行ってもらいたい。あそこならば危険は少ないだろう」

「姉上！」

パァッと顔に明るさを見せたブライト少年は、ジュンに抱きついた。

一瞬にへらと笑ったジュンだが、俺に視線を移した時には既に戦士の目をしていた。

「私はここを離れる事は出来ない。ポーア殿、お願い出来るか？」

少し驚いた。

まさかこの短期間でそこまで俺を信頼してくれるとは思わなかった。

……これは、礼で応えなくちゃいけないだろうな。

「任せてください」

俺は深く頭を下げた。

しかし北……か。ブルネアより北って事はレジアータやレガリアの方だろうか？

「出発は明後日。ブライトにはジエッタを付ける。それ以外の事はアダムス家の者に聞くといい」

「アダムス家？」

「信のおける者がポルコ・アダムス殿しかいないのだ。明後日ポルコ殿とその護衛団と共に北へ向かってくれ」

「……という事はフェリス様も？」

「アダムス家はレガリアの西、『クッグ』という村にある。ポルコ殿が帰るのであれば娘が付いていかない道理はないだろう。おや、どうしたブライト？」

ジュンに抱きつきながら膝を落としたブライト少年の気持ちは、とてもよくわかる。

レガリアか。聖帝が住んでる地ならば、そりゃ治安もいいだろうな。

それにしてもソドムからどんどん離れて行くなぁ。だが、それが今の俺の実力だと考えた方がいい。

先日街で聞いた情報では、魔王の胎動期が始まったのは昨年。

これからどう動くかはわからないが、魔王の復活までやれる事をやるだけだ。

低レベルのモンスターが多いのであれば、俺としてもやりたい事があるしな。

「まーた変な事考えてませんか？　マスター」

「ふっ、わかるかねシロ君」

とにかく、強くならなくちゃな……。

156　事件

――　神聖暦百二十年　六月十九日　午前九時　――


出発を明日に控え、とんでもない金額の成功報酬をもらった俺とポチは、ずしりと手に乗るゴルドが沢山詰まった革袋を持って目を輝かせていた。

「二十万ですよ、二十万ゴルドッ！　マスター！　何買いますっ？」

「ふふふふふ、まぁ待てシロ。まずは明日の準備からだ」

明日の準備を、という事で、本日の魔法指導はお休み。

警護もジュンがするからと、一日休みをもらった俺たち。

しかし、まさか二十万もの大金をもらえるとは思わなかった。フェリス嬢の指導料もこの中に入ってるのかもしれないな。

そう考えると妥当な金額なのかもと思ってしまう。

「うーむ、あの特殊魔法陣には色んな素材が必要だよなぁ」

「何が必要なんです？」

「主に眼球だ。キマイラのは以前リードたちと倒した時に貰ったし、この数年で色々な眼球が手に入ってる」

「眼球って、また鑑定魔法でも使うんですか？」

「今回はちょっと違う魔法だ。解析魔法って言った方がいいかな？」

「解析魔法…………マスター、変な事には使わないでしょうね？」

目を細めてポチが聞いてくる。

俺にはそういった趣味はないと、いつになったらわかってくれるのだろうか、この使い魔は。

俺も同じような目で返すと、ポチは気を取り直して更に聞いてきた。

「どのモンスターの眼球が欲しいんです？」

「モンスターに指定はない。出来ればランクSのモンスターの眼球が欲しいんだが……売ってるかな？」

「とりあえずそれっぽいお店に行ってみるしかなさそうですね」

「だな」

そんな話をしつつ、俺たちはこの時代には珍しいであろう街の外れにあった錬金術の店で、ランクSSモンスター『黄竜』、その仔竜である眼球を手に入れる事が出来た。お値段なんと十万ゴルド。

それしかなかったから仕方ないが、本来は数万ゴルドで済んだはずだ。

まぁこれはランクS相当の価値はあるし、これはこれでいいだろう。

その後昼食をとり、ポチの間食、そして俺たちの夕飯とポチの夜食を購入して屋敷に戻った。

休み故に、今日の食事もないって事だ。

屋敷に戻った時、時刻は太陽が傾きかける十六時半を迎えていた。

「いやー、今夜が楽しみですね！」

一週間分の買い物に見えるが、やはり一日分なんだな、それ。

買い物袋を両手に抱え、器用に立って歩くポチは目が頬に付きそうな程垂れている。

相当嬉しいようだ。

屋敷の庭を通り過ぎ、玄関近くまで歩いて一旦ポチと別れようとしたその時、玄関の扉が大きな音を立てて開いた。

何事かと目を丸くした俺たちの前に、青ざめた女が一人。

「ジュン……様？　ど――――」

「どうしたのですか？」……その一言が出るより早く、ジュンは一瞬で間を詰め、俺の両肩を掴んだ。それはもう強烈な力で。肩から血が出てるんじゃないだろうか？

「ブライトがいないのだポーア殿！　貴殿、ブライトを見なかったかっ!?」

視界がブルンブルンと振られている。

その言葉の意味を理解するのに少し時間がかかってしまったのはどうか許して欲しい。

そうか、ジュンが帰って来た時に感じたへばりつくような嫌な視線はこれか。

ジュンの帰還によって起きた人事の入れ替わりによる隙を狙ったのか、それとも別の機会があったのか……。

そう俺が理解するより早く、ポチが動いた。

「間食はおあずけですか……」

膝を落とし、顔を覆うポチはとても悲しそうだが、今はそうじゃないと思う。

「ほい、ストアルーム」

俺は荷物を全てその中に放り込み、間食を追ってストアルームに跳び込むポチの尻尾を摑んで放り出した。

「痛いですー!?」

さっき昼食食ったばっかだろうに！

「俺たちがブライト様を捜します。ジュン様はここでお待ちを！」

「待て！　私も一緒に捜す！」

「屋敷にはフェリス様もいらっしゃるはず。ここを留守にしてフェリス様にも危険が迫ったら相手の思う壺です！」

「何者かの仕業だとっ？」

「ジュン様がお帰りになった時、変な視線を感じたのは確かです。思い過ごしであればいいのですが……」

「くっ………頼む……」

唇を嚙んで頼んだジュンは悔しそうに言った。

「シロ、巨大化はいい。ブライト様の匂いを探れ！」

「アウッ！」

簡潔な指示だったが、俺がそれを言うより早く、ポチはその任を理解していた。

即座に走り始めたのがいい証拠だ。

流石わかってらっしゃる。

「この道を真っ直ぐ北上してます！」

「北東の門の方だな、急ごう！」

「はい！」

ポチの返事と同時に駆け始め、駆けながらオールアップの魔法を施す。

極端なレベルアップにより歩く人々が突風のように消えていく。

速度にも驚いたが、それに付いていく肉体にも驚いた。やっぱりなんとしても限界突破の魔術を現代に持って帰らなければ。

いや、今はそんな場合じゃない。

そう頭《かぶり》を振った時、ポチは速度を緩めて……そして止まった。

「どうしたっ？」

「ここで匂いが消えています」

「ここで？」

見回すと周りには何もない。

人気《ひとけ》もないただの裏路地。

周辺をくるくると回り、地面の匂いを嗅ぐポチは外壁の隅に身体を向けた時動きを止めた。

「……上？」

「これを子供一人抱えて跳び越えるって事は、相当な実力者だな」

「ぬんっ！」

巨大化したポチに跨る。

背に乗った瞬間、跳び上がったポチは外壁を越え、ふわりと街の外に着地した。

「匂いが近いです。ここから北東！」

「そりゃっ！」

ポチの身体を誘導し、北東に向ける。

地に足の跡が付く程強烈なダッシュに、一瞬目を瞑ってしまう。

「――っと、距離はっ!?」

「およそ千！　二分で追いつけます！」

どうやら相手の足はポチより速くないようだ。

それを理解した俺は、いつでも魔法が発動出来るように目と手に意識を集中させた。

ブライト少年を連れ去ったという事は殺せなかったという事。

殺す以上のブライト少年の価値………おそらく人質。穏健派のフルブライド家を意のままに操ろうとか考えてるんだろうな。

弟を溺愛しているジュンには非常に効果的だ。

それだけで力を持った貴族を操れるんだ。多少の危険は冒すだろう。

「見えました！　馬車です！」

しかし引いてるのは馬じゃない。もっと強力な何かだ。

「回り込め！」

「はい！」

半円を描くようにポチが馬車の前に躍り出ると、馬車は静かな車輪音を発して止まった。

「カイゼルディーノッ!?」

ランクSの小型の竜系モンスターで、性格は獰猛。生まれた時に契約しないと扱えない程の強力な種だ。

頭は大きく手が短い。しかしスピードにのれば相当な速度になると聞く。あの分厚い脚を見るからに間違いないだろう。

体表が赤緑の斑になっている。火魔法には強そうだな。

それが馬車を引いていた。御者がいないって事は、おそらくこいつは使い魔。

使い魔ならば手綱を握る必要はないからな。

「のけ、小童《こわっぱ》」

こもった低音の声……やはり使い魔か。

「ブライトさんを返してもらいます！」

「ふん、何の事だかわからぬな」

すっとぼけやがって。

こっちは馬車の中からブライト少年の魔力を察知してるんだよ。

「出来れば中の人に出て来てもらいたいのですが？」

馬車の中には……三人。一人はブライト少年、もう一人は強い魔力を秘めた者。

もう一人は……ブライト少年より少し強い程度の魔力だ。

こんな危険な仕事に、このレベルの人間を連れ歩いているのか。

馬車の扉がぎぃと音を立てて開く。左右同時……奇襲を警戒したが、それは杞憂だった。

左からは細く小さな白い足。出て来たのは緑髪の少女。ララのようにエメラルドグリーンではなく、森のように青々とした緑。

おそらく小さい魔力はこちらの方。気を失っているブライト少年を抱えている。年の頃は十三、四……出会った頃のリナのようだ。

小顔で小さな口の、フユに似た印象だ。

右の扉から出て来たのは小麦色の肉感的な脚。薄い紫色の髪に赤い瞳。整った顔立ちに大きな唇が印象的。

肩と谷間が露出した色っぽいローブ。

六勇士のキャサリン程じゃないが、あまりじろじろ見ていたらポチに怒られそうだ。

しかし………まずいな、三対二か。加えてブライト少年が向こうの手にある状況。

「あら、中々いい男じゃない」

小麦色の女が言った。

なんとも艶っぽい声だ。ブルーツがいたら囃し立てたに違いない。

「そういう事は私にはわかりません」

聞き取りにくい小さな声で少女が答える。

「主人、命令を」

なっ!?

カイゼルディーノが少女に向かって聞いた？　って事はあの少女がカイゼルディーノの主《あるじ》……。

「先生、どうしましょう？」

「ん～……あなたは下がってらっしゃい。私とディノでやるわぁ」

ディノ……カイゼルディーノの名前か。

肘を抱くような姿で女が近づき、ディノは固定された綱を器用に外している。

「あの子を殺せないと知ってるなら追い払うしかないわよね。あなた、お名前は？」

「……ポ――」

「シロです！」

知ってた知ってた。

「ポーアといいます」

「ん～、いいお名前。私はチキアータ。あの子はミャン。よろしくね、ポーア？」

呑気に挨拶か。

俺も名乗ってしまったが、これ以上無駄な会話は慎むべきだろうな。

「ふん……かみ砕いてやるっ」

「それは困ります！」

ディノの威圧と存在にもポチは臆してないようだ。

俺はチキアータ、お前はディノだ……いいな？

………そんなに嫌そうな顔するなよ。

157　魔法士対魔法士

「デュアルドラゴン！」

「くっ!?」

いきなり風と雷の大魔法か！

二重にぶれる双頭の竜。回避方法は多くない。ならこっちは！

「ほい！　アースコントロール・カウント2」

身体の両側に土壁を出現させ、俺は正面を魔力の壁で覆う。

これによって二手に分かれた竜の首が土壁に向かい、土壁は壊れるものの、ぶつかった衝撃で更に方向が逸れる。

「へぇ、面白い魔法ね」

「そちらもとんでもない宙図《ちゅうず》速度で……」

鑑定眼鏡で見たところ、こいつのレベルは百五十二。宙図《ちゅうず》速度は俺と同等。

オールアップで底上げした俺であれば、おそらく実力も拮抗しているはず。

少しでもこちらの戦力を上げた方がよさそうだな。

そう思い、俺は剛力、剛体、疾風、軽身を発動させる。本来の魔法士であれば、これは身体的影響が大きいからやるものでもないのだが、トゥースの愛の筋トレ劇場のおかげで、俺やポチはそれに耐えきれる身体を手に入れていた。

まぁ、元々は戦士用の技だしな。

「ならこれはどう？　アースランス！」

「ほい！　アースランス！」

よし、魔法の中身は勝ってもいないが負けてもいないようだ。

「ふっ、アイスジャベリン！」

「ほい！　アイスジャベリン！」

「はぁああっ、ヘルスタンプ！」

また大魔法っ！

「このっ、ほほい！　八角結界！」

頭上から振り降ろされた闇の槌を結界に閉じ込める。

「あら、結界魔術にそんな使い方あったのねぇ～。いいわね、あなたの知識……」

唇に這わすようにチキアータが舌なめずりをする。

背筋がぞくりとするような嫌な悪寒が走る。

なんだろう、この……かつてのディネイアを思い出すような感覚だ。

この時、俺とポチの戦闘もあってかブライト少年が目を覚ました。

「う……これは……っ？　き、君は……！　放せ、放せぇっ！」

「無駄です。私の力はあなたより少し強い。放す訳がないでしょう」

力強く身体を揺さぶるブライト少年だが、ミャンの腕力には敵わないようだ。

「ブライト様、そこを動かず……じっとしていてください」

「ポーア先生……！」

「ちょうどいい課外授業です。魔法士同士の戦い方、よーく見ておいてくださいよ……」

ブライト少年が大きく喉を鳴らしたのを脇目に、チキアータはにやりと笑ってみせた。

「ミャン、あなたもよく見ておきなさい。いい勉強になると思うから……」

「はい、先生」

この二人も師弟関係か。

ブライト少年のレベルが低いのを考慮に入れても、全体的にこちらの方が見劣りしてしまうような気がするのは気のせいだろうか。気のせいだと思いたい！

「はぁっ！」

接近戦っ？　一気に間合いを詰めて杖で向かってきた。速度はまぁまぁ、これなら受けきれる。

「ふっ！」

よし。だが右手で隠すように左手の宙図《ちゆうず》を始めている。

この状況下であの魔法陣を壊すとすれば…………スウィフトマジックしかない！

「バースト！」

「なっ！　きゃぁ!?」

受けた水龍の杖が瞬時に加速してチキアータの防御を突き破る。

後方へ吹き飛んだチキアータだが、杖をブレーキとして大地に刺し、その勢いを殺した。

「まったく、不思議ね……。宙図《ちゅうず》している素振りは見えなかったのだけれど？」

髪を掻き上げるチキアータに、俺は黙って警戒を続けた。

この時代にスウィフトマジックは存在しないはず。ならこれを使って戦闘を優位に運ぶしかない。

スウィフトマジックが四つ入る水龍の杖。現在この杖に入ってる魔法は回復の大魔法「ハイキュアー・アジャスト」、俺のオリジナル水魔法「ポチ・パッド・ボム」、杖の加速、強撃魔法である「バースト」、そして最後の一つは…………とてもくだらない魔法だ。

だが、そのくだらない魔法が…………今回の戦闘の要かもしれないな。

「ふふふ、怖いわね。何か企んでそうで……」

それはこっちのセリフだ。

古代の魔法士との戦闘なんて怖くてしょうがない。

俺が知らない廃れた魔法とか魔術があるかもしれないし、戦闘法も未知だ。

ならここは、相手の出方をうかがうより早く、こちらが動いた方が得策！

よし、奇襲になれば、多少の隙は生まれるはず。レベルの上がったこの身体なら、おそらく付いていけるはずだ。

っ！　十の魔発動！

「一つ、デルタアース！」

正三角形が三つ合わさった巨大正三角の巨岩砲。

「早いけど、どうという事はないわ、デルタアース！」

「二つ、ベノムデッド！」

毒素の混じった緑色の大炎。

「ちょ……とっ!?」

ギリギリかわされたが、まだまだ続くぜ！

「三つ、スパークレイン！」

天から降り注ぐ紫電の鉄槌。

「ちぃっ！」

杖を投げ避雷針としたか。やはり凄いな、この人！

そろそろその動きをなんとかしないとな！

「四つ、グラビティスタンプ！」

対象が一人でこの距離ならエネミーサーチを使う必要がない！

「重力魔法っ!?　ぐっ、うぅ……」

膝を突いたチキアータ。かなりいい効果だ。

「五つ、シャープウィンド・クロス！」

「ぐぅっ、マジックシールド！」

魔法障壁が甲高い音を発しながら崩壊する。

相殺か、それも仕方ない。だが、ここから一気に畳みかける！

「六つ、アース・スター！」

大地から大粒の岩が発射され上空へ向かい放射される。

「あぁあああっ！」

よし、大ダメージ！　これならば殺さずとも瀕死にする事が出来る！

「七つ、フレアボム！」

「ガァアアアアアアアアアッ!!」

真横からの巨大な光源！　これはまさか零度ブレス!?

この一瞬で、チキアータを狙った高密度の火球は、弾かれてしまった。

一体何がっ!?　……あれは！

戦う俺の目が捉えたのは、黒と白の身体を深い赤で染め上げたポチの姿だった。

立ち上がろうとしているが、下半身に力が入っていない。胴体を起こせるのがやっとか。

くそ、あのディノってカイゼルディーノ、オールアップで強化したポチを…………いや、これは犬狼と竜の絶対的な種族差か。

仕方ない、残りの魔法をポチに使うしかない！

「八つ、ハイキュアー！　九つ、ハイキュアー！」

最後に一発、ディノに牽制を入れておく……！

「十、フリーズファイア！」

再びディノから吐かれた零度ブレスによって、最後のフリーズファイアは相殺されてしまったが、ポチを救う事は出来た。

「シロ、大丈夫か!?」

「アチチチ……何とか！」

「ふん、雑魚が何度起き上がろうとも雑魚は雑魚よ。チキアータ、この魔法士の方が厄介だ。先に殺そう」

くそ、チキアータの奴、もう回復したのか……。流石に早いな。

「ん～、仕方ないわね。ポーア君が先、あのワンちゃんは後にしましょう」

ならこっちも仕方ない。

このままじゃジリ貧だ。倒す戦いから逃げる戦いにシフトしよう。

そう思い俺はブライト少年に念話連絡の魔術を発動した。

『ブライト様、聞こえますか？』

『っ！　これは……ポーア先生！』

『今から言う事をよく聞いてくださいーー』

ブライト少年に簡潔な説明を伝え終わった頃、チキアータはポチがディノに与えたであろう傷を回復させていた。

ポチもゆっくりと俺に近づき、俺だけを狙わせないように首を下げた。

再びポチに騎乗した俺は、慣れない魔法を左手で宙図《ちゆうず》し始めた。

「あら怖い。物凄い情報量ね……ソレ」

「殺す……かみ砕いて殺す。すり潰して殺す。引き裂いて殺す。……やっぱりかみ砕いて殺す」

「何アイツ、めっちゃ怖いぞ……」

「そうなんですよ。さっきからブツブツ殺す殺す言ってるんですよ」

獰猛なモンスター故、契約以上に性格が表に出てきてしまってるのだろうか？

何にしても、それがわかれば扱いやすいのかもしれないな。

俺はポチに小声で作戦を伝える。くすりとした後、にやりと笑ったポチは、ディノを見据えた。

「殺す殺す言ってないで、さっさとかかってこい！　この間抜け面！」

一瞬にして黄金の瞳がこちらを捉える。

なるほど、やはりこのディノって使い魔……対人戦が少ないな。

人語を解する気性の激しい使い魔に効果的な作戦と言えば…………悪口しかないだろう。

「この馬鹿ー！」

「そんな馬鹿力でも当たらなきゃ意味ないんだよ、このハゲ！」

「この馬鹿ー！」

「その短い手で引き裂くとか笑っちゃうね、あんぽんたん！」

「この馬鹿ー！」

「あ、怒ったっ!?　そりゃ図星って事だね！　笑っちまうよ！」

「この馬鹿ー！」

ポチのボキャブラリーのなさはどうにもならないんだろうが、ある意味一番効いているようだ。

おかしいな、ポチは俺に対してはもっとこう……結構な引き出しで罵ってくるんだが……はて？

「こ……の……」

血走った目で俺とポチを捉える瞳は、黄金を染め、気持ち悪い色へと変色していた。

どうやら相当怒っていらっしゃる。

「ぶっ殺すっ！」

第二ラウンドの開始だな。

158　悪口、そして撤退

怒気を露わにしたディノが、ポチとアズリーに向かって突進していく。

その後方ではチキアータが魔法陣を宙図《ちゆうず》し始めていた。

アズリーを乗せたポチは、ディノが真っ直ぐこちらへやってくる事を予期し、予《あらかじ》め後方へ跳ぶというプランが頭にあった。

瞬時に距離をとったポチは叫ぶ。

「今です！」

空いた空間、ブライトに被害が及ばない範囲を狙った行動。

アズリーが杖を掲げ、魔法名を叫んだ。

「ポチ・パッド・ボム！」

水龍の杖に仕込まれたスウィフトマジックが発動し、一つの巨大な水球がディノに向かって飛んでいく。

その大きさから凌げると判断したディノだったが、その背中に後方からの声が届く。

「よけなさい、ディノ！」

「何っ!?」

気付いた時には遅く、ディノは避けられない位置まで迫っていた。

だが、ディノの生存への本能が、最大の窮地から救ったのだ。

ポチ・パッド・ボムの正面に放たれた極《きわみ》ブレス。着弾と同時に強烈な風圧と水弾のような余波がディノを襲う。

ディノの身体は竜族の強靱な鱗によって守られている。

しかし、その身体はアズリーが放った魔法の間接的な威力だけで貫かれてしまった。

前進を止め、赤緑の身体が鮮血に染まる。尚も倒れずに歯を食いしばるディノを見て、ポチが身体を縮み上がらせた。

「うそぉ!?　どう見ても致命傷ですよ!?」

泣き言のようなポチの言葉に、アズリーは頬に汗を流しながら言った。

「誇りだよ。竜族はあれでいてプライドが高いからな。……だが、これであいつは回復しない限りリタイアだ。シロ、あの女の動きに注意しろ！」

「お任せを！」

ポチはそう言ったと同時に斜め前方に跳ね、ディノの睨みをかわしながらチキアータに迫る。

ディノのために回復魔法の宙図《ちゆうず》を始めていたチキアータだが、ポチの接近により宙図《ちゆうず》の解除に追い込まれた。

チキアータは咄嗟に杖を振り、ポチの接近を牽制する。

しかし、ポチの野性は鋭敏に反応し、杖を咥え、受け止めてみせたのだ。

「このっ!?」

両手で杖を持ち、振り放とうとするが、巨大なポチの身体はどうする事も出来なかった。

完全に固定された杖に意識が向かっている中、ポチに一瞬遅れてアズリーの追撃が始まった。

「唸れ大胸筋っ！」

チキアータにとって、鋼鉄のような腕から振り被られた水龍の杖は鈍器にしか見えなかっただろう。

だが、結果は違った。

辛うじて身を逸らしたチキアータが見たものは、そんな生易しいものではなかったのだ。

目を疑ったチキアータが捉えたのは自分の杖の先端。

未だポチに咥えられ、半身ながら自分も持っている杖の先、約三分の一が、綺麗に斬り取られていたのだ。

「……嘘っ？」

「うぉおおおお！　弾けろ外腹斜筋《がいふくしゃきん》っ！」

身体を捻《ねじ》り、外側の腹筋の力を目一杯振り絞り、水龍の杖を振り上げる。

先端の見えない攻撃に恐怖を感じ顔を引きつらせたチキアータ。遂にはポチが咥え、支えられている自身の杖を足場に後方まで跳んで回避してしまったのだ。

「喜べ、僧帽筋《そうぼうきん》っ！」

勢いよく半回転したアズリーは、チキアータに大きな背面を見せ、バックダブルバイセップスのポーズを見せつけた。

ポーズの余韻に酔いしれる予定だったアズリーの目は、正面に立つディノに近寄るミャンを捉えた。

（あれは確かミャン!?　ブライト少年はどこだっ？）

ミャンが捕まえていたはずのブライトの姿が見えない。

そう思い周辺を見回すが敵以外見当たらないのだ。

ならば馬車の裏手、アズリーたちの死角に位置する場所にいるのか、と、アズリーが馬車の上に跳び乗ろうとした瞬間、足下から聞きなれた声が届いた。

「ポーア先生！」

この一言で十分だった。チキアータはミャンを睨みながら小さな舌打ちを見せるが、アズリーがそれを気にしている余裕はなかったのだ。

アズリーは馬車の下から現れたブライトの眼前に、左手で描いていた宙図《ちゅうず》を発動した。

しかし魔法が発動する事はなく、その兆しすら見えなかった。

やがて魔法陣が発動の失敗を告げる魔力の霧散へ移行し始めた時、アズリーの目が大きく見開かれた。

「ここだ！　コピー&ライト！」

水龍の杖で描いた魔法は、左手が描いた魔法陣を的確に複写していく。

「何かしらね、あの不気味な魔法は……まさかっ！　宙図《ちゅうず》では発動しない魔法……つまり設置型!?」

チキアータが気付いた時、アズリーの魔法は地面に魔法陣の複写を完成させていた。

後方ではディノの回復がミャンによって行われている。

嫌な予感を感じたチキアータも、この速攻には反応出来なかった。

「ブライト！　乗れ！」

「はい！」

咄嗟に出た強い発言。しかし言葉にこもった気迫が、ブライトに迷いを生じさせなかった。

魔法の発動を知らせる光が見えた瞬間、ブライトは姿をぼやけさせ、人魂のようにゆらゆらと燃え始めたのだ。

魔法陣の前をポチ、後ろをアズリーが固め、チキアータとディノを警戒する。

人魂は魔法陣に吸い込まれるように消えていく。そして、一つ間をあけて魔法陣が消えていった。

背後に気配がなくなったのを感じたアズリーとポチは、示し合わせたかのように馬車の上へと跳んだ。

着地と同時にポチに跨ったアズリーは次弾の宙図《ちゅうず》に入っている。

ポチは回復を終えたディノを見て、歯を剝き出して威嚇している。

だが、チキアータとミャンは目の前で起きた不可解な事に、呆然と立っているだけだった。

魔法名テレポーテーション。アズリーが現代で作ったオリジナルの空間転移魔法は、古代に生きる二人の魔法士には理解出来ない魔法だった。

この中で一番厄介な相手、チキアータ。

彼女がこの混乱から解けるまでの一瞬の隙が、アズリーに勝機を生んだのだ。

「ほい！　聖十結界！」

魔術陣から放たれたアズリー最強の結界魔術がチキアータに向かう。

唯一反応出来たディノがチキアータを庇おうと走るが、進行方向にポチの煉獄ブレスが放たれ、足を止められてしまった。

ミャンはただただ反応出来ずにいた。だが、チキアータはこれがどういう魔術か知っている。

顔に先程までの余裕は感じられなかった。

「……やるじゃない、坊や」

厚い唇を長い舌で舐め、小さく呟いたチキアータ。

その時、アズリー、ポチの二人に凄まじい悪寒が走った。

上空から迫る何かにアズリーが警戒する中、ポチは馬車の上部を壊す程の跳躍を見せ後退した。

アズリーはこの時、りんと鳴り響く自身の杖の共鳴音を聞いた。

アズリーが見上げた先には大きな影。放った結界魔術は、影が大地を潰すような強力な一撃を放ち、消え去ってしまったのだ。

ポチの着地とともに、二人の四つの目が捉えたのは、青く長い身体を持つ巨大な龍だった。

頭だけでポチの半分程の大きさがあり、口元に広がる鋭利な牙。背に生える金と銀の体毛と、体表の青く光る鱗。

長い胴体に見える短い四つの手足。

アズリーは初めて目にするモンスターを前に、ただ呆然とするしかなかった。

「水龍……コバルトドラゴン………」

しかし、ポチの激しさを増した威嚇が、彼を呼び覚ます。

ハッと気づくと、馬車を尾で弾き飛ばすディノが正面に立ち、チキアータはコバルトドラゴンの顎下を撫でていた。

（くそ！　どうして気付かなかった!?　ディノの主《あるじ》がミャンだと知った時、同じ魔法士であるチキアータに使い魔がいない事を……何故疑問に思わなかった!?）

焦るアズリーの耳に届く声は友の声。

「馬鹿だからです！」

「そうか！　……って違う！」

鼻息を荒くし、にじり寄るディノを前に、ポチは一歩、また一歩と後退する。

「さっきはよくもやってくれたな小童……」

戦況は一変。互角に戦えると踏んでいた状況が覆されたのだ。

迂闊に攻め込めるはずがない。だが、アズリーの狙いは別のところにあった。

チキアータが何かを呟き、コバルトドラゴンの顔が二人に向いた時、アズリーは上空に水龍の杖を掲げた。

「ポチ・パッド・ボム！」

再び放たれた肉球型の水系爆弾は上空高くへと疾走した。

行方を見守るディノとミャン。そしてチキアータとコバルトドラゴンは、ポチに意識を向けていた。

再びアズリーが叫ぶ。

第四のスウィフトマジックの発動。

「ボイルッ！」

ポチ・パッド・ボムに向けて放たれたそれは、魔法がぶつかり合ったと同時に融合し、消えていった。

「ふん、何だ今の魔法は……？」

ディノが再びアズリーを睨み、魔法から目を逸らした瞬間、空高くで昼をも明るく照らす光が迸った。

コバルトドラゴンがその長い首を上に向け、何かに気付く。

瞬時に主《あるじ》であるチキアータを覆い、守るようにとぐろを巻く。

コバルトドラゴンの行動をなぞるようにディノが舌打ちをしながらミャンの下へ走る。

「あっ！」

押し倒すかたちでミャンに覆い被さったディノは、背中から受ける熱い感覚に襲われた。

「熱ッ！　うわちゃちゃちゃちゃちゃっ⁉」

本来火魔法と相性の良いカイゼルディーノだが、体表を貫かれ、中から浸透する熱には弱い。

アズリーは水魔法であるポチ・パッド・ボムに重ね掛けの魔法を放ち、水温を超高温にまで熱しあげたのだ。

コバルトドラゴンとディノ、二人の使い魔が攻撃を防いでいる間、チキアータとミャンは己の使い魔に回復魔法を施している。

これにより、二人の使い魔は攻撃が止んだと同時にアズリーたちに奇襲を掛ける事を考えていた。

「そろそろだぜぇっ！」

多少のダメージを覚悟の上、ディノは攻撃の射角からミャンを守れるギリギリの位置で立ち上がった。

攻撃を払いながら視界の端にディノが捉えたのは、

「なっ!?」

ポチとアズリーの後ろ姿。

顔だけを後ろに向け、後方確認を行うポチ。

「それは、私の冷めたシチュー用の魔法です!」

半身になって後ろを警戒するアズリー。

「俺の冷めたコーヒー用の魔法だバーカ!」

二人の雑言はディノの耳に届き、極《きわみ》ブレスを発射させるだけの誘発性を含んでいた。

「シロ!」

アズリーが簡潔な指示をポチに出すと、ポチは前方に宙返りをしながら相殺用の極《きわみ》ブレスを吐いてみせた。

同時に、跨っていたアズリーが、後頭部を地に擦る。

「ふぎゅっ!?」

いや、ぶつかったと表現した方が正しいだろう。

「おいてめーシロ!　いってーよっ!」

「……見てくださいマスター!　ちゃんと相殺出来ましたよ!」

「聞けよ!」

本題をかわす事が出来なかったポチだが、後方で物凄い怒りを見せるディノの顔を見て、満足そうである。

しかし、撤退を余儀なくされたのは事実。

これは二人にとっての課題であり、次へのステップなのかもしれない。

「ポチ、逃げる時はアレだアレ」

もう聞こえないだろうと、アズリーがポチに言う。

「ええ、わかってます！」

ポチが同意してアズリーの言葉の意味を察した。

「覚えてろーっ!!」

荒野に二人の声が響き渡る。

走り去る二人の背中を、溜め息交じりに呆れて見るチキアータが呟いた。

「何なんだい、あれは……」

敵とはいえ不可解過ぎる敵に、チキアータたちは怒気すらも見せられなかったのだ。

「くっ……ぶっ殺すっ!!」

勿論、ディノを除いて。

159　反省会

屋敷に着いて早々、俺たちはジュンとブライト少年に出迎えられた。

後方ではフェリス嬢も腕を組んで立っている。

何だ？　二人はともかくフェリス嬢まで心配してくれたのだろうか？

「ポーア先生！」

「ポーア殿！」

近寄って来た二人に俺は手を上げて応えた。

ブライト少年なんて俺のひざ元に抱きついてきたくらいだ。こうして見ると結構子供っぽく見えるんだな。

ポチは既に外の庭から部屋に入ってるだろうが、もしかしたら連れて来た方がよかったのかもしれない。

「ブライト様、先程は失礼をしました」

咄嗟に呼び捨てしてしまったのはまずかっただろうな。

「そんな事ありません！　ポーア先生は……その、凄くかっこよかったです！」

これは嬉しい事を。後でポチに自慢してやろう。

「それにシロさんも！」

別に言わなくてもいいかもしれないな。きっと増長するだろうから。

興奮するように言うブライト少年にジュンが続く。

「ポーア殿、本当にありがとう。まさかこのタイミングで敵が動くとは思わなかった……」

「いえ、俺も軽率でした。後程お話を伺いたいと思います」

「わかった。それにしても驚いたぞ。ポーア殿の部屋からブライトが現れるとは……！」

「僕もビックリしました！　まさかポーア先生の部屋のベッドの下に飛んでしまったのですから！」

暗くてビックリしたのだろうか。それとも空間転移魔法にビックリしたのだろうか。

いや、まぁわかりきった事なんだがな。

「あれは……その……」

「あの魔法！　あの魔法を教えて頂けませんかっ!?」

せがむように言うブライト少年に、俺は苦笑する。

いや、この時代で教えたらまずい事になるよな、絶対。

って事は絶対に教えられないような気がする。しかし、この子に頼まれると断れないような感覚にとらわれるのは…………黒帝様の呪いなのだろうか？

「では時期がきたら……とだけ」

「そ、それで十分です！」

光を灯したように笑みを見せ、両手の拳に力を入れるブライト少年。

あーあ、約束まがいの事言ってしまったな。

でもブライト少年が誰にも教えなければ、それはそれでいいんだろうな。本当に信用出来るまでは教えないでおくのが一番って事か。

「ジュン様」

「何だ？」

「少しシロと話がしたいのですが、お話はその後でも？」

「うむ。では一時間後に私の部屋に来てくれ」

部屋に？

初めて呼ばれるな。話す時は応接間を使っていたのに。

女性で年頃の貴族の家長が、下男を部屋に呼ぶのはまずいのではないのか？

俺はぎこちない返事をジュンにした後、二階で待つであろうポチに会いに行こうとした。

すると、フェリス嬢が話しかけてきた。

「アナタ………いえ、ポーアだったわね」

もうすでに半月魔法を教えてるはずですが？

「えぇ」

「アダムス家の長女として、礼を言っておくわ。私の友達を救ってくれてありがとう」

救ってくれて――のあたりで既に背中を見せていたフェリス嬢だったが、少々その言動に驚いた。

あのお転婆姫がお礼をねぇ……。

去り際に小走りで消えていくところを見ると、かなり照れていたみたいだ。自分で自分の行動に驚いてるのかもしれないな。

「ポーア殿」

「アルフレッドさん」

厳しい顔つきは相変わらずだが、アルフレッドは俺を横切りながら、短めの礼を述べた。

「坊ちゃまの事、感謝する」

それだけ言って、アルフレッドはジュンたちの方へ向かった。

あのアルフレッドが珍しい。しかし、何度聞いてもお礼を言われるのは慣れないな。

そんな事を考えながら自室へ着くと、ポチは部屋のテーブルにお茶の用意をしていた。

「さっさとストアルームです！」

つまり断念した間食を出せ……そう言ってるのだ。

まあ出すつもりだったから別にいいけどな。

スウィフトマジックのボイルで温かいお茶を用意し、ストアルームから焼き菓子や果物出す。

ものの数分で平らげたポチは、ぽっこりお腹をポンポンさせていた。

「ったく、少しくらいくれたっていいじゃないか」

「ダメです！」

「でも――」

「ダメです！」

お茶だけで口の寂しさを紛らわせてた俺の言葉を、先程から何度も断る我が使い魔。

ホント、食い意地だけは張ってるんだから。

そんな事はまあ些細な事か。少し待てば夕飯の時間だ。

さて、今回の戦闘で、ポチとは色々話さなくちゃいけないだろうな。

休日とはいえあんな事があった後だ。ジュンも早く話したいだろう。

そんな中、せっかく時間をもらったんだし、有効に活用しなくちゃな。

「シロ、今回の敵……どうだった？」

「どうもこうも……これですよこれ」

多少水で身体を洗ったが、未だに体中に残るポチ自身の血。

もしかしたら始まりの地を出てから一番のピンチだったかもしれない。

「ランクSのカイゼルディーノ……か」

「動きこそそこまで速くなかったですが、勝負所の動きはやっぱり竜族ですね。マスターの強化魔法がなければ勝負にならなかったです」

意外にも落ち込んでいる様子は無かった。ポチはただ冷静に敵の戦力を述べた。

ポチなりにこの場をそういう場だとちゃんと認識しているって事か。

「この時代に来て、種族の差が顕著に現れてますねぇ」

「だよなぁ……」

「あのディノって使い魔……レベルいくつでしたか？」

「すまん。動きからポチと同等だろうと思って、あのチキアータのレベルしか見てなかったんだ」

「ではそのチキアータは？」

「百五十二」

ポチは顎下に前脚を当てて考えている。

「その方より低いと思うのが普通ですが、マスターのレベルで同等に戦えたのなら及第点じゃないです？」

「あのミャンって子は発展途上だったし、ディノの性格とチキアータの実力を考えたら、僅差で勝てたかもしれない」

「でも、まさかコバルトドラゴンとは思いませんでしたね」

「あぁ、ランクSのディノ以上に厄介だぞありゃ」

するとポチは首を傾げた。

「どうしてです？　確かに今の段階ではあちらの方が強そうでしたけど、将来的にはランクSのディノの方が厄介では？」

ポチは冒険者ギルドが認定したランクの差を言っているのだろう。

コバルトドラゴンはランクA、カイゼルディーノはランクSだしな。

「カイゼルディーノは陸上で淘汰され、モンスター同士の争いの中でランクSの実力なんだ。空を飛んで、生存競争のほとんどないコバルトドラゴンは、何にも侵害されずにランクAなんだよ。あんなのが使い魔になったら……ましてや限界突破の魔術があるこの時代では……――」

「――そんじょそこらのランクS……いえ、ランクSSのモンスターでも手に負えませんね……」

「そういう事だ。そういった意味では、リナの使い魔であるバラードもそんな底力はあるんだけどな」

咄嗟に名前が出てしまったが、リナは元気にしてるだろうか？

またティファと喧嘩なんかしたりしてないだろうか？

「とりあえず私もマスターも伸び代はあるんですから、今はそこまで深く考えない方がいいですよ！」

「あ、あぁ。うん。そうだな」

「それにしてもマスター、驚きましたよ。さっきの十の魔！」

「お、気付いたか？　流石俺の使い魔」

「当然気付きましたよ。あれ全て上級魔法でしたよね？　一、二発上級魔法が入ればいいレベルだったのに、実用段階で全て上級魔法を入れるなんて……」

そう。十の魔は情報量のちょうどいい中級魔法で使っていたが、今回の戦闘ではほぼ全て上級魔法で使えた。

ポチのヤツ、自分も戦闘中だったのによく見てたな。

もしかして見てたから傷を負ったなんて事は…………流石にないか。

「レベルが上がった恩恵だろうな。思いの外宙図《ちゅうず》技術も向上してたみたいだ。まぁ、最後のフリーズファイアだけは中級魔法だけどな」

「あぁ、そういえばそうですね」

真面目な会話の中、珍しくポチの反応もいい。

これはもしかして俺の成長を喜んでくれているのだろうか？

心なしか尻尾も振ってるし……。

「でも、ブライトさんを助けられたのはいいですが、結局は撤退。私たちもまだまだですね～」

「そうだな。それについては色々考えておくよ。これからジュン様に会って来るから、シロは明日の準備でもしておいてくれ」

俺はそう言って立ち上がり、自室を出ようとした。

しかしポチは俺のマントをぐいっと引っ張って、その動きを止めたのだ。

……嫌な予感しかしないが、一応聞いてやろう。

「あれを見てください」

ポチの前脚の先に、部屋の時計があった。

時刻は俺の体内時計と多少ずれてはいるが、間も無く十九時になるところだ。

「もうすぐ夕食の時間です！」

知ってた知ってた。

俺は大きな溜め息を吐きながら、再びストアルームの魔法を発動するのだった。

160　保守派と革新派改め

自分の分の夕食だけは死守した俺だが、ポチは夜食分の食べ物まで要求してきた。

最近食い意地張り過ぎじゃないだろうか？

そして……何で太らないんだ？

是非一度解剖してみたいところだ。

自室のドアが閉まって間も無く、俺はジュンの部屋の前までやってきた。

少し早めではあるが、別に問題はないだろう。

控えめなノックを数回。

だが、部屋から何の反応もない。変だな？　室内にいる気配はあるんだが……はて？

今度は普通のノック。

すると部屋の中からどったんばったんと音が鳴り響き、ドア越しにジュンの声が聞こえた。

『す、すまない。少しだけ待ってくれっ』

いつもとは少し違う色の声だったが、部屋の中で何かを倒した音が聞こえた。

ちょっと慌てている様子だし、驚かせてしまったのかもしれない。やはり早すぎたのか。

俺はドアの前で一、二分程待つと、ジュンはドアの奥で一つ咳払いをした後、ゆっくりとドアを開けた。

「……っ!?」

漏れそうな声を押し殺し、俺は目を丸くした。

屋敷の中では厚手の鎧なり、軽めの鎧なり着てるはずのジュン。

しかし、今俺の目の前に現れたのは……肩や胸元まであいている、薄黄色で刺繍の美しいドレスを着ていた。

「す、すまないポーア殿。慣れないものを着たのでな、着付けに時間がかかった」

頬を紅潮させ、照れた様子でジュンが言った。

ある意味今日一番驚いたかもしれない。ウエストは締まり、胸の膨らみも鎧越しからでは気付かなかったが、こうも女性的だと……この現場をポチに見られたら怒られそうだ。

う〜む、褐色肌がとてもドレスの色に合っているな。

「その……あまりジロジロ見られるのは恥ずかしいのだが……」

「あぁっ。す、すみません」

目を瞑りながら言った俺に、ジュンはくすりとして笑った。

「うむ。ではこちらへ来てくれ」

「し、失礼しますっ」

部屋の造りは俺やブライト少年の部屋と同じのようだったが、多少華やかだ。

全体的にドレスと一緒で黄色が多い。カーテンやベッドのシーツなどにそれが表れている。

ふむ、この色が好きなのだろうか?

……おっといかんいかん。女性の部屋をあまりジロジロ見てはいけないよな。というか、先程指摘されたばかりだった。

細長い丸テーブルの手前に案内された俺は、ジュンが座るまで待とうと思ったが――

「構わない。座ってくれ」

そう言われてしまったので、対となる丸椅子に腰を下ろした。

ジュンはグラスを二つ、蜂蜜酒《ミード》と思われるボトルを持ってテーブルに置いた。

瞬間、ボトルの先端が砕ける音がした。

「おっと……ハハハ……やってしまったな」

台無しだ。

ボトルを開けようとしたのに、力のあまり……破壊。

幸い先端が取れただけだが、貴族の部屋にはありえない光景だな。

流石、レベル百九十の戦士。いや、彼女の性格もあるんだろう。

「あ、いや。お気になさらず」

「すまない。ポーア殿も飲めるのだろう？」

「ええ、少しなら」

グラスを持ち、ジュンの酌を受ける。

あれ？　本来は男である俺がやった方がいいんじゃなかったか？

いやでも、ジュンの好意だ。有難く受け取っておこう。

ジュンも自分のグラスに適量の蜂蜜酒《ミード》を注ぐ。

先端のないボトルを置き、俺たちは部屋の隅にしか響かない小さな乾杯の音を鳴らした。

数口飲み、ジュンからの話の切り出しを待っていると、俺は目の端に衝撃的なものを発見してしまった。

あれはおそらく着替えの収納スペースだろう。

その戸は閉じられているが、隙間という隙間から色々な色のドレスが……はみ出ている。

何か、色々と勿体無い人だな、この人。

「すまない。部屋に男を入れる時はしっかりと着飾れと……亡き母の教えでな。その、変だったろうか？」

「そんな事はありません。とても綺麗だと思います」

「………………感謝する」

噤《つぐ》むようにそう言ったジュンは、また一口蜂蜜酒《ミード》を飲んで顔を赤らめた。

むぅ………………これはいかん。

これはいけないような気がしますよポチさん。

ポチが説教する姿を頭に浮かべ、嫌な汗を背中に感じた時、俺は自分から話を切り出す事を決意した。

「それで……今回の件ですが――」

ビクンと反応するジュン。

どうやら彼女はタイミングを見計らっていたようだな。不意を突かれたように見える。

「アルフレッドさんから保守派と革新派の事は聞きました。しかしそれ以上の事は聞いていなかったので、今回の件と合わせて聞きたいと思います」

するとジュンは、椅子の背に身体を預けるようにして小さな息を吐いた。

「……そうだったな。この話はポーア殿……屋敷の者には聞かれたくなかったのだ。アルフレッドが知っているのも端的な事のみで、詳しい話を知っている者は少ない」

なるほど、だから俺をこの部屋に招いたのか。

仕事とはいえ夜に女性の部屋に近づく者はほぼいない。ジュン程の人間であれば、少々気を張っていれば怪しい人間は近づいたらすぐわかるしな。

自らの家なのに信用出来る者が少ないというのも辛い話だ。

「アダムス家とフルブライド家。二つの貴族を筆頭に保守派。この保守派というのは元老院の中でも大きな力を持つ。聖帝《てぃ》ハドル様はもうお若くない。今我々は、このハドル様の退位を革新派の連中と争っているのだ」

「退位って……そんな簡単に出来るものなんですか?」

「無論簡単な事ではない。国のトップがすげかわるのだからな。しかし、元老院のバランスが崩れればそうも言ってはいられない。本来、国の政《まつりごと》はハドル様と我々元老院で決めている。だがこれ程大きな決め事となると、三つ目の権力が必要となるのだ」

三つ目………聖帝と元老院以外に大きな権力と言えば、昔から一つしかない。

「もしかして皇后《こうごう》?」

静かに頷くジュンに、頭の中で段々と理解が深まってきたのがわかった。

見えない意図が糸として繋がった感じだ。

「そう、革新派とは皇后派の事。ハドル様と皇后イディア様が仲睦まじかったのは遠い過去の事。魔王の胎動期に乗じて皇子《おうじ》ザッツ様を聖帝の座につけたいのだろう」

「しかし何故です？　こう言っては失礼かもしれませんが、聖帝がお若くないのであればいずれその皇子に継承権がいくのでは？」

ジュンは静かに首を横に振る。

「事はそう簡単ではなくてな。聖帝様にはもう一人の息子がいるのだ」

なるほど、それまたややこしい現状だ。

「亡き側室リューネ様と聖帝の間には一人の皇子が生まれた。その名はレオン様。ポーア殿、どうかこの名だけは外部の者に知らせないでくれ」

「……という事は、もしかしてそのレオン様っていうのは……」

「ハドル様の隠し子だ」

なるほどなるほど、それまたとてもややこしい現状だ。

おそらく、これこそが公にもならず、この屋敷の者すら知らない現実。

話を聞くに、まだ生まれたばかりなのだろう。……今更だが聞くんじゃなかったと少し後悔。

「かねて皇后の野心に気付いていたハドル様は、身重となったリューネ様を隠し、やがてレオン様が生まれた。しかし、元々身体の弱かったリューネ様はレオン様を出産した時に亡くなってしまったそうだ。事が露見し、皇后や元老院に知れ渡るのは時間の問題だった。そして、ハドル様はその時に帝位第一継承者をレオン様としたのだ」

そりゃ皇后も怒るだろうな。

だが長年聖帝の座にいた者が大事な選択を誤ったりする事は考えにくい。

皇后の性格やその血を受け継ぐザッツという皇子に、未来を感じなかったのかもしれない。

「皇后はすぐに元老院を抱き込み、聖帝の退位を元老院に提言した……」

それで今に至るという訳か。

要約すると、隠し子であるレオンを新聖帝に即《つ》けたいのが保守派。つまりは聖帝派。

皇后の息子ザッツ皇子を新聖帝に即《つ》けたいのが革新派。皇后派って事だ。

そんな事する前に魔王討伐の準備してくれよ、まったく……。

「そうなるともう時間がないのでは？」

するとジュンは小さく首を振った。

「今元老院内部の力は拮抗していてな。議会に議題としてあがるのを防げている。時間の問題という事もあるが、この拮抗さえ崩れなければ、まだしばらくは持つだろう」

「それで今回のブライト様の件……でしたか」

顔に陰りが見えたジュンは少し俯きながら頷いた。

「なんらかの狙いがあってそうしたとは思いましたが、そんな裏があったとは思いませんでした」

「ブライトを人質にとられては、私が反対を強く推す事は出来なくなる。そう考えたのだろう」

「……誘拐犯はチキアータと名乗っていました。心当たりは？」

蜂蜜酒《ミード》のグラスをテーブルに置いたジュンが少し考えている。

情報が少ないしな。

「使い魔に水龍、コバルトドラゴン。そしてその……おそらく弟子にミャンという少女」

「っ！　ミャンッ？」

どうやらジュンの頭の中に名前があったみたいだな。

同一人物かどうかはわからないが。

「革新派の中にダグラス家という小さな貴族がある。その一人娘の名が確かミャンだったはずだ。その娘、カイゼルディーノを使役していなかったか？」

「どうやら当たりのようですね」

「……やはりか。昔カイゼルディーノの卵を孵《かえ》したと話題になったものだ」

刷り込みによるモンスターとの使い魔契約。

ランクSのモンスターならそれしかないからな。

「北に住むという腕利きの魔法士に弟子入りしたと聞いたが…………わかった。その件はこちらで少し調べてみよう」

「お願いします」

「それと………一つ頼みがあるのだが――――」

酒のせいか、ほんのり顔を赤らめたジュンだったが、この後彼女が言う言葉など、俺にとっては容易に想像出来る事だった。

その日は、食堂での同席を許され、俺はジュン、ブライト少年、フェリス嬢と共に食事をとった。

ブライト少年はその日の出来事を興奮しながら語り、フェリス嬢は食いつくように聞き、ジュンは微笑みながらその話を聞いていた。

明日の準備を頼んだポチはどうしてるだろうか？

明日の準備のための栄養補給しかしてないのではないだろうか？

そうに違いないと思いつつ、食後のデザートを余分にもらって部屋に持って行こうとする俺は、甘いのだろうか。

「甘いですー！　頰っぺたが落っこちますー！」

どうやら甘いらしい。

明日はクッグの村へ行かなくてはいけない。

フェリス嬢の父親ポルコ・アダムスか…………さて、一体どんな人物なのだろう。

161　ポルコ・アダムス

――神聖暦百二十年　六月二十日　午前四時半――


夜が明けた……訳ではないが、日が変わった。

ポチの横隔膜が鼻提灯のように上下する中、俺は精神を研ぎ澄まし、魔力でフルブライド家の敷地内を覆っていた。

伸び代がある。ポチは昨日そう言ったが、伸びる前に死んでしまっては意味がない。

本音を言ってしまえば、昨日の事は少し後悔している。ポチの傷…………あれだけ傷付いて戦ってくれるポチには本当に迷惑をかけている。

勿論、普段のあいつらしい迷惑とは違う迷惑の事だ。

俺たちがいつまでこの時代にいるかはわからないが、この時代は危険しかない。

出会う奴出会う奴皆強い人間やモンスターばかり。

獣であるポチにはやっぱり限界がある。

俺は胡座をかきながらストアルームを宙図《ちゆうず》する。

中から取り出した一枚の羊皮紙。

そこには俺の汚く癖のある字でこう書かれている。

〜〜〜〜〜〜〜〜

使い魔の種族改変魔術

いつかポチに使う日がくるかもしれないと思い書き記す。

この魔術は単純なもので術式もそんなに難しいものではない。

犬を猫に、猫を猿に、猿をモンスターに出来る。そんな魔術だ。

この紙を見れば、俺なら「そういえばそんな魔術を考えた事もあったな」と思い出せるだろう。

種族改変とは言っても、そんなに大袈裟なものではない。

姿形が変わるものではない。

あくまで鑑定眼鏡で見たステータスにあるような、内部情報を書き換えるだけだ。

発動に際しても多量の魔力が必要なだけで、さしたる苦労はないだろう。

一番の懸念はポチの心の問題だ。

犬狼という種族に別れを告げ、獣でなくモンスターになるという現実。

これをポチが受け入れられるか……それが問題だ。

未来の俺。

よく考えてポチに話すようにしろ。

願わくはこれを使わない事を祈る。

追伸：もう賢者になれましたか？

～～～～～～～～～


今大賢者への道を歩いてるところだ、過去の俺よ。

現実問題、ポチに話す事への躊躇がある。

だが、可能性を考えるのであれば、話しておくことが大事だ。

もしポチが最悪な状況になった時、後悔をするのは俺だからだ。

ある意味これは俺の自己満足でもある。我儘でもある。

…………………………クッグ村に着いたらポチに話してみるか。

「う～ん……マスター、深爪しちゃいました～……ハイキュアー・アジャストを……」

キュアーで十分だろそれ。

特級魔法の無駄遣いを寝言でせびる使い魔の尻尾を引っ張って起こし、俺は部屋にあるブライト少年の部屋直通のドアをノックする。

ドア越しに聞こえた寝ぼけ混じりの「どうぞ」。

静かにドアを開けると、目を擦りながらベッドの端で足をおろしてるブライト少年がいた。

「ブライト様、もうすぐ出発です。早目に準備をしてください」

「……わかりました」

こういうところはしっかりしているが、やはり子供っぽい部分もある。

本来アルフレッドやジエッタの仕事ではあるが、今日は俺が起こすと昨日の内に決まったんだ。

もうすぐ出発とは言っても、朝食の時間などはとってある。

ブルネア出発の時間は午前六時。それまでに北門へ行けばいいだけだ。

「マスター大変です！　石鹸が目にぃいいいいいっ！」

「ハイキュアー・アジャスト」

「何か違いますー!?」

早朝から元気なヤツだ。

さて、俺も洗顔しておくか。ポチビタンデッドを飲んでるとはいえ、気分のリフレッシュは必要だからな。

ポチが部屋で食事中、ジュン、ブライト少年、フェリス嬢が食事をとる。そして俺が側で警護。

俺が食事中、ブライト少年はジュンと自室で最後の準備。勿論隣の俺の部屋ではポチが警戒している。

サッと食事を済ませ、必要な物を適当にストアルームに入れると、部屋にジュンがやって来た。

時間………か。

アルフレッドが御者をし、その隣にはジエッタが座る。ジュンたち三人は馬車の中に乗っている。

ジュンに俺も、と言われたが、ポチが馬車に乗れないので遠慮した。

貴族っていうのは、こういうところが固いよなぁ。

北門に着くと、既に何台かの馬車が用意され、戦士で構成される屈強な護衛団と思われる人間が多々見受けられた。

ふむ、平均レベル百二十前後というところか。何だかんだで、この辺にいる冒険者ってのはこんなものなのかもしれないな。

そんな中、あきらかに周りと違う異質な存在を捉えた。

レベル百九十八。ジョルノたちに限りなく近い実力の持ち主。

あの出で立ちは……魔法士か。しかしそうは見えない力の動きを感じる。

青髪の中に少しの白髪。……隻眼か。額中央から右目の傷が酷い。

どことなくオルネルの雰囲気に似ている。おそらくあれがアダムス家現当主、ポルコ・アダムス。

オルネルの祖先でリーリアが気になった人物で、フェリス嬢の父親。

「父上！」

馬車から出て来たフェリス嬢がそう言いながら近付く。

「フェリス、いい子にしていたかい？」

「勿論ですわ！」

誰あの子？

猫の皮を常備していなければ無理だろうな、あれ。

どこに隠し持ってるんだろう。

「やぁジュン殿」

「ポルコ殿、今回は無理を言ってすまない」

「いや、お互い色々あるだろう。それにフェリスを半月も預けてしまった。今度は私の番だろう?」

「感謝します」

何だ、結構爽やかで男前な人間だ。

まぁそうでないと保守派をまとめ上げる事は難しいだろう。

保守派のトップはこのポルコだとジュンから聞いてたが、会って納得した。

「やぁブライト君。久しぶりだね」

「ポルコ殿、しばらくお世話になります」

「ブライト様の身の回りのお世話をさせて頂くジエッタと申します。しかし、アダムス家に住まわせて頂く身。御用の際は何なりとお申し付けください」

深々と頭を下げる二人。

ジュンが小さな声でポルコに何かを伝えている。俺の番って事か。

「シロです!」

相変わらず早いな、お前。

「ブライト様の魔法指導と警護を担当しているポーアといいます。出来る限りの協力をさせて頂きます。どうか宜しくお願い致します」

「うむ。ジュン殿から話は聞いている。腕のいい魔法士だそうだね? フェリスも世話になったと聞く。よろしく頼む」

ポチをひと撫でしたポルコ。

流石魔法士だな。使い魔を無下にしないところは好印象だ。

ジュンとブライト少年は抱き合い、最後の挨拶をしている。そんな長い別れでもないだろうが、ジュンの性格上仕方ないだろう。

「ポーア君」

「何でしょうポルコ様？」

「見たところ君が一番の使い手のようだ。護衛団のリーダーであるガイルと協力して先頭を走ってくれるだろうか？」

「わかりました」

「あの男がガイルだ。道は彼が知っているからそこは彼に任せていいだろう」

ソラ豆？

いや違った。ただ禿げているだけか。

ガイルは眉毛もまつ毛もない、ましてや髪の毛なんてあるわけがない。そんな男だった。

ただ威圧感はあり、常に表情は険しい。ソラ豆に似ているだけだ。

「あの、ガイルさん。ポルコ様から言われて隣を走らせて頂きます」

「あぁ、お前がポーアってやつか。ま、迷惑にならんようにな」

さっとかわしたのはこの言葉だけ。

どうやらガイルから近寄ろうとする気はないようだ。護衛団の連中もな。

だけどそう深く考える事もないだろう。

彼らは彼らで動き、俺たちは俺たちで動いて、迷惑にならないようにサポート出来ればする。

魔法士は本来そんなものだし、気にする事はない、か。

「ポーア殿、ブライトの事…………宜しく頼む」

「お任せください。向こうに着いたら連絡します」

俺は心配そうなジュンを安心させるようにそう言った。

するとジュンは少し安堵の様子を見せ、一団から離れてフルブライド家の馬車まで下がった。

どうやら全員揃ったようだな。

ポチが巨大化し、俺はその背に跳び乗った。

ガイルが後ろにいる全員に向かって大きく叫ぶ。

「出発！」

目的地はレガリアの西、《クッグ村》だ。

162　クッグの村

あれから七日か。もう間もなく正面にレガリアが見えてもいい頃だが……。

「おっ！　おう、あれがレガリアだぜ」

隣を走るガイルが言った。

「お～」

流石に現代よりは小規模だし城も小さいが、確かにあそこはレガリアの地。

どうやら今日中にはクッグ村に着けそうだな。

この七日間でガイルとはよく話すようになった。

俺が危険地帯でのフォローを何度かすると、急に話し掛けてくれるようになったんだ。

モンスターの強さは出て来てもランクS、ほとんどがランクBやAばかりだったが、先頭を走る者への負担は大きい。

動きやサポート能力を認めてくれたのかもしれない。

ここまでの道、危険地帯は走り、比較的安全な道は足を緩めた。

「よーし、ここからは歩きだ！」

ガイルの話では、これ以降は全て歩き。

この速度ならば今日の夕方くらいには着きたいとの事だったが、大丈夫そうだ。

ポチやガイルとはよく話したが、道中ブライト少年とほとんど話せてないのが実情だ。

まぁ護衛団の先頭を走る俺たちと、中央を走る馬車の中にいるブライト少年では仕方がないか。

キャンプの時も似たような状況だったしな。

ジュンの話だと、ここら辺のモンスターは低レベル者が倒せると聞いていたが、本当のようだな。

遠目で捉えるモンスターはランクF〜D。モンスターもこちらを警戒しているようで襲われる回数も少ない。

うん。これならなんとかなりそうだな。

昼の休憩の時、俺はポルコに話し掛けられた。

「ポーア君」

「何でしょうポルコ様？」

「ここらはもう安全だろう。もしよければ私の馬車まで来てくれないかね？　無論シロ君も」

もう後はガイルたちに任せてこっちへ来てくれ。何か話がある……そういう事らしい。

ポチの同伴も許すって、ホント貴族にしては珍しいな。

俺とポチは顔を見合わせてからポルコに頷く。

馬車の中には当然誰もおらず、ポチが我先にと入り、俺もそれに続いた。

「かけてくれたまえ」

「失礼します」

俺が座るとポルコも対面の席についた。

因みにポチは俺の足下で伏せている。

「さて……何から話したものか……」

ポルコは少しある顎鬚《あごひげ》を撫で、考えているようだ。

この言い方、いくつか話があるという事か。

「フェリスの件だが、君はあの子をどう思う？」

「どう、と仰られますと？」

「魔法士に向いているか……という点だ。この半月、君がフェリスの魔法指導を行ってくれた事はジュン殿から聞いて知っている。という事は、私がフェリスに教えていた事も知ってるだろう？」

最下級のリトルファイアとキュアーしか教えてなかったたって事か。

フェリスがポルコの前でとっている猫被りには、やはり気付いているのか。

いやはや、親は恐ろしい。

「フェリス様には、下級系の魔法。この基礎は半月で仕込みました」

「ほぉ、それは素晴らしいものだね」

「これ以上はやはりレベルの向上も必要なので教えていません。そもそもポルコ様に断りもせず魔法を教えてしまい、申し訳ないとも思っています」

右手をあげポルコが言う。

「気にする事はない。あれはあれであの気性だからな」

「ありがとうございます。それで、最近になって杖術を教えたところ――」

「そちらの方が才があった……と？」

「はは、そんな印象は受けましたね」

苦笑して答えると、足下のポチが顔を上げた。

「でも、魔法の才がないという訳ではないと思いますよ！　マスターが教えたとはいえ、半月で色々覚えましたからね」

「ははは、ありがとうシロ君」

「どういたしまして！」

温かい目をポチに向け、ポルコは話を続けた。

「しかし杖術まで教えていたとはね。少々君を過小評価していたかもしれないな」

「それくらいで十分ですよ！」

「お前は黙ってろ」

ポチの口を強引に塞ぐ。

んーんーと唸るポチの頭を、ポルコがひと撫ですると黙ってしまった。

こいつ、ポルコが優しいからって調子にのってるな？　ニヤニヤする細目が物凄く嫌みに見える。

おのれ……。

「では別の話だ。我が家にいる間だけで構わない。フェリスの警護も頼みたい」

「え？」

「これはジュン殿にも話を通してある。フェリスが君の指導をせがむならそれもお願いしたい。勿論、どちらも報酬を支払おう」

ポチの嫌みの視線が変わり、俺と目を合わせる。

「警護はともかくとして、先程戦士としての才をお話ししたばかりですよ？」

「君になら…………どちらもお願いできそうだと思ってね？」

確かにトゥースやブルーツに戦士としての動きは学んだが……しっかりちゃっかり観察してるな、この人。

再びポチを見ると、ポチはこくりと頷いてみせた。

好きにしろって事か。

「……わかりました。やれるだけやってみます」

少し笑ってみせたポルコと共に、俺たちはそのまま雑談しながら目的地、クッグ村へと向かった。

それから四時間程馬車が進むと、外から気合いの入った護衛団の掛け声が届いた。

「どうやら着いたようだね」

「ええ」

「お話楽しかったですー！」

「ははははは、私もシロ君とポーア君の掛け合いを楽しませてもらったよ」

馬車の進みがより一層緩やかになる。

そしてゆっくりと止まる。屋敷に着いたようだ。

御者に開けられた扉から出ると、そこはジュンの屋敷が丸二つは入ってしまいそうな程の巨大な屋敷だった。

いや、城と言ってもいいかもしれない。

庭は広く、外壁の四方に小さな塔があり、そこを何人かで固めている。外壁だけのジュンの屋敷とはちょっと違うな。

門外からクッグ村を見てみると、こちらは別世界だ。

のどかな空気の漂う小さな村だ。現代でもそうだが、この規模の村なら村人が困窮していても不思議ではないはずだが、そうは見えない。

それ程ポルコの統治が素晴らしいのだろう。少し話してみて改めて思ったが、傑物の類かもしれないな。

威厳があるが優しく、人望もある。ポチも気に入ったみたいだし、リーリアが認めるだけはあるか。

「マスター！　これは期待できますよ！」

食事が、だろう？

そんなポチを脇目に、ポルコは護衛団に指示を出し、そのまま屋敷の警備に当たらせた。

あいつらの給金てどれくらいなのだろうか？

冒険者よりは少ないだろうが、その分安全なのはわかる。

この護衛団……二十人規模のチームの場合、チームの安全を優先させる場合もあるしな。

ガイルの場合、そちらの方がいいと判断したのかもしれない。

「ポーア君」

「はい？」

「少し村の周りを見てくるといい。これからの指導には必要だろう？　後程屋敷に来てくれたまえ。戻ってきたらガイルに話すといい。彼はあの衛士小屋にいるから」

確かにそうだろうな。

この辺りの地形や生息するモンスターの情報を頭に入れた方がいい。

俺たちはポルコに礼を言ってから村まで出てみた。

「ホントに静かな村だな」

「緑も多いし現代とは全然違いますねぇ」

「あれ？　現代で来た事あったっけか？」

「ありますよ！　覚えてないんですかっ？　ランクSの昇格審査後にベティーさんと一緒にスキュラを倒しに行ったでしょうっ!?」

「あー……あったあった。あの滅びた村か」

「ホント、忘れっぽいんですからっ」

ツンツンするポチ。そんなに目立つような場所じゃなかった気がするけど、ポチのヤツよく覚えてたな。

そういや、あの時ポチ、変な行動をとったような気がしたけど…………はて？　何したんだっけか？

「村は問題なさそうですね。この時代に外壁ではなく柵だけってのは少し不安ですが、そうしてないのはそこまで危険がないからでしょう」

「そうだな。次は外出てみるか」

その後、ポチに乗って村を回ってみたが、ジュンの言った通り危険なモンスターは発見できなかった。

確かにこれならブライトを成長させる事が出来るだろう。
俺もポチも、ここで鍛錬しなくちゃいけない。
ポルコの話だと、警護は日中のみで構わないとの話だ。
あれだけの護衛団がいるならそれもそうだろう。
となると夜からは俺たちがここで経験値を稼がなくちゃな。
「ここで上げられるんですか？　レベル」
「おう、楽しみにしとけよ、ポチ」
ニヤリと笑った俺の顔を見て、ポチが大きく吠えた。
いつもは得意げに話す俺をけなすポチだが、今日はそうしなかった。
珍しいこの反応は過去に数える程しかないが、こういう時は上手くいく事が多い。
さて、どうなるだろうか。

163　経験値考察

――神聖暦百二十年　六月二十七日　午後十時半――


クッグ村北部。

「さぁポチ君！　今の俺の総経験値はいくつかなっ？」

「何かテンション高いですねぇ。よく言うとらしくない。悪く言うと気持ち悪いです！」

実験前はこんなもんだろうよ。知ってて言ってるからタチが悪い。

鑑定眼鏡をかけたポチが起動分の魔力を供給する。

「えーっと、３０９６１３００ですね！」

「あちらにいらっしゃるのが、ホブゴブリンです。ポチ、しっかりと数値を視てろよ？　あいつを
……ほい。ファイア！」

「ギャー！」

「事故レベルでちょっと可哀想でした」

いや、あいつ俺たちの事狙ってたから。

「さぁ、今はいくつだね？」

俺は両手を広げてポチに言った。

「３０９６１４７２ですね。という事は、えーと？」

「ポチにも１７２の経験値が渡ってると思うから、今のホブゴブリンが３４４の経験値を持っていた事がわかる。俺の研究論文によると、モンスターは同種でも経験値にばらつきがある。まぁ、それでも大差ない。因みにホブゴブリンは３５０前後の経験値が平均だ」

「ふむふむ」

「ここで俺の仮説だ。今ポチに視てもらってた数値、変化までにどれくらいの時間がかかった？」

「確か……一秒程だったかと？」

やっぱりだな。

しかしポチのヤツ、眼鏡似合うな？

くいっと上げる仕草がとても様になっている。

「モンスターを倒した瞬間に変わるのではなく、モンスターを倒して一秒で数値が変化するならこの仮説を実行しない手はない」

「どういう事です？」

鼻眼鏡になったポチが首を傾げる。

「経験値はモンスターを倒した時発生し、浮遊して俺の下まできている可能性がある。あるいは、降り注いでるのかもしれない」

「それってつまり、経験値は魔力のように見えないもの。しかし確かに存在するものだという事ですか？」

「そういう事。これからモンスターを倒した瞬間に強力な魔力の壁を張るから、またその眼鏡で視ててくれ」

「う～ん……わかりました！」

ポチめ、今考えるのやめただろ。

えーっと……あぁ、あそこにダイオウトカゲがいるな。

「ほい、アースジャベリン！」

「グルゥ……」

ここで、魔力を放出！

「ふんぬっ！」

「おぉ、濃い魔力ですね～！」

「感想はいいから経験値の数値を視てくれよ！　これキツインだから！」

「…………あれ？」

「どうだ!?」

「……３０９６１４７２から動いてません……」

「だろぉ!?　……ふぅ」

「あ、３０９６１５８６になりました。これってつまり…………どうなってるんですかぁっ!?」

ポチが両頬を押さえて叫ぶ。

夜にうるさいもんだな。村から離れてよかったわ。

「つまり、魔力で経験値の体内浸入を拒んでる訳だ」

「おぉー！　でもそれって……何の役に立つんです？」

「ふっふっふっふ。モンスターから俺までの空間に経験値は確かに存在した。そしてそれは魔力によって制御出来る事もわかった！　ならば！」

「ならば⁉」

「その経験値を魔法陣に通し、改竄する事も出来るかもしれないって事さ」

「なんと！　そんな魔法式……出来るんです⁉」

「わかんない！」

「馬鹿マスター！」

「何でだよ⁉　ここまでで十分賢者だろうが！」

「賢者ってのは最後まで答えられるもんです！」

「そんな事ねぇよ！　この程度の賢者もいるだろ！」

「その程度の賢者でいいんですか⁉」

「嫌だよ！」

「じゃあ考察を続けましょう！」

「はい！」

あれ？　いつの間にか丸め込まれた？

夜に俺たち二人は、低レベルとはいえ、モンスターが闊歩する場所でギャーギャー喚き散らし、目に付くモンスターを吹き飛ばしていた。

すると、遠目に見える暗い山の頂がチカチカと光ったのが見えた。

「何だろうあれ？　ポチ、見えるか？」

「んー……ちょっと遠すぎますが、どうやら炎のようですね」

確かにユラユラと炎が見える……気がする。

「にしては多すぎないか？」

「遠視系の魔術ってありませんでしたっけ？」

「ないな。けど多分すぐ出来るよ」

「何でそういうのはすぐ出来るんですかねぇ……」

ポチの小言と溜め息を無視し、俺は一つの魔術を完成させる。

「ほいのほい、鏡望遠視《きょうぼうえんし》！」

展開されたレンズ群が、目的のモノを捉え、俺に情報を与える。

「……どうですか？」

「…………ポチ、こっちから視てみろよ。とんでもないものが見られるぞ」

俺の位置まで来たポチが目を細めてみる。

「炎龍……ロードドラゴンですね……」

「あぁ、その群れだな」

「何ですかアレ!?　十頭や二十頭じゃききませんよ!?　少なくとも二百頭はいます！」

なるほど、フェリス嬢が倒したい炎龍ってのはおそらくアレの事だな。

幸いこちらへ襲って来ないみたいだ。山一帯が巣になっている。これはロードドラゴンが長くこの地に住んでいる証拠。

巣への干渉さえしなければ大丈夫だろう。クッグ村が残っているしな。

だが、それよりもまずい事がある。あれ程の群れが巣を築くのにはそれなりの理由があるからだ。

ポチもどうやら気付いてるようだな。

「アレ、絶対に何かを守ってますよね」

「おそらく次代の王の誕生だな」

「炎龍王でしたっけ？」

「そう呼称する人もいるが、多くの人はこう呼んでいる。…………獄龍ヘルエンペラー」

「ランクは？」

「さぁな。一説にはランクSS以上だったたって話もある。まぁ個体数が皆無に等しいし、すぐ倒されたらしいからなぁ」

俺が思い出すように言うと、ポチがすぐに疑問を述べた。

「誰が倒すんです？　その顔は知ってる顔ですよ？」

「……聖戦士が倒したって話だ」

「へぇ。誰ですか、その奇特で残念な聖戦士は」

「確か……ポーアって名前だ」

「どこにいるんでしょうね」

「さぁな。会った事ないからわかんないや」

……………………………………………………。

「嫌！　嫌ですよ！　私そんなのと戦えません！」

「俺だって嫌だよ！　ランクも知られてない奴との戦闘なんておっかなくて出来ねぇよ！」

「そもそも炎龍一頭ですら手ごわいのにどうやって倒すんですかっ！」

「知らねぇよ！　本物のポーアさんが現れてちょちょちょいって倒してくれるんだよ、きっと！」

「ポーアはあなたでしょう！」

「お前が名付けたんだよ！」

「いい名前じゃないですか！」

「そうですね！　ありがとうございますぅ！」

「どういたしましてぇ！」

夜に俺たち二人は、低レベルとはいえ、モンスターが闊歩する場所でギャーギャー喚き散らし、目に付くモンスターを吹き飛ばしていた。

そして、ポチが落ち着いた頃合いを見計らって、俺はひとつ咳払いをした。

「……何です？　ちょっと危うい感じですよ、マスター」

そんな顔してるのだろうか？

だが、こればかりは話すと決めていた事だ。仕方ないかもしれないな。

これから話す事を重く受け止めたのか、ポチが俺と向かい合って座りこむ。倣って俺も座る。

「えーっと……その、だな……」

「…………」

さっさと話せと、ポチの目が少し怖い。

「ポチは犬狼……だよな」

「当然です！　誇り高い狼さんですよ！」

くそ、更に気まずくなるような言い方するじゃないか。

「……その狼さんを……だな……」

口ごもった俺に、ポチは更に続けた。

「ですが、それ以上にマスターの使い魔です！　なんたって八百年もやってますからね！」

「……あぁ、そうだったな」

ポチはこれから俺が言う言葉を知っていたのだろうか？

これだけで、この言葉だけで俺の心が軽くなった。

だが、言葉に出来るかといったらそれは別の問題だ。

中途半端な心の軽さは俺に口を噤ませ、ポチの睨みを鋭くさせてしまった。

そして遂に痺れが切れるのだ。

「マスター！」

「はい」

「マスターは私の種族の事について、何か提案をしようとしている。そうですね!?」

「ええ、全くその通りです」

「何故黙るのですか！　何故私に命じないのですか！　使い魔契約が甘くなったとしても、主人の命令に使い魔が逆らえるものでもないでしょう！」

「俺が……俺がそれを命じられると思ってるのかよ！」

「思いませんよ！　だから私がこう言ってるんです！　背中を押してるんです！　いえ、押してあげてるんです！」

　今の訂正は別にいらないだろう。

　しかし有難い事でもある。ここは礼を言っておくべきか。

「……わかった。ありがとう」

「もっと感謝してください！」

「あ、ありがとうございます！」

「足りませんねぇ！」

「ポチ様、いつも本当にありがとうございます！」

「満足ですー！」

　頬を緩ませて両前脚を夜空に向かって上げたポチ。

　……なるほどな。これもポチによる作戦……か。

「よし、そんじゃ聞いて後悔すんなよ！」

「えぇ、言って後悔しないでくださいよ！」

「おいポチ！　お前モンスターにならないか!?」

「嫌です！」

　夜に俺たち二人は、低レベルとはいえ、モンスターが闊歩する場所でギャーギャー喚き散らし、目に付くモンスターを吹き飛ばしていた。

164 読心術

「何でだよ！　別にいいだろ、減るもんじゃなし！」

「何で私がモンスターにならなくちゃいけないんですか！」

「ケチ！　その舌引っこ抜くぞ！」

「わからず屋！　眼鏡に肉球紋つけますよ！」

「ケチはケチだが舌引っこ抜くのは言い過ぎた！」

「こちらこそですよ！　わからず屋！」

俺の暴言に対して、ポチの反論が割に合ってなかったから訂正したんだぞ？

それをわかってるのかコイツは。

「いやだから、ポチの姿カタチは変わらないし、能力だけが向上するんだ。悪い話じゃないだろう？」

「……その説明、この数分間の口論でありましたか？」

「…………………あれ、言ってないな？」

おっと、これは失敗だ。

「……こっの！　馬鹿マスターッ!!」

怒ったシベリアンヌ・ハスキーが現れた。

彼女はとても興奮しているようだ。ここは一つ様子を――

「痛っ！　おま、これめっちゃ食い込んでるじゃねーか!?　痛っ、痛いってば！」

足を思い切り噛まれ、身体を捻る事でポチを投げ飛ばす。のは俺の妄想の中の話で、ポチは全然離れなかった。

我が使い魔は本当に俺を好いてくれているようだ。

「あ、ちょっ！　ポチ！　お前後ろにモンスターが！」

「そんな嘘に騙される私じゃありません！」

尚も噛みつき、俺の足から血という名の悲鳴が出ようとする寸前、ポチは口を離す。

「優しいなお前！」

「当然です！　しかし許した訳ではありません！　ふぬっ！」

巨大化したポチが俺に覆い被さってくる。

「どわった!?　いやだから後ろにモンスターが……――」

「いるわけないでしょう！　がぶ！」

今度は顔を思い切り噛まれ、そして持ち上げられる。

「いったっ!?　おま、これは五百年前に禁止した技じゃないかっ！　協定違反は重罪だぞ！」

「ほふはふはひほほほ、ほほへへはへん！」

「何言ってるかわかんねーよ！」

いや、本当はわかる。

「そんな昔の事、覚えてません！」だそうだ。

「あ、今度は血でたぞこれ!?　ひってー！　ポチひってー！」

「ふん！」

ポチは俺を口から離し、落ちてる途中の俺の胸を前脚で押す。

後方に押し出されて着地すると、今にもポチの背後のモンスターがポチに襲い掛かるところだった。

「危ないポチ！　ほい、ファイア！」

ポチがかわし、背後にいた襟巻ドラゴンを消滅させる。

振り返ったポチは、消し炭のように消えた襟巻ドラゴンの残骸を見た。

「……本当にいたじゃないですか！　何で教えてくれなかったんですか!?」

「二回程忠告させて頂きましたけどもぉっ!?」

「危機感が薄い感じでした！　だから伝わらなかったんですよ！」

こいつ、俺の立場の悪さを利用して言いたい事言いやがって。

今夜ポチの歯ブラシに唐辛子エキスを塗ってやろう。使ったらすぐに回復してやろう。

ポチの巨大化が終わり、再び座って向かい合った俺たち二人。

「ん～、マスターちょっと血の味変えました？」

「大衆食堂の客みたいな気軽なノリで言うんじゃねーよ」

「前より酸味が増しましたが、これはこれで中々好みの味です」

「そうかよ。ったく」

するとポチは一瞬で顔を背けた。

何だ、どうしたんだコイツ？　恥ずかしがってるのか？　何で？

「こ、好みと言っても味の事ですよ、味！　決してマスターがどうとかって話じゃないんですからね！」

「……何照れてるんだお前？」

「い、いいから！　さっさと種族改変の話を進めてください！」

両前脚から爪をギラリと見せ、威嚇するポチに、俺はたじろぎながらも同意した。

「わ、わかったよっ。えーっと……まずだな………」

俺はナイフを取り出し、柄の部分で土に文字を書き始める。

ふんふんとポチはその文字を追いながら、眼鏡をくいっと上げている。……って。

「おい、そろそろその眼鏡返せよ」

「たまにはいいじゃないですか。帰ったら返しますから、さっ、続きを書いてください！」

「しょうがねぇなぁ。…………………おし、こんなとこか」

〰〰〰〰〰〰〰〰〰

【種族別、種族改変コース早見表】

竜族　：攻撃力が高く、生命力が高い。身体も丈夫になるが、多少瞬発性が落ちる。（ドラゴ

ン・ワードドラゴン等）
鳥族　：瞬発性が上がり、攻撃力も向上する。生命力と防御力に難あり。（ハーピー・グリフォン等）
獣族　：安定の攻撃力、身体も丈夫になる。瞬発性も中々で生命力もそれなり。しかし特筆すべき点が少ない。可もなく不可もなく。（ミノタウロス・マーダータイガー等）
鬼族　：攻撃力と生命力特化。防御力も悪くないが、残念な瞬発力。（オーガ・オーク等）
不死族：身体能力が全体的に向上。臭くなる。（ゾンビ・グール等）
亜人族：不死族の劣化版。臭くはならない。（ゴブリン・コボルト等）
巨人族：鬼族の上位版。しかし瞬発力もより一層落ちる。（サイクロプス・トロール等）
植物族：硬く生命力が高い。だが火に凄く弱い。（トレント・ラフレシア等）
無生族：瞬発力以外全体的に向上するが、魔法に対して非常に弱くなる。（スライム・ゴーレム等）

〰〰〰〰〰〰〰〰

「む～……」

ポチは顎下に前脚を当て考えている様子だ。

「オススメは不死族――」

「却下です！　それだけはありえません！　レディーになんて事する気ですか！」

「い、言ってみただけだろ……」

不死族はバランス良くていいんだけどなぁ。

「うーん……今の状態より、スピードは落としたくないですねぇ」

「となると、残りは鳥族、獣族、亜人族……不死ぞ——いったっ!?　どつく事ないじゃないか！」

「肉球スタンプと言ってください！　それに、どつく程の事です！」

ったく、そんなにぷんすかしなくたっていいじゃないか。

俺は消去法で除外された文字を横線で消し、ポチの真剣な様子を見守った。

そうだよな、ここは真剣になるよな。

間も無く深夜だが、俺はポチの答えをいつまでも待つつもりでいた。

だが、ポチは思いの外早く口を開いた。

「鳥族になったとしても飛べないんですよね？」

「そりゃお前、翼も羽もないしなぁ。言ったろ？　姿カタチは変わらないって。それに鳥族はあまりオススメできないぞ」

「何故です？」

「俺がこの鑑定眼鏡で視たモンスターにしか種族改変出来ないからだよ。鳥族モンスターってのは中々お目にかかれないからな。一番の候補はランクAのグリフォンだし、最低でもランクSの個体能力は欲しいだろ？」

俺の説明にポチはふんふんと頷き、俺が消したようにゆっくり爪で文字に横線を引いて消した。

「マスターのオススメは何です？」

「横線引いちゃった後で悪いけど、竜族だな。カオスリザードを拝んだし、実はこの世界に来た時に、黄竜も視てる」

「竜ですかぁ……」

ポチは竜族モンスターに苦手意識持ってるからなぁ。

それをこの前のディノ戦で更に拍車をかけた気がするし……。

「あっ」

間の抜けた声でポチが零す。

何かに気付いたようだが、どうしたんだろう？

「それって別にモンスターじゃなくてもいいんじゃないです？」

「どういう事だ？」

「動物ですよ動物」

「いや、そりゃ勿論出来るけど、狼は動物の中でも結構上位にいるぞ？　それ以上の動物なんて言ったら――――あっ」

「そうですよ。マスターは一度見ているはずです。あのレガリア渓谷で……最強の鳥類を」

「おぉ！　おぉおおおおっ！　おぉおおおおおおおおっ!?　紫死鳥《しちょう》か!?　紫死鳥なのか!?」

腕を組んで鼻をふふんと鳴らしたポチは、これ見よがしにパチンとウィンクしてみせた。

そうだった、天獣！　完全に存在を忘れていたが、確かにあのポテンシャルは重要だ。

ポチも興味があったようだし、モンスターにならずに済む。

これはこれで素晴らしい代案だ。

「天才かお前！」

「ふふん！」

「いやー、盲点だったわ！」

「ふふふん！」

「さて、魔術陣組まなきゃな」

「ふふふふ――あれ？　ねぇ、マスター、もうちょっと褒めてくれてもいいんですよ？」

「大丈夫だ、この後ポチが言うセリフは想像出来た。だから想像の中で褒めておいたよ」

「そんな事マスターにわかるもんですかっ！」

「『ふふふふん！　どうです!?　マスターポチ様の実力は!?　おや、クッグ村にまだ火が見えますね？　深夜の酒場で夜食にしてもいいんですよ!?』……だろ？」

その後俺は、両頬を押さえて驚きを隠せないポチの前で、魔術陣を描いていった。

黙々と、淡々と……。

「むぅ……マスターが読心術を使えるとは思いませんでした」

「使えない使えない」

「へぇ～、魔術陣が地面に……って事は設置型なんですね」

ポチは魔術陣に乗り、その術式を見回している。

「改変後があの天獣じゃ、かなりの魔力を使うだろうからな。宙図《ちゅうず》じゃ難しいだろ。…………よーしポチ、心の準備はいいか？」

自分に言い聞かせるように。

「どんとこいですよ！」

「元の時代で魔王をぶっ倒したら、元に戻すし、心配すんなって！」

本当に大丈夫か？

「だからどんとこいですって！」

「姿カタチは変わらないし、性格も変わったりしない！　安心しろ！」

安心しろ！

「………ねぇマスター？　ひょっとしてビビってませんか？」

「ビビビビビってねぇし！」

「あはは…………信じてますからね、マスター」

穏やかな表情でポチが小さく告げる。

最後に再びポチに背中を押された俺は、覚悟を決めて魔術陣に魔力を供給する。

これは使い魔契約と同じで、相手にそれの同意を求める必要がある。

俺は震えそうな声を喉の奥に押し込めるようにして言葉を紡いだ。

「我、汝《なんじ》を改変せん。汝《なんじ》、我に尽くし種族改変を受け入れる事をここに誓うか？」

「わんっ！」

まったく、使い魔契約の時と同じような声で返事しやがって。

「我、ここに彼の者を紫死鳥とし、使い魔とし、なれど友とし、ドリニウム鋼の如き硬く揺るぎない主従の契約を結ばん。これいかなる時も綻びぬ契約とし、これいかなる時も絶対不変の熱き友情とす……今一度汝《なんじ》に問う。我に尽くし種族改変を受け入れる事をここに誓うか？」

「アハハハ、何ですかその契約文は…………わんっ！」

うるせぇ、犬ッコロ。

「っ！　種族改変、発動っ！」

大きく巨大な魔力の渦は竜巻のようになり、ポチを中心に包み込む。

天高く伸びあがった光は暗雲を貫き、見えないはずの太陽にさえ届きそうだ。

昼間の如き空の光は塊となり、再びポチに降り注ぐ。

光の柱が全て消えた頃、地面に描かれていた魔術陣は消失していた。

どうやら終わったみたいだな。

「なっ⁉」

ポチが…………いないっ⁉

「ポチッ⁉」

「……マスター……」

声の主は紛れもなくポチ。

何故背後にっ？　俺は振り返る恐怖を押しのけ、身体ごと声の方向を見た。

するとそこには俺の眼鏡を肉球で挟んだポチの姿があった。

大丈夫だ。思った通り、姿カタチは変わっていない。

しかし何故そんな声を出したっ？　とても辛そうで困った声を出したんだっ⁉

もしやポチの心に何か変化がっ⁉

「眼鏡のフレーム…………少し曲がっちゃいました……」

がくりと膝を落とした俺は両手で顔を覆い、手の隙間から見える大地を睨む。
そして大きく息を吸うのだ。
今度は再び広がった暗雲を睨むのだ。
肺一杯に溜まった空気をどうしてくれよう。
そうだ、ポチに言ってやろう。
日頃溜まった鬱憤を空気と共に叩きつけてやろう。
焦りながら眼鏡のフレームを力任せに直そうとしている友にぶつけてやろう。
最初の鬱憤？
そんなのは決まってる。
この状況下でそれはない。
それはないですよポチさん。
さぁ、空気が外に出たがっている。思いきりだ。
目から零れそうな雫を見せないように全てを吹き飛ばす勢いだ。
賢者アズリー。いや、大賢者アズリー。お前なら出来る。
さぁ言ってやるよ。
爆発させてやるよ。
三。
二。
一。

「そうじゃねぇよっ!!!!!!!!」


目を丸くさせたポチがこの後言う言葉なんてわかってる。

俺は読心術が使えるんだ。

どっかの馬鹿犬限定でな。

「うるさいですよ！　馬鹿マスター!!」

「うるせぇ犬ッコロ!!」

ほら、今回も完璧だった。

165　湯けむりスーハー！

「――白黒連鎖の果ての果て！　ベイラネーア～、ベイラネーア～！　あ、我等の～魔法大学～魔法大学ぅ～！」

「うるさいわよタラヲ」

「はい！　すんません！」

我輩はガルムである。

名前はタラヲだ。

最近はタァちゃんと呼ばれる事もあるが、我輩をちゃん付けで呼ぶとはけしからん。万死に値する。

だが、その後に続くナデナデがあるから減刑されているのだ。

クラリスめ……我輩の痴態。まさか仰向けで……腹を笑いながら撫でおって……！

アンリめ……我輩のお散歩コースにことごとく現れ撫でてきおって……！

リナめ……「膝の上においで」だと!?　行くに決まってるではないか！

ララめ……木の根のような物を我輩に食わせた。ゴボウと言ったか？　中々に美味だったぞ！

イッキめ…………「そこに座ってればお客さんが撫でてくれるよー」だと!?　だから座ってるのではないか！

「どいつもこいつも我輩を愚弄しおって。本当に人間という存在は解せぬ。解せぬぞ」

「うるさいわよ」

「う、うむ、それは悪かった。ところでティファよ。これはどこへ向かっているのだ？　何やら臭いがキツくなってきたぞ？」

臭い。

どこかで嗅いだ事のある臭いだ。

確か――そうか！

「ふはははははは！　わかったぞティファァ！　これは硫黄の臭いだな!?」

「そうよ。ブルーツさんがレガリアでいい温泉があるからってここまで来たのよ。私も一度王都には来てみたかったし、ちょうどいいわ」

「何？　ここはベイラネーアではないのかっ!?」

「フユがベイラネーアとレガリアを繋いだ空間転移魔法よ。……もしかして、何も聞いてなかったわね？」

「そ、そんな事はないっ！」

まるで刺し殺すような視線だ。しかし何かする事はない。

いや、なくなったと言うべきか。

最近のティファはとても話しやすくなった。学生自治会という組織の風紀という役職に就いてからだ。

魔法大学内の規律を破った者を拘束し、アイリーンの前へ連れていく。とてもティファ向きの仕事と言えよう。

アイリーンがひと睨みすれば、その者は畏怖し、自らを御する。

中々に出来た仕組みである。

だが、落ち着いたとはいえティファはティファ。その小さき身体に無数のモノを溜め込んでいるようだ。

これもどれも、あのアズリーとかいう魔法士がここを去ってからだ。

アズリーめ、我輩の呪いをなんとかしてくれるのではなかったのか？

まったくもって困ったヤツだ。困ったヤツだが、アズリーの保有している魔力量は異常だ。まるで目に見えるようだった。逆らってはいけない気がする。

あの者の近くにいるだけで我輩は総毛立ったぞ。

皆は気付かぬのか？　あの者の内なる強大な魔力を。

おそらくそれを知っているのは我輩しかおらぬだろう。ヤツがその気になれば、魔力を解放するだけで町ひとつが滅ぶ。これは脅威だ。

皆はまだ気付いていない。気付いた時、アズリーの側にいてやれる者がはたして何人いるか……。

まぁ、我輩は過去にそれ以上の者と対峙して生還している。ならばアズリーなど我輩の相手になるまい。

………はて？　そやつはどんな風貌だったか………。

まぁいい。我輩は狼王ガルム。細かい事など気にしないのだ。

そういえばアズリーのヤツ。出て行く時に「困った時はイツキに相談しろ」と言っていたな？

馬鹿な。ただの人間で、戦士でも魔法士でもないイツキが我輩に何を与えてくれるというのだ。

くだらん。

そんな時間は我輩にはないのだ。

「ここよ」

「ほぉ、中々の門構えではないか」

木製の巨大な門。中央上部に看板が掛けられている。

ジョシュー温泉、そう書いてある。

部屋まで歩いていくと、中にはブルーツたちポチズリー商店の人間が顔を連ねていた。

リナ、春華《はるはな》、ララ、イツキ、ツァル。ふむ、ブルーツは変な恰好をしているな。

布を左右から羽織ったような恰好だ。春華の衣服に似ている。男物なのだろうか？

この部屋……植物を編み込んだ変な床だ。だが中々良い物だ。

人間は手間をかけてとても良い物を作るのだな。

面倒だというのに…………解せぬな。

「お、来たな、タァちゃん。ほら、ここへおいで～」

リナが腿を少し叩いて何やら喚いているようだ。

ふふふふ、仕方ない。

そこまでぴーちくぱーちく言うのであれば行ってやろうではないか。

「ふはははは！」

「タラヲ、お座り」

「はい！」

むぅ…………最早これは条件反射だな。

ティファの声には魔が宿っているに違いない。

「先に入らせてもらったぜ。いい湯だったから、女共も入って来いよ」

「では、お言葉に甘えて行ってくるでありんす」

「お風呂か！」

春華とララが立ち上がった。

この二ヶ月で春華は身が軽く、ララは魔力が増大したように思える。

ティファにしてもそうだが、街の女子《おなご》共は皆違う事に力を入れているようだ。

オシャレだとか、趣味に時間を割き、己を磨くそうだが、こやつらはそうではない。

何がいいかはわからぬが、こやつらにとってはこれが幸せなのだろうか？

おっと、そんな事を考えている場合ではなかった。

我輩も久しぶりの風呂だ。ティファの後を――

「アンタはお留守番」

「ぬ、何故だ!?　解せぬぞ！」

「ま、雄だし仕方ねぇだろ。もうすぐブレイザーがマナと一緒に来るから、そん時一緒に入りゃいいだろう。そこの蛇もな」

「「蛇ではない。カガチだ。侮辱すると丸のみするぞブルーツ」」

「へ、やってみな二股野郎」

相変わらず仲の悪い二人だな。

「ブルーツ、いつも思うのだが、何故男と女で分ける必要がある？　やはり恥という感情がそこにあるのか？」

「おぉ、学んだじゃねぇかタラヲ。まっ、概《おおむ》ねそういう事だ」

「……解せぬな」

ブルーツは笑うばかりで何も答えない。

微かなアルコールの匂い。ブルーツめ、まだ日も落ち切らぬというのに既に飲んでいるのか。

確かにエールは美味いからな。わからないでもないが、何故我輩の分がないのだ。

仕方がない。怖いが後でティファにねだってみよう。

最近覚えたプリティアイ。上目遣いを行使すれば落城するだろう。

女子が風呂から出てくる前に、ブレイザーとマナがやってきた。

ライアンやリードたちは居残り組なのか？　後で聞いてみるか。

「遅かったな？」

「すまない。コイツが連れてけとうるさくてな」

ブレイザーの後ろに誰かいる。

ふむ、どこかで見た事がある。

確かいつかのモンスター討伐だった。名は……確かエッグ。

リナの近くでやたら呼吸を多くしていた人間だ。病気か？

「お前ぇ、いい加減にあきらめたらどうだ？　リナはアズリーに惚れてんだぞ？」

「そんな事はありません！　リナさん、俺の近くにいる時、結構俺の事チラチラ見てくれてるんですから！」

「そりゃそうだろ」

「当然だな」

「「お主の鼻息があれだけ荒くなったら誰でも気になるものだ」」

「やだなー、ツァルさんまで。僕の心はリナさんの前で隠してるんですから漏れる訳ないでしょう？　ははっ」

ブレイザーたち三人が似たような溜め息を吐いている。

「まぁいいや、お前たち五人で風呂入って来いよ。中々いい湯だったぞ」

「「初めからそのつもりだ」」

「いつもすまないなブルーツ」

「あん？　何の事だかわかんねーな。ははは」

部屋を出た廊下でエッグがブレイザーに何か聞いてるようだ。

「何で先にお風呂に入ったブルーツさんにお礼を？」

「あんた、そんなんだから未だランクBなのよ」

マナは最近ランクCに上がったそうだ。

「「わからないかね？　全員が一度に風呂へ行く事は出来ない。荷の番が必要なのだよ。今回の件もブルーツの提案だ、皆の事を考えながら地味な役どころに徹しているのだよ」

嫌ってる割には高く見ているではないか。

「昔からそういう男だ、ブルーツは」

「「気に食わないのは変わらないがね」」

マナと風呂の前で別れ、男と書かれた扉を開ける。

裸になったブレイザーの身体は恐ろしいまでに完成されていた。

何だあの傷の数は？　斬り傷、刺し傷、嚙み傷……いたるところに見える。

余程の過去があるのだろう。

「ひゃ～、いつ見てもすげー傷っすねぇ」

「大した事じゃない」

大した人間だ。

「「むぅ、確かにいい湯だ」」

「あ、ツァルさんちゃんと身体洗いましたぁ？」

「「私の場合は簡単だからな」」

二股とはいえ蛇だからな。

手ぬぐいに身体を擦り付けるだけで終わるのであろう。

「タラヲ」

「何だブレイザー？」

「背中を流そう」

「ほぉ？　ふふふふ、いい心掛けだ」

ふふふふ。ブレイザーは中々の男だ。

尻尾の付け根あたりがかゆいので掻いてもらうか。

「何をしているのかね、エッグ？」

エッグめ、あんな端まで行きおって。何を考えているのだ？

竹の壁に耳なぞ当ておって。

「こ、この隣に………リナさんがっ！　スーッ!!　ハーッ!!」

あの鼻息が耳に届かぬというのかあいつは。

「ララもいるのだ。それ以上下劣な行為をすると燃やし尽くすぞ」

「スーッ!!　ハーッ!!　スーッ!!　ハーッ!!」

「貴様……」

膨れ上がる怒気。

しかしブレイザーは気にも留めないようだ。

「ご安心を、ツァル殿。隣にはベティーもおります」

「へへへへへへ。リナさぁ～ん……」

む、殺気？　これはベティーのものか。

瞬間、竹越しに強烈な一撃が放たれたのがわかった。

竹に耳を当てていたエッグが弾き飛ばされ、湯の中へ入っていく。

「見事な徹しだな」

読者の皆様には特別
女湯を公開致します

「後で褒めてやってください」

「礼が先だろうな」

「確かに」

湯に浮かぶ下品なエッグは、見ていて滑稽だった。

「おいエッグ、身体は洗ったのか貴様」

返事がくる事はなく、我輩たちは湯に浸かった後、エッグを置いて部屋に戻ったのだ。

中々に良い湯だったぞ。

１６６　ポーア先生とシロさん

神聖暦百二十年六月二十七日の夕方。

僕はクッグ村へ着きました。

ポルコ様に案内され、迎賓館へ行きました。

何故あのフェリスさんも付いて来るのか理解出来ません。

本当にあの方の視線は怖いのです。何かこう……背中に熱いものを感じます。

「ここにある物は好きに使ってくれたまえ」

ポルコ様、とてもお優しい方です。

僕も見習ってあのような人物にならなくてはいけません。

何故あんなに素晴らしいお方からフェリスさんが？　僕史上最大の謎です。

しばらくすると、辺りを調べていたポーア先生が戻って来ました。

夜にもう一度出かけるそうですが、シロさんのお腹が、物語に出てくるオーガの鳴き声のように鳴っていたのです。

どうやら仕方なくという感じでした。

「ブライト君、私が部屋にいるというのに何を書いてるのかしら？」

「……日記です」

「ふ～ん……」

早く出て行かないかなぁ……。

そんな叶わぬ願いを考えていたその時、隣のポーア先生の部屋から大きな音が聞こえました。

次第に大きくなった音は、僕の部屋の外まで近付きました。

ドア越しに聞こえた「スーッ!! ハーッ!!」という息遣い。

あれ？ これ……どこかで聞いた事があるような………？

部屋に響く小さなノック音。

「誰？ ブライト君は今忙しいの。つまらない用事なら下がりなさい」

何故、フェリスさんが返事をするのだろう。

「構いません。入ってください」

先程あった屋敷や迎賓館の説明に、何か不備があったのかもしれません。

僕は入室を許可しました。ゆっくりと開かれたドアから現れたのは――

「姉上っ!?」

思わず椅子を倒してしまいました。

でも、そこにいたのは確かに、紛れもなく、絶対に姉上なのでした。

一体何故姉上がクッグ村のアダムス家にっ!?

そう思った時、姉上の背後には静かに、それでいて優しく微笑むポーア先生の姿があったのです。

あぁそうか。これはあの魔法。つまりそういう事なんですね、ポーア先生？

最初は驚いていたフェリスさんも、あの時僕が屋敷に戻った事を思い出したようです。

「ブライトッ！」

「く、苦しいです姉上……」

いつもより強く抱きしめられました。いつも苦しい程抱きしめられるのですから、それ以上の力で抱きしめられた今回は、本当に死にそうな程苦しかったです。

姉上は本当に僕を愛してくれます。その思いに応えるためにも、僕はこの地で強くならねばならないのです。

「フェリス様、ブライト様……どうかこの事は内密にお願いします」

ポーア先生は頭を下げてそう言いました。

魔法で姉上がここへ来た事は内緒。

そういう事なんでしょう。

フェリスさんにも言ったという事は、ポーア先生はポルコ様にも内密にして欲しいという事でしょうか。

「フェリス殿、ポーア殿のためにも……私からもお願いする」

あの姉上がここまで…………もしや姉上は？　いえ、姉上に限ってそんな事はないでしょう。

「……わかったわ。アナタには借りもあるし、これについては黙っててあげる」

「僕も、わかりました！」

珍しく物分かりのよかったフェリスさんですが、ポーア先生への借りとはなんでしょう？

少し気になります。

ポーア先生はブルネア出立の前日に、姉上に部屋へ呼ばれていました。

弟の僕でさえあまり入った事のない姉上の部屋。

その入室を許されるとは、姉上からの信頼が厚くなったという証拠。流石ポーア先生です！

ポーア先生の話だと、その時に姉上にお願いされたのだそうです。

僕があんな目にあった後ですし、すぐにその保護下から離すのは心苦しかったのでしょう。

姉上の無理をポーア先生が聞いた。だからここに姉上が来た。そういう事なのです。

それから姉上は名残惜しそうにしてすぐに帰られました。屋敷に主《あるじ》がいないのは流石にまずいですから。

数日に一度、ポーア先生を介して姉上がここへ来るそうです。

それを聞き少し安心しました。本当、我がフルブライド家はポーア先生に頭が上がりません。

それはこれからも積み重なっていくのでしょう。

そんなポーア先生は、夜遅くにシロさんと一緒に屋敷を出て行きました。

ある程度の下見は終わったとの事でしたが、何をするのでしょう。

かなり気になります。

後を付けたいところですが、僕が今外に出ても周りの人間に迷惑がかかるだけ。ここは我慢しなければなりません。

姉上に心配させないためにも。自分自身のためにも明日から行われる対モンスターの予習をしておかなければ！

ポーア先生の事です。きっと深い考えがあるのでしょう。

「襟巻ドラゴン………ランクE……爪とブレスに…………注意……――――っ！　はっ!?　……

ああ、いけないいけない。ついウトウトしてしまった」

時計を見ると、もう時刻は深夜を回っていました。

「もう少し……いえ、明日に差し支えがあってはダメですね」

そろそろ寝ようかと思っていた時、窓の外の光が揺れました。

もしかしてポーア先生が戻って来たのでしょうか？

眠い目を擦り、ドアを開けるとちょうどそこにシロさんが……――

「ふぎゃっ!?」

僕がドアを開けたせいで、シロさんがドアにぶつかってしまいました。

鼻先がとても痛そうです。

「ご、ごめんなさいシロさんっ」

「アイタタタッ……」

痛がっているはずのシロさんが何故か笑っています。

どうしたのでしょう？　何か嬉しい事があったのでしょうか？

……何だ？　……あれ？　シロさんを包む魔力が前と違うような？

何だろうこの圧迫される感じは？

未だかつて感じた事がないような魔力。まるで……魔力の底が見えない感じ。

「んもうっ。気を付けてくださいねっ」

シロさんは前脚で鼻先を押さえながらそう言いました。

そして眼鏡を直し…………――眼鏡？

何故シロさんはポーア先生の眼鏡を掛けているのでしょう？

「おいポ――――シ、シロ。いい加減眼鏡返せよ。や、やぁブライト様……明日はよろしくお願いします」

「あ、はいっ」

何か言い掛けたポーア先生でしたが、結局何を言おうとしたのかわかりませんでした。

なるほど。シロさんはふざけてポーア先生の眼鏡を掛けていたんですね。

ポーア先生は「ポケット、ポ、ポ、ポーア大先生」と言いながら、何かを誤魔化すようにして自室へ消えて行きました。

ニヤニヤと笑うシロさんの顔がどこかおかしくて、僕も少し笑ってしまいました。

「その眼鏡、返してあげないんですか？」

「そうですねぇ。マスターにはここへ帰ったら返すと言ってありますから…………もう少しで返しますよ」

「何故そんなに眼鏡を？」

僕の素朴な疑問をシロさんに投げかけると、シロさんは少し考え、そして少し顔を背けて言いました。

「そ、そうですね。この眼鏡は……少し良い匂いがするんです」

シロさんの言葉と、その表情で、どんな匂いかはすぐにわかってしまいました。

ポーア先生は、本当にシロさんに愛されているんでしょうね。

ポーア先生の眼鏡ですから、ポーア先生以外の匂いなんてあるはずがありません。

今度は反対に顔を背け、こうも続けました。

「そ、それ以外にもこの眼鏡はちょっとしたアーティファクトですからね！　私がこうして管理するのも、私の使い魔としての務めなのです！　あ、シーですよ、シー！」

爪をひとつだけ伸ばし、口元に当てがってみせたシロさんは、本当に恥ずかしそうでした。

「ふふふ、はい。わかりました」

シロさんは何か自分に言い訳をするように、ブツブツと呟きながら部屋に向かいました。

僕は最後にもう一度くすりと笑い、明日の魔法指導を楽しみに思いながらドアを閉めました。

蠟燭の火だけが照らす薄暗い部屋。

パタンと閉まったドアの音を耳に残してベッドに向かいました。

微かに聞こえるポーア先生とシロさんのやりとり。本当に面白い人たち。

見慣れないベッドの天蓋。これから見慣れる事になるんでしょう。

「…………あの眼鏡がアーティファクト？　これは非常に興味がありますね」

167　禁忌の修練

――神聖暦百二十年　七月三十一月　午後九時――

ついに…………………ついに…………！

「ふは！　ふははははははっ！　どうだ!?　視たかポチィイイイイッ!?」

「視ました！　この目で確かに視ましたよぉおおおおおっ!!」

「もっとだ！　もっと褒めてくれたまえポチ君んんんんんっ!!」

「馬鹿もおだてりゃ何とやらですよーっ!!」

…………………おや？

しかも前にも聞いた事があるような？

「まさかランクEのラナートレントが経験値10000を超えるとはっ」

「俺だけで10000を超えたって事は、ポチにもそれが渡ってる。ラナートレントは200程の経験値を持っている。つまり約百倍の経験値改竄《かいざん》に成功したって事だ」

「マスターの錬金術だから心配してましたけど……これ、ずっと付けてるだけでいいんです？」

ポチは首に巻いている橙《だいだい》色のスカーフを前脚で指した。

「そう。魔法陣や魔術陣じゃ無理だったけど、このアーティファクト……【禁忌の修練《エクスペリブースト》】にする事で、経験値の増大を図った訳だ」

ポチはスカーフ。俺はマントにそれを施した。

魔法陣や魔術陣で出来ないと判断した俺はアーティファクトの製作へと移った。

使ったのはブルネアで揃えたモンスターの眼球。

高位モンスターの眼球は魔眼に近い要素がある。それらを利用し、鑑定眼鏡のような情報開示、解析を特化させたんだ。

それらを用いて魔法式の頂点に置いた設置型魔法陣。素材の特性を吸い取る式を使い、村で購入したスカーフに反映させる。

クッグ村を昼間歩いていたらポチが気に入った生地があり、それをスカーフにした。

まぁ、素材はちょうど二人分しかなかったから、俺とポチで使い切ってしまったけどな。

「これってモンスターが強くなればまた変わるんですよね？」

「そういう事だ。倍率は変わらないけど………ん、口で説明するよりまた書いた方がいいな」

種族改変の説明の時のように、ナイフの柄で地面に簡単な説明を書く。


〜〜〜〜〜〜〜〜〜〜〜〜〜〜〜

【ランク別経験値早見表】
ランクG：1～10の経験値。

ランクF：10〜200の経験値。
ランクE：200〜400の経験値。
ランクD：400〜1000の経験値。
ランクC：1000〜2500の経験値。
ランクB：2500〜5000の経験値。
ランクA：5000〜10000の経験値。
ランクS：10000〜50000の経験値。
ランクSS：50000以上の経験値。
絶望の使徒：わかりません！

〜〜〜〜〜〜〜〜〜〜〜〜


「とまぁ、簡単に書くとこんな感じだな。勿論本当に適当だ。ランクEのモンスターでも経験値を10程しか持ってない奴もいるしな」

「…………とんでもないですね」

珍しくポチが震えた声で言った。

当然だよな。禁忌の修練《エクスペリブースト》がもたらす恩恵は計り知れない。

「我々が既に楽に戦えるランクAのモンスターなんて、500000〜1000000の経験値を持っている事になります」

「やばいだろ？」

「ハッキリ言って、ヤバヤバです！」

ポチの言葉に調子づいた俺は炎龍の山を指差す。

「よし、そんじゃあポチ君！　一人であの炎龍たちを倒してくるんだ！」

「嫌です！」

「何でだよ！　今のポチなら瀕死になりつつも行けるだろう!?」

「私を勝手に瀕死にさせないでください！」

ちっ、ダメだったか。

ホント、性格も一切変わってなかったな。

このひと月、俺は天獣種の紫死鳥《しし ちょう》となったポチを観察し続けた。

結果から言うと大成功だ。俺がすすめた竜族など気にならない程の急成長を見せた。

レベルこそ上げてないものの、攻撃力、瞬発力が飛躍的に伸び、普段なら天狗になるポチが驚いて声を失う程だった。

今のポチならあのディノも圧倒出来るだろう。

正直ポチの背中に跨った俺が振り落とされないようにするのが精一杯だ。

どうしよう……使い魔との差が如実に現れてきたな？

「でも、何らかの考えはあるんでしょう？」

「うわっ!?　お前、いつからいたっ!?」

「八百年前からいましたけども?!」

「勝手に俺の思考を読むなよ。まぁ考えがあるってのは嘘じゃないけどな」

「へぇ～。どんなです？」

興味を持ったポチが聞いてくる。

「ハハハハ、読んでみろよっ」

「むきーっ！」

「ちょ、今のお前が怒ると俺が大惨事になるだろっ！　おい、馬鹿っ！　やめろってっ!?」

「やめてあげません！」

その後俺は、ポチに村外引き回しの刑に処され、目に付くモンスターを吹き飛ばしながらアダムス家の屋敷へと戻った。

「す、凄い恰好だねポーア君。まるで地中を泳いだ後みたいだ」

「ま、まぁそうですね。二、三度はダイブしましたかね……ケホッ。あれ？　こんな時間からお出かけですか？　ポルコ様」

屋敷の前には馬車が一台。

そして少数の護衛団メンバーが集結していた。

「すまない。急使が来てね。これからレガリアへ向かう事となった。屋敷の中のアレは好きに使って構わないからね。それと、何か問題があればガイルに言うといい」

そう言ってポルコは、衛士小屋の前で門柱に寄り掛かる空《ソラ》マ――ガイルを指差した。

夜だというのに今日もデコが輝いている。

「フェリスには君の言う事を聞くようにと伝えてある」

「わかりました。お気を付けて！」

「うむ、ではな！　出発！」

隊列を組んだ護衛団の光が村の外へ遠ざかり消えていく。

しかしこのタイミングで屋敷が手薄になった事は確かだ。

これは今まで以上に気を引き締めなきゃダメだろうな。

◆　　◆

「なんですってっ!?」

「フェリス様が……」

「「いないっ!?」」

「あぁ！　侵入者の気配はねぇからおそらく自分の足で出てったんだ！」

翌日の昼食後、フェリス嬢失踪というガイルの話を聞いた俺とポチは、すぐに迎賓館のブライト少年の下へ向かった。

すると、廊下で出会ったジエッタが慌てた様子で俺たちの下まで走って来た。

「なんですってっ!?」

「ブライト様が……」

「「いないっ!?」」

「えぇ！　先程までお部屋にいらっしゃったのですが、お茶をお持ちしましたらお部屋にいらっしゃらなかったのです。窓が開いていたので、おそらくそこから……！」

「ひぃぁあああ!?」と叫ぶシロは放っておいて、俺は二人の行く先を頭で考えた。

ポチの鼻はもう使えない。今のポチは狼じゃないのだから。

あの窓から部屋を出たとしたらおそらく裏門から？

頭の良いブライト少年がそんな愚を犯すはずがない。

つまりはフェリス嬢が？　一体何のために？

あれ？　もしかして――

「ひぃぁあああ!?　どうしましょマスター！　どうしましょー!?」

「落ち着けシロ。思い出せ、今朝の授業は何だった？」

「えーっと確か……フェリスさんの……中級魔法の修了試験でしたね」

そう、ブライト少年は早くに修めたが、一つ遅れてフェリス嬢の試験を行ったんだ。

「その時俺は何て言ったっ？」

「『中級魔法は使い道さえ正しければランクAのモンスターすら制します』と」

「その後俺は訂正したよな。『勿論レベルが見合わなければ即死です』とも」

そう、暴走しがちなフェリス嬢に言うべきではなかった言葉だと思いすぐに訂正したんだ。

「ええ、言ってました！」

「あの後、シロ！　お前フェリス様に何か言ってただろ!?　あれ何て言ったんだ!?」

「え、え？　確か『まぁ、ウチのマスターはレベル二十九でランクAのモンスターを倒しましたけどね！』って」

おのれ、この自慢したがりめ！

「二人のレベルはっ!?」

「……昨日の申告で三十になったとか……」

「ここら辺のランクAのモンスターっていったらっ!?」

「…………………………………………………………あ！」

「わかったら行くぞ！　犬ッコロ！」

目指す先は北西の山………炎龍の住まう地。

「ごめんなさいぃいいいいいいいいいいいいっ!!」

168　ライドオン

「ごめんなさいぃいいいいいいいいいいいいいいいっ!!」

「いつまで謝ってんだ！　とりあえずアレだアレ！」

アダムス家の屋敷の中にある「限界突破の魔術陣」。

初めはこれを見た時驚いたものだが、ポルコは自由に使ってくれて構わないと言っていた。

さすが貴族。

持っているものが違うな。

いつもは嬉しいレベルアップのファンファーレも、この急いでる状況下では煩わしいとさえ思ってしまう。

「お、終わりました！」

「よし！」

アズリー
LV：141

ＨＰ：７１５０
ＭＰ：８２１９０
ＥＸＰ：３３１９４５００
特殊：攻撃魔法《特》・補助魔法《特》・回復魔法《特》・精製《特》・剛力・剛体・疾風・軽身・剛心
称号：悠久の愚者・偏りし者・仙人候補・大魔法士・特級錬金術師・杖聖・六法士（仮）・恩師・ランクＳ・首席・パパ・腑抜け・ＳＳ殺し・守護魔法兵（仮）・剛の者・疾《はや》き者・使い魔以下・古代種殺し・魔王（仮）・マッド・禁忌を犯せし者

ポチ
ＬＶ：１５０
ＨＰ：２４０８４
ＭＰ：９１０６
ＥＸＰ：４６０２２４０９
特殊：ブレス《極》・エアクロウ・巨大化・神速・剛力・浮身・軽身・剛体・攻撃魔法《中》・補助魔法《中》・回復魔法《中》・吸魔・剛心
称号：最上級使い魔・極めし者・番鳥・中級魔法士・要耳栓・名付け親・菓子好き・愚者を育てし者・風神・剛の者・古代種殺し・お菓子（仮）・紫死鳥

……………………………何かよくわからない称号が付いてるが、今気にしてる場合じゃない。

外へ出ると、護衛団の連中が集まってガイルの指示を聞いていた。

「おいポーア、何かわかったのかっ!?」

「ええ、おそらくフェリス様とブライト様は炎龍の山へ向かったと思います！」

この言葉に、屈強な護衛団が一瞬固まった。

この世界では低いとはいえ、皆レベル百以上の戦士たちだ。

炎龍の怖さを知らない訳がない。

ひとたび空へ飛び上がれば、魔法士の魔法なしでは太刀打ち出来ない。

そして何より恐ろしいのはその凶暴性。

この護衛団が恐れているのはその凶暴性が向く矛先。

上手くブライト少年とフェリス嬢を助けられたとしても、奴らの領域へ侵入していれば、それは攻撃したも同義。

上手くブライト少年とフェリス嬢と逃げられたとしても、奴らは全員で俺たちを追いかけてくるだろう。

上手くブライト少年とフェリス嬢と奴らから隠れ果《おお》せたとしても、人間という存在は他にもいる。

そしてその存在は………この、クッグ村だ。

「村の人間を誘導しろ！　東にある森の中に隠れろと！」

「「はっ！」」

「カダフ、リネッツは屋敷の人間を、その後ここを守れ！」

「「はっ！」」、
真っ先に思考を働かせたガイルが仲間に最新の指示を出す。

「ポーア！　行くぞ！」

「ええっ!?　行くんですかっ？　ガイルさん！」

「当然だ！」

「仕方ありません！　乗ってください！」

普段は「二人乗り禁止！」と怒るポチだが、今回ばかりは自分に非があると思ったのか、それを許可した。

ポチに跳び乗ったガイルは叫ぶ。

「野郎ども！　気合い入れろよ！」

「「おぉっ!!」」

「ほほい、オールアップ・カウント3&リモートコントロール！」

足場をならし、ポチが大きな遠吠えをした。

「アォオオオオンッ!!」

瞬間、ポチは音に迫る速度を見せ、ガイルは失神した。

炎龍の山へ向かう途中、俺はガイルの足を掴み、風にたなびくソラ豆を守った。

頑張れソラ豆君！

◆

◆

「…………………………どうするんですか、この人？」

「どうするもこうするも、ポチがあんなに速度出さなきゃ――――って、そんな場合じゃなかったな。とりあえず…………置いて行くか。帰りに回収すればいいだろう」

「ですね。それより念話連絡つかなかったんです？」

「やっぱり、こんなモンスターの巣が近いと無理なんだよな」

そう、モンスターの集団がいる近くでは念話連絡は使えない。

かつてのライアンがそうだったように。

でもまぁ、ライアンは瀕死だったってのもあるけどな。

「途中に二人の気配はありませんでしたし、やはりこの先ですか……」

「あぁ、肉眼で炎龍の大きさがわかる。これ以上先に進めば、いつ襲われたって文句言えないぞ……」

生唾をごくりと飲み込んだ俺とポチは互いに見合って頷く。

「ここからは歩きだな。慎重に……けどブライト少年たちより速く、だ」

「えぇ。さ、マスター！　先にどうぞ！」

「いや、ここはお前が先頭だろう!?」

「何でですかっ!?」

「……レ、レディーファーストだよ！」

「んまー！　嬉しい！　さ、さっさと前歩いてください！」

くそ、どう考えても俺より強いポチが前だろうに。

何で俺が先頭なんだよ……ん？

何でコイツ俺の背中に跳び乗ったんだ？

おや？　肩に前脚が回って……――――

「――って、先頭なのはいいが、何でここでポチをおぶわなきゃいけないんだよ!?」

「怖いんです！　文句あります!?」

「素直過ぎて何も言えねぇよ、馬鹿！」

「ゴー、ゴー、ゴーですよ！」

「尻を叩くな尻を！」

何故使い魔に使われなきゃいけないのか……まったく、意味がわからん。

ライドオンポチは「炎龍怖い炎龍怖い」と呟きながら俺の尻を叩く。

俺は山の岩陰に隠れつつ進行を続ける。

慎重に……慎重にだ………。

山の上を飛びかかっている炎龍に見つかった途端に探索を打ち切らなくちゃいけない。

見つかったら見つかったで村とは違う方向に逃げる。

それで村への被害はなくなる。

だが、そうなるとブライト少年とフェリス嬢が危険なままだという事に変わりはない。

慎重に……慎重にだ………。

「あ、明日の朝食は何ですかね？」

「…………」

いつの間にかライドオンポチは「朝食朝食」と呟きながら俺の尻を叩いている。

もう怖くないのかお前は。

山をしばらく進むと、ポチが小さく声を出した。

背中のポチを見ると耳が立っていた。

聴覚はそれ程落ちなかったらしい。もしくは鳥の特性なのか……。

「どうしたポチ？」

「あちらの方で声が……」

ポチの前脚の先、俺はそれを頼りに慎重に歩を進めた。

ポチとの会話は静かに、小声で行う。

そして俺は見つけた。この山には似つかわしくない足跡。

それが何らかの影響で擦れ、やや下方に向かっている。

「ここから……滑り落ちた？」

「みたいですね」

下の足場を確認し、徐々に跳び下りて行く。

するとそこには………って、いた！

岩陰が足場となり、ブライト少年が立ち、フェリス嬢が横たわっているのが見えた。

静かに着地した俺は、すぐにフェリス嬢を見た。

「ポーア先生っ」

小声で驚くブライト少年に「シッ」と一言伝えると、彼は口を押さえて頷いた。

フェリス嬢の意識がない。

上から落ちた衝撃が原因だろうが、命に別状はないようだ。

……ふむ、回復魔法はブライト少年が掛けたみたいだな。

服は少し破けているのに、どこにも怪我がない。流石、状況判断は出来ているようだ。

フェリス嬢の前だとこれが狂うから、今回はここまで付いて来てしまったんだろうなぁ。

可哀想に。

「よし、まだ気付かれていない。このままガイルさんを回収して帰るぞっ」

「「はいっ」」

俺は左腕にフェリス嬢、右腕にブライト少年、背中にどっかの馬鹿犬を乗せ下山を開始した。

ここは降りるべきだろうがっ！

後でお仕置きだな。勿論、フェリス嬢もブライト少年もだ。

下山は凄く順調だった。

ライドオンポチの呟きが「その前に夜食その前に夜食」に変わった頃、俺たちはガイルの下まで戻る事に成功したんだ。

ガイルはまだ失神していて、最初は野生のソラ豆かと思ったが、人間でガイルだった。

その時俺は気付いたんだ。

背後に揺らめく感じた事のある魔力に。

振り返り、この目が捉えたのは……一頭の水龍に跨る一人の女。

「チキアータ……！」

一瞬こちらを見やり、チキアータは小さく一笑した。

水龍コバルトドラゴンの口元に魔力を感じたのはその時だった。

一瞬何が起こるのかわからなかった。何せチキアータとコバルトドラゴンに敵意がなかったからだ。

大きく口が開かれ、俺たち…………ではなく、山頂に向かって顔が動く。

気付いた時には遅かった。

「待――――！」

「ガァアアアアアアアアアアアアアッ!!」

炎龍の巣に向かって放たれた極《きわみ》ブレス。

青く巨大な砲撃が着弾した時…………二百に及ぶであろう巨大な咆哮が、俺たちに届いた。

169　灼熱地獄

「な、な、な、な、な、何やってるんですかーっ!?!?」

ポチがチキアータの背中に向かって叫ぶ。

そしてその声によって左腕に乗るフェリス嬢が目を覚ました。

「こ……ここは……?」

だが、誰もフェリス嬢に答えてやる事は出来なかった。

それ以上に目の前で起こっていた状況の理解に追いついていなかったからだ。

コバルトドラゴンに跨ったチキアータは、そのまま空高くへ浮かび上がり、高笑いをしながら東の空へと消えて行った。

くそ、一体何の目的で?!

まさか、二人の暗殺?　誘拐しようとしていたのに諦める理由はっ?

いや、違う……!

状況的な証拠だけで世論を動かせる。フェリス嬢が山に向かいこの事故が起きたとしたら……全ての原因はアダムス家に向けられる。

なるほど、家そのものを潰す好機だという事か。

ポルコがいない今であれば、それも容易《たやす》い。

くそ、モンスターの相手をしていた方が圧倒的に楽だ。これだから人間は…………おっと、俺も人間だった。

それにこれから……その楽なはずのモンスターと戦わなければならないのか。

…………おかしい。楽には見えないな。

「ポーア先生！」

ブライトが指示を求めるように腕から下りる。

戦慄を覚えた目で山頂を見ていたフェリスは徐々に状況を理解し始めたようだ。

「炎龍はまっすぐこっちに向かってくる！　シロはブライト様たちを連れて皆が避難している東の森へ！　ちゃんと乗り手を気遣えよ！」

「はい！」

「さ、早く乗ってください！　マスター、この方はっ？」

ガイルを見てポチが叫ぶ。

と、同時にガイルはぱちくりと目を開けた。

くそ、この状況じゃどうせ押し切られる……か。

「いい！　シロ、先に行け！」

「アウッ！」

徐々に加速を始め、南東に向かったポチを見送り、俺は再び山頂を見上げた。

「おいおい…………こりゃマジか？」

「出来ればガイルさんにも後方をお願いしたいのですが……――」

「よせよ。あれをポーア一人に任せると思ってるのか？」

だよな。短い間だったが、ガイルの性格は知ったつもりだ。

いつも正面から戦い、周りに呼びかけ仲間を思うから護衛団のリーダーでいられるし、ポルコが認めてるんだ。

少しブルーツに似ているが、あれ程不器用じゃないみたいだ。

「と言っても、飛んでちゃ中々手を出せない。やれる事は限られるぜ？」

「………考えがあります」

「……聞かせな」

「炎龍は同士討ちをしないはずです。身体の大きい炎龍であれば、我々を囲えるのはせいぜい四、五頭」

それだけ言うと、ガイルはその先を理解したように顔を険しくした。

「囮か……」

「ええ。ガイルさんには囮になってもらい、その四、五頭の数をコントロールしてもらいたいんです。一気に数頭倒すのではなく、戦線に立たせる炎龍を順番待ちにさせるんです」

「その待ってる集団をポーアがまとめて倒すって訳か」

流石だな。

「正直、囮役は相当キツイです。断るなら今の内――」

「――あの犬狼が戻ってくれれば、多少は楽になるんだろ？　やるさ」

腰に携えた剣を抜き、肩に乗せるガイルは覚悟を決めた様子で言った。

「ただし条件がある」

「……何でしょう？」

「……これが終わったら、酒を奢れ」

「嫌ですよ」

目を丸くするガイル。

別にガイルに奢るのが嫌なんじゃない。奢らせる相手が別にいるだけだ。

「フェリス様に奢ってもらいましょう」

「ぷ……はっはっはっはっ！　そいつはいい！　あのお嬢様を口説く時は俺も協力するぜっ」

噴き出して笑ったガイルは、鎧をガチャガチャと鳴らしながらそう言った。

その時、既に正面数百メートルの位置まで炎龍の群れが近づいていた。

「……そろそろみたいだな」

「ええ」

「だが、一度で全ての炎龍を倒せるとは思えない。ポーアが見つかったら終わりだろう？」

「ほい、インビジブルイリュージョン！」

一瞬の宙図《ちゅうず》でガイルの目の前から姿を消すと、ガイルは口を尖らせた。

「へぇ、そういう事か」

「そういう事です。ほほい、オールアップ・カウント2&リモートコントロール！」

「ん、やっぱりこれはいいもんだな」

ブルネアからクッグ村に来るまでに護衛団の皆に幾度となく掛けた強化魔法。

この時代にはない魔法だが、戦闘を優位に運べるだけあって、いつもガイルに催促されたっけ。

気に入ってくれたようで何よりだ。

だから……死んでくれるなよ。

「全方向危険ばかりです！　煉獄ブレスには注意を！　死中に活有り。炎龍の身体の上さえも逃げ道です！」

「任せな！」

そう叫んで駆け始めたガイルの後ろを、一定間隔をあけ追う。

正面には既に無数の炎龍が迫っている。

自分で言っておいてなんだけど、あの恐ろしい集団の中に突っ込むとは……やはり戦士の胆力っていうのは凄いものだな。

「おぉおおおおおおっ!!」

ガイルが最初の炎龍と衝突。

鼻先に生える巨大な一本角とガイルの剣がぶち当たり、正面の炎龍が怯む。

すかさず現れた両サイドの炎龍が鋭い爪でガイルを狙う。

上と下、挟むように放った二撃を身体を捻りかわす。

おっと、頭上からの煉獄ブレス。ガイルはこれを正面の炎龍の股下に潜り回避。

流石だ、顔に余裕も感じられるし、この様子ならポチが戻るまで持つだろう。

いつの間にか正面、背後、両サイド、頭上の五頭に囲まれたガイル。

もうこちらから動きは捉えられない。

だが……そいつらだけと戦っていれば、次第にその五頭には疲れが見え始めるだろう。

勿論ガイルも疲れはするだろうが、強化魔法の働いてるうちは楽に動けるはずだ。

ある意味ファーストアタックだけ防げればあの囲いは安全地帯とも言える。

……よし、炎龍が十数頭集まってきた！

「ほい、剣閃集降！　ポチ・パッド・ボム！　ほほい、絶対零度！　ほほほい、アイシクルヘルファイア&リモートコントロール！」

「「ギィイイイイッ!?」」

後方から迫る炎龍たちへの牽制魔術、集団の中点へ俺の最強魔法、軽微ダメージの炎龍たちへ止《とど》めの氷塊落とし。

そして牽制した炎龍たちが再びガイルに意識を向けるように、ガイルのいる方角から射出した竜族特化の大魔法。

空を羽ばたき、土や砂を舞い散らせる炎龍たち。

どうやら、虚を衝けたって感じだな。困惑しながらも第二陣はガイルしか見えていない。

けど、一度に十頭前後がせいぜいか。雪崩《なだれ》のように迫る炎龍たちの事を考えると、半数以下にはしたい。

ポチが戻ればもっと楽になるんだろうが、この距離で、背中に二人を乗せてると考えたら、後二分は必要だ。

それまでは………何とか持たせる！

「ほい！　アースコントロール！　ほほい！　土遁隆起！　ほほほい！　ロックブラスト！　ポチ・パッド・ボム！」

地面から土壁を迫り上げさせ、魔術で山の上りを走らせる。第二陣の中央まで届いたところでそれを爆発させ、集団を二分する！

「ギィーッ!?」

「グゥウルッ!?」

爆発に意識を向けた炎龍の背に最強魔法！　よし成功！

そしてまたガイルへ意識を向けさせ――なっ!?

「ガァアアアアアアアアアアアッ!!」

「くっ!!」

くそ、早くも俺のインビジブルイリュージョンが見破られた！

ロックブラストの爆発で吹き飛ばされた一頭が、爆心地よりもこちらに意識を向けていたのか！

炎龍の煉獄ブレスをころがるようにかわし、周囲の気温変化により魔法が解けた俺は……――

「――超ピーンチ！」

いや、でもこれでよかったのかもしれない。

先程よりガイルの魔力が乱れている。流石に五頭いっぺんに相手取るのは、体力よりも精神力が堪えるか。

第一陣の残り二頭、第二陣の半数、迫る第三陣……その後ろに控える第四陣。そして五、六、七、八…………――

「……はぁ。これはしんどいな……」

ギラリと視線が揃う無数の炎龍。

隠れようにも相手に見つかってる状態じゃきついしな。

こうなりゃ………体力の限り……！

「逃げ打ちするしかないな」

「ならさっさと乗ってください！」

あれ？

「シロ!?　何でお前が!?」

ちょっと計算があわないぞ!?

「ホント馬鹿ですねぇマスター？　先程レベルを上げたのをお忘れですか？」

「あ」

「それに、森が見える位置まで行けば、二人を下ろして戻っても問題ないでしょう？　ちょうど護衛団の人と合流出来ましたしね！」

俺は、やれやれと息を吐くポチを気にせず騎乗。

膝と腿で感じたポチの鼓動は………とてつもなく速く鳴っている。

よく聞くと、物凄く鼻息が荒い。

「すー、ぴー……さ、マスター！　すー、ぴー……いきますよ！」

「かっこつけんでいいからしっかり呼吸しやがれ！」

「ぜはぁっ！　そ、そうですかぁっ!?　ぜっぜぇ……！　何かすみませんねぇ！　こへっ！」

こへってなんだこへって。

まったく、帰りは相当無理しやがったな、コイツ。

…………後で褒めてやるか。いや、とりあえず今褒めとこう。

「ナイスだシロ！」

「アウッ！　……こへっ！」

炎龍たちの口が次々と開かれ、口元からは紅蓮の炎が零れて見える。

……来る！

「さぁシロ……逃げるぞ！」

「合点お任せを！」

170　悠久の連携

「アォオオオオオンッ！」

ポチが威嚇を込めた遠吠えを発する。

天獣となった今、魔力は狼という獣を超える。

その圧倒的な存在感が放つ魔を込めた遠吠えに、炎龍たちがたじろぐ。

しかし、相手は竜族。身体が反応しても誇りがそれを許さない。

口元に広がる紅《くれない》は、巨大化して恰好の的となったポチを狙い定める。

「ガァアアアアアアアアアアッ!!」

一斉に放たれた煉獄のブレスは、瞬時にポチたちに迫る。

「ぬりゃ！」

自身に活を入れるようにアズリーが放った声。

正面に出された両手に合わせるように魔力の壁が現れ、炎龍たちの圧を受け止める。

「ぬぎぎぎぎっ」

「ほらマスター！　さっさと行きますよ！」

ポチに後ろ襟を咥えられるアズリー。

ようやく消えたブレス群にホッとひと息吐く。

「はい！」

思い切り首を下から上まで振り上げ、アズリーを上空高くへ放り投げるポチ。

「うぉおおおおっ!?　……くっ、ポチ・パッド・ボム！」

肉球体の爆撃は二頭の炎龍を巻き込む。

地に落ちていく二頭の最期を見た炎龍たちの、更なる咆哮がビリビリと伝わってくる。

「ガァアアアアアアアアアッ！」

しかし、その炎龍たちを出し抜くように、同時にポチの零度ブレスが届く。

渦を巻くように数頭の炎龍を凍りつかせ、その命を奪っていく。

「マスター、乗ってください！　まだまだいますよ！　ここからは逃げます！」

「わか――――っ！　いや待て、先にあの五頭の炎龍のところへ行ってくれ！　ガイルさんの魔力がそろそろ尽きる！」

「かしこまりました！」

着地を迎えるようにアズリーを乗せ、ポチがガイルの下へ走る。

加速の衝撃に耐えるアズリーは、最初にガイルの頭上の炎龍を狙う。

「ほい、クロスウィンド！」

下にはガイルがいる。

魔法にそこまでの威力を求められないアズリーが中級系風魔法で牽制する。

その接近に気付いたガイルを囲む四頭の炎龍がギロリとアズリーたちを睨む。

しかしその瞬間には、ポチは既に炎龍の足下を避け、疲弊するガイルの側まで近寄っていた。

「お見事！」

「当然です！」

この声に反応し、炎龍の視線がガイルに戻る時、ガイルはアズリーたちに距離を詰め、その最も近くにいた炎龍の首を切断した。

ガイルの背中を抱えるようにアズリーの腕が伸びる。

すぐにガイルを前に乗せるアズリー。

既に死体となった首なし炎龍の身体を踏み台にし、ポチが跳び上がりながら上空の炎龍を零度ブレスで吹き飛ばし、アズリーは炎龍の囲いの中央に向かってポチ・パッド・ボムを放つ。

ガイル、ポチ、アズリーの一瞬の攻撃で、五頭の炎龍は消え去った。

「ガッ！　ハッ……ハァ………よう、久し……ぶりだな……」

「ハイキュアー・アジャスト！」

ほんの掠り傷程度だったが、アズリーはスウィフトマジックでの大魔法を使ってガイルを回復させた。

無理をして見えない箇所に深手を負っている可能性を考慮したのだ。

ガイルの無理やりの軽口にアズリーは何も答えられなかった。

ただ背中を支え、勇敢な男を敬意の眼差しで見つめるだけ。

「マスター、アレを！」

ポチの声で気付いたアズリーが懐からポチビタンデッドの瓶を取り出し、ガイルに差し出した。

「はぁはぁ……あぁ？　何だこれ、飲めってかっ？」

「毒薬ですよ！　さっさと飲んでください！」

先程の軽口にようやく答えたアズリーに、ガイルは口元を緩めて応え、瓶の中身を一気に飲み干した。

騎手を気遣うように緩やかに着地したポチは、背後からの怒気を受け、弧を描くように脚を進めた。

自分が、アズリーが側面からその接近を確認するためである。

「接近約四十！」

「距離、およそ百です！」

「狙いはいい！　全力で密集地帯の中央に向かって極《きわみ》ブレス！」

その指示に、ポチは一瞬で脚を止める。

「ひゅ～……ガァアアアアアアアアアアアッ！」

ガイルが目を点にして捉えた一筋の青光は、十頭もの炎龍を包み、そして消していった。

口から煙が漏れるポチはまたすぐに駆け、ガイルの身体に強烈な負荷を掛ける。

ポチの背中を摑み、それに耐えようと疲労した身体に鞭を打とうとした時、ガイルの身体に異変が起きる。

（…………疲れが……ない？　っ！）

ガイルが先程の瓶の中身の意味に気付き、はっとなって振り返った時、アズリーは背後で不可解な行動をしていたのだ。

「ほい！　ほいのほい！　ほほい！　ほいのほいのほいの……ほい！」

不可解……とは、無論ガイルにとってだ。

アズリーはポチが作った時間を利用し、スウィフトマジックの再設定をしていたのだ。

そしてポチは、その行動に気付き、再びアズリーに時間を作るために炎龍を倒し続けた。

その時――

「嘘……だろ？」

ガイルが山の頂上を見据えて呟いた言葉には、驚きよりも絶望の方が多く含まれていた。

山の山頂に蠢く黒い雲のような塊。

それは決して雲ではなく、一つ一つ小さく上下に動いている。

「まだあんなにいやがったのか……」

ガイルが見た炎龍の群れは、少なくとも百頭以上はいた。

アズリーの魔法、ポチのブレスにより既に五十頭以上は炎龍を倒した。

しかし、未だ追って来る炎龍は五十頭以上。

山頂付近に百頭以上。

ガイルの耳にはポチの切れた息の音が届いている。事実、ポチの動きが止まってしまえば勝ち目はない。

「お、おい！　あの飲み物は!?」

そう理解していたガイルの耳に、背後から奇妙な言葉が届く。

「へばったか、シロ!?」

「ぜっ、ぜぇ……どうって事………あるわけないでしょう！」

アズリーにポチビタンデッドのストックはもうなかった。

それはポチも理解していた。

あの段階でガイルに飲ませなければ、ガイルは振り落とされて死んでいたからだ。

その理由に気付いたガイルは開いていた口を閉じ、唇を噛む事しか出来なかった。

「何とか奴らをまとめてくれ！」

「それが出来たら苦労はしません！」

「知ってた！　ならこうだ！　ほいのほい！　グラビティロード&リモートコントロール！」

アズリーの宙図《ちゅうず》から重力魔法が発動する。

「ぬ!?　何こんな時にふざけてるんですかっ！」

そしてそれは炎龍の群れだけではなく、アズリーたちにも降り注いだ。

「ぐ！　……こ、の魔法は？」

自身の身体の重さに耐えるガイル。

ポチは悪態こそ吐いたが、アズリーがこの状況でふざけるとは思っていなかった。

けれどその意図を理解出来ず、重力にあてられ、迫る炎龍たちを警戒する事しか出来ない。

「ぬぅ……こなくそ！　ほほい！　マジックカラー！」

今度は空に魔法を放ち、弾けた魔法陣から虹色の光子が降り注ぐ。

瞬間、ポチは目を見開き、アズリーの意図を知った。

アズリーの魔法によって魔力が色付けされ、重力魔法グラビティロードの発生箇所が判明したのだ。

それは、重力の道が炎龍たちの動きをコントロールし、その動きからポチが炎龍たちを引き連れ、一ヶ所にまとめる作戦だった。

後はただ行動に移すだけだった。

ポチは気力で駆け始め、避け、跳び、煉獄のブレスが届く中、針に糸を通すようにかわし、疾《はや》く動いた。

しかし、
不可解な重力壁を嫌い、炎龍たちはポチの術中に見事にはまった。

道の渦の中心……四方が重力で覆われる囲いにポチが辿り着く。

それをなぞるように滑空し着陸した炎龍たちの数およそ八十。

笑みにすら見える大きく開いた口から巨大な咆哮がガイルの心臓を摑む。

「フウァールウィンド！」

宙図《ちゆうず》を成さないアズリーのスウィフトマジック。

足下から吹き上がる風に乗り、ポチが跳躍。上空にはない重力魔法の効果を搔い潜る。

無論翼のある炎龍たちは後を追おうと翼を広げ、砂塵を吹き上がらせ羽ばたこうとする。

その一瞬、アズリーによるスウィフトマジックが再び発動する。

「グラビティスタンプ！」

アズリー、ガイルを乗せたポチの跳躍で一足先に脱出した渦状の重力の道。

蓋をされるように塞がれた見えない天井に炎龍たちの顔が歪む。

逃げられる道はただ一つ。無数の同胞で埋め尽くされた往路。

「アースコントロール！」

三つ目のスウィフトマジックで無数に現れる強固な土壁。

完全に閉じ込められた炎龍たちの煉獄ブレスを、身体を捻ってかわすポチ。

その背に乗ったアズリーが炎龍最大の好敵手、水龍の牙から作った杖を掲げた。

「ポチ・パッド・ブレスッ!!」

狙い定めたのは渦の中心。

小さな山かと思える肉球型の巨大な水の塊。

ポチが着地し、そのフラフラの身体を小さくさせ横たわらせる。

「こへっ……こへっ！」

「おい……大丈――――おわっ!?」

ガイルがポチを気遣う間もなかった。

巨大化が解除されたポチはアズリーに担がれ、ガイルもまた持ち上げられてしまったのだ。

アズリーが叫ぶ。

「逃げろ逃げろ逃げろーっ！」

ポチ・パッド・ブレスの爆発時間が迫る。

唯一魔法の威力を知るアズリーの顔は、ただ事ではない程、焦燥し、崩れ、歪み……そして泣いていた。

171　やつら

俺はガイル。

ポルコ様お抱えの誇り高き護衛団のリーダーだ。

まぁ、「クッグの猪共」なんてチーム名もあるが、護衛団となる以上、今は不用なものだ。

そんな俺たちは、ポルコ様をクッグの村へ護衛する途中、変な犬狼を連れた魔法士に出会った。

この時世に獣を使い魔にするなんて相当な物好きだ。

俺たちは最初そいつらの事を鼻で笑っていた。

並の人間の若造が魔法を覚えたところで、糞の役にも立たない。

そんな事は一般常識だ。勿論、ポルコ様のような並の魔法士ではない存在もいるが、それは例外だ。

ポルコ様も若い頃に大層苦労されたらしい。

今では周りからも一目置かれる存在になっているというのだから本当に凄い方だ。

クッグ村に向かう途中、何よりも驚いたのはやつらの立ち回りだった。

あの犬狼が最初に危機を知らせる。

獣の鼻だ、それを信用しない程俺たちは馬鹿じゃない。

現れたのはランクAのモンスターとランクBのモンスターの集団だった。魔王の影響か、最近じゃよく見られる現象だ。

血気盛んな仲間たちの突進。

集団と言っても数はそこまで多くない。この程度ならばと、俺は仲間たちに手柄を譲った。

そんな俺だから気付けたんだ。仲間たちの死角を縫うように進み、目にも留まらない速さの宙図《ちゅうず》を描くやつの動きを。

動きからして並の人間でない事がわかった。そしてそれ以上に、あの動きは洗練されていて、俺たちの動きすらガサツに見えてしまう程だった。

ただの魔法士じゃない。

戦士の動きを理解し、戦士以上に動く魔法士の存在。

その後ろ姿にポルコ様を見てしまう、例外的存在。

たった一度。たった一度の戦闘で仲間全員がやつへの認識を改めた。いや、やつらだろうな。

あの犬狼も野性の一言じゃ片付かねぇ程の鍛錬を積んでいる。

天性の瞬発力でかわすだとか、そんな次元じゃねぇ。

一瞬にしか起きないはずの力を持続的に出し、死地と思えるモンスターの領域を鼻歌でも歌うように駆けていた。

魔法士の方が気付いてるのか気付いてないのかはわからないが、あれは種の極致とも言える。

あの犬狼も犬狼で、相当な苦労と鍛錬をしているのだろう。

フルブライド家の坊ちゃんが魔法を習い始めたと陰で笑い話にはなってたが、やつがその指導を行っているのであれば、こりゃ大化けする可能性もあるかもしれないな。

どこか距離を感じるやつだが、それは個人的な事。話しはせずともやつらは信用出来た。

だからこそ、ここまで順調に王都近辺まで来られたのだ。

ちょうどその頃だったか。やつがポルコ様の馬車に呼ばれたのは。

あのフェリスの嬢ちゃんでさえ、滅多に入れないあの空間に呼ばれるとはな。同じ魔法士として何か感じたのだろうか？

思慮深い方だ。俺が何を考えようと、意味のない事だが……本当に珍しい事もあったもんだ。

クッグ村に着いてやつが村の周りの探索に行った後、俺はポルコ様からフェリスの嬢ちゃんがやつの下で魔法指導を受けると聞いた。

フェリスの嬢ちゃんには魔法の才能はあんまりないと感じていたのだが、ポルコ様の判断だし、やつの指導なら間違いはないだろうとすんなり納得出来てしまった。

やつらが帰って来た。

犬狼が何故かやつの眼鏡を掛けていた。

俺の横をニコニコしながら通り抜けて行った。それだけなのに…………何だったんだあの重圧は？

魔力の密度というか、存在そのものが変わってしまったかのような……そんな感覚だった。

これはやはりあの犬狼から？　馬鹿な。

短い間だったが、あの犬狼の能力は大体把握した。この数時間で何が変わったっていうんだ。

ほれ見ろ、追いかけて来たあいつに変化はない。

いつも通り低姿勢だし、何より足の運びが素晴らしい。

俺も見習わなければならんな。

いつもと違うところなど、眼鏡を掛けていない事ぐらいだ。

……だが、回りの仲間も気づいていたみたいだ。あの犬狼の変化に。

あれ以降、あの犬狼を見かける度に目で追ってしまう。

俺の目が衰えたのではなければ、やはり物凄く高濃度の魔力を帯びている。

やつは……いや、やつらは一体何者なのだろう？

ここまで素性の知れないやつらなのに、何故こうもすんなりと信用出来てしまったんだ？

疑問……ではなく不思議。そんな感覚だ。

今日のやつは喜んでいた。

なんでも、フェリスの嬢ちゃんの中級魔法修了試験が良い結果で終わったそうだ。

あの嬢ちゃんがそんな段階にいくとは俺も思わなかった。

やつは「フェリス様の才能」だと謙遜していたが、過去に何人か魔法指導を依頼した先生がいた事は言わない方がいいのかもしれない。

そして気性の荒さからポルコ様でさえ教えるのを躊躇《ためら》ったのだが……指導者として一流なのではないか？

この前やつに年齢を聞いたが十八歳だと言っていた。

その時犬狼の顔が異様にひくついていたが、もっと若く見えるし、誤魔化していたとしても小さなものだろう。

だが、十八であの実力と能力………どうなっている？

夜になり、ポルコ様へ急使がやってきた。

急使を門で待たせた。その後すぐにポルコ様へご報告する。

外へ出てきたポルコ様は、急使の書状を読み、すぐに俺へ命令を出した。

急いでレガリアに向かう。そんな内容だった。

俺は夜勤に入る予定の精鋭を少数名招集し、ポルコ様の護衛につけた。

フェリスの嬢ちゃんとフルブライド家の坊ちゃんの護衛に数を回さなくてはいけない。

俺が考えられる最善の人数割りだった。

ポルコ様も納得してくれたようで、簡単な指示を俺に与えた後、すぐにレガリアへ向けて馬車を走らせた。

中でも驚いたのが、やつの限界突破魔術の使用許可だった。

まさか他家の下男を本棟に入れるとは、ポルコ様も俺と同じ不思議な感覚を味わっているのだろうか。

そんな事を考え、ポルコ様のお見送りが終わった後屋敷へ戻ったら、とんでもない事件が待っていた。

フェリスの嬢ちゃんとフルブライド家の坊ちゃんが………いなくなった。

犬狼が絶叫するのも無理はない。俺だって絶叫したいくらいだ。

すぐに俺は寝ているヤツも叩き起こして仲間全員の捜索班を組織しようとした。

後ろでギャーギャー騒いでいた二人の話も気になったが、それどころではない。

今いる中で班長を任せられるのはカダフとリネッツか。

全員が揃った頃、屋敷の扉がけたたましい音を鳴らして開いた。あの二人だ。

「おいポーア、何かわかったのかっ!?」

「ええ、おそらくフェリス様とブライト様は炎龍の山へ向かったと思います！」

……何だと？

耳を疑ったが、やつらの慌てようは尋常じゃない。

俺はすぐにカダフとリネッツに指示を出した。この場は二人に任せる。

この異常な事態……まだ若いが、やつ程若い訳じゃない。問題ないだろう。

問題があるのは……二人を救出する人間。

「ポーア！　行くぞ！」

「えぇっ!?　行くんですかっ？　ガイルさん!!」

「当然だ！」

俺より若い人間を殺されてたまるか！

「仕方ありません！　乗ってください！」

ほぉ、巨大化すると魔力もより解放されている感じがする。

ふむ、中々毛並みもいいな。

「野郎ども！　気合い入れろよ！」

「「おぉっ!!」」

んでもって、死ぬんじゃねぇぞ。

「ほほい、オールアップ・カウント3&リモートコントロール！」

「アォオオオオンッ!!」

そんな事を考え、炎龍の山を見据えようとした瞬間、俺の記憶はどこかへ飛んでしまった。

意識のない中、やつの叫ぶ声が聞こえた気がする。

「ソラ豆」がどうだとか言っていたが、もしかしたら何かの聞き違いかもしれない。

こんな緊迫した状況でそんな変な言葉、聞こえる訳がないだろうに。

俺が目を覚ました時、俺は土の上で横になっていた。

身体を起こした瞬間、とんでもないものを見てしまった。

「おいおい…………こりゃマジか？」

炎龍の山が……燃えていた。

強烈な怒りを見せ、こちらを睨む炎龍が見えた。

これはいよいよ……死に場所を得たという事か。だが、やつは……やつを先に逝かせる訳にはいかない。

まだ十八なんだぞ。

俺なんかより大きな未来がある十八なんだぞ……。

俺が……俺が何とかしなくてはいけない！

「出来ればガイルさんにも後方をお願いしたいのですが……――」

「よせよ。あれをポーア一人に任せると思ってるのか？　……と言っても、飛んでちゃ中々手を出せない。やれる事は限られるぜ？」

「…………考えがあります」

何故かこいつの笑みには悪い印象を受けない。

企みがあるのか。俺には想像も出来ない以上、その手しかないのだろうな。

「……聞かせな」

「炎龍は同士討ちをしないはずです。身体の大きい炎龍であれば、我々を囲えるのはせいぜい四、五頭」

なるほど。

「囮か……」

「ええ。ガイルさんには囮になってもらい、その四、五頭の数をコントロールしてもらいたいんです。一気に数頭倒すのではなく、戦線に立たせる炎龍を順番待ちにさせるんです」

こいつ、とんでもない作戦を簡単に言いやがる。

「その待ってる集団をポーアがまとめて倒すって訳か」

「正直、囮役は相当キツイです。断るなら今の内――」

「――あの犬狼が戻ってくれば、多少は楽になるんだろ？　やるさ」

どうせ大した未来もない。

死ぬならば華々しく、だ。無論、死ぬつもりは毛頭ないがな。

そうだ、こいつと一度飲んでみたい。そう思った時には口に出ていた。

「ただし条件がある」

「……何でしょう？」

「……これが終わったら、酒を奢れ」

「嫌ですよ」

何故だ？　ひょっとして飲めないのか？

なら食事という手もあるな。そちらから切り込んでみる――

「――フェリス様に奢ってもらいましょう」

「ぷ……はっはっはっはっ！　そいつはいい！　あのお嬢様を口説く時は俺も協力するぜっ」

そこまで話した事はなかったが、面白いやつだ。

これはこの後が楽しみになってきたな。ん？　おっと、そろそろ痺れを切らしたか。

「……そろそろみたいだな」

「えぇ」

「だが、一度で全ての炎龍を倒せるとは思えない。ポーアが見つかったら終わりだろう？」

「ほい、インビジブルイリュージョン！」

底が……見えないな。

こんな魔法は初めて見る。

「へぇ、そういう事か」

「そういう事です。ほほい、オールアップ・カウント２&リモートコントロール！」

「ん、やっぱりこれはいいもんだな」

先程も掛けられた魔法だが、これさえあれば、相当な修羅場もくぐれるだろう。

……ふっ、俺とした事が唇が震えてやがる。

だが、やってやれない事はない。自分の直感を信じろ。今までもそうだったし、これからもそうだ。

「全方向危険ばかりです！　煉獄ブレスには注意を！　死中に活有り。炎龍の身体の上さえも逃げ道です！」

「任せな！」

やつの声が背中を押し、笑う膝に激を入れるように足を踏みしめた。

「おぉおおおおおおっ!!」

よし！　いける！　いけるぞ！

この攻撃も……耐えられる！　いや、押し返せる！

両側からのこの攻撃も……よし！　かわせるぞ！

上空から……ブレスか！　炎龍は同士討ちを……しないんだったな！

問題ない！　いつも以上に動けるし、いつも以上に頭も働く。

背後にも現れた。これで五頭……！

よし、てめぇら………しばらく俺に付き合ってもらうぜっ！

172　ヤツら

「はぁ……はぁ……はぁ……くっ！　この！　……ぐぅ!?」

あれからどれだけの時間が経った？

まだほとんど経っていないんじゃないか？

炎龍の声が大きすぎてやつが何をしているのかわからない。

炎龍の体力も削られているみたいだが、俺の方が先に参っちまうだろう。

俺はここで死んでも、やつだけはなんとか生きて欲しいもの——

「アォオオオオオンッ！」

今………確かにあの犬狼の声が聞こえた。もう戻って来たのか……！

そしてそのすぐ後、視界の端が赤く染まった。これは炎龍の煉獄ブレスか。

この光……となると相当な数だ。やつらは無事なのだろうか。

「うぉおおおおっ!?　……くっ、ポチ・パッド・ボム！」

やつの雄叫び。その直後の爆発音……へっ、しっかりと頑張ってるじゃないか。

なら俺も負ける訳にはいかねぇな。だが、それもいつまで続くか……。

「く……ぬりゃ！　はぁああっ！」

ダメだ、疲れで目が霞んできやがった。

これ以上は…………もう。

「ほい、クロスウィンド！」

これは、やつの魔法？

……くそ。いいタイミングだぜ。そしてあの犬狼も。

という事は……この場はもう大丈夫だという事！

「お見事！」

「当然です！」

足に込められる最後の力で跳躍した俺は一頭の炎龍の首を斬り落とした。

すると、俺の背中に何か温かいものが。

気づいた時、俺は笑っていた。自然と笑みがこみ上げてきたんだ。

俺より強い男が、優しく、温かい手で俺を支え、敬意まで見せてくれた。

ホント、何で笑っちまったんだろうな。

犬狼に乗ると、こいつもこいつでちゃんと俺を気遣いやがる。この時代にゃ珍しい二人だぜ、まったく。

何なんだよ、その魔法は……。炎龍がことごとく絶命していく肉球型のふざけた爆弾。

炎龍の煉獄ブレス以上の零度ブレス。この犬狼、明らかに主人より強い。なんてふざけた凸凹《でこぼこ》なコンビだって話だぜ。

さて、ここは強がって、礼の一つでも――いや。

「ガッ！　ハッ……ハァ……ょう、久し……ぶりだな……」

それは今言うべき言葉じゃねぇな。

「ハイキュアー・アジャスト！」

くそ、大げさなんだよ。

が、そろそろ俺も限界だな。傷は回復しても体力が追いつかねぇ。

どこかに俺を放り投げてくれればいいのによ……。

「マスター、アレを！」

犬狼の一言で、後ろにいたやつは俺にヘンテコな瓶を渡してきた。

中に何か入ってる。瓶から漏れてくるのは、この状況に合わないいいい匂いの液体だった。

「はぁはぁ……あぁ？　何だこれ、飲めってかっ？」

「毒薬ですよ！　さっさと飲んでください！」

ふん、こんな時に笑わせてくれるぜまったく。

俺は疲れで震える手で瓶を開け、そのまま一気にその毒薬を飲み干してやった。

……うまっ!?

「接近約四十！」

「距離、およそ百です！」

「狙いはいい！　全力で密集地帯の中央に向かって極《きわみ》ブレス！」

なるほどな、この局面で見事な指示だ。

外す心配など毛頭していないようだが、この犬狼に対してリラックスさせるための方便か。

「ひゅ～……ガァアアアアアアアアアアアアアッ！」

っ!?　いや、俺の勘違いだった。

これはとんでもない一発だ。見ろ、十頭程の炎龍がこの世から去っていきやがった。

こいつら二人を見ていると、まだ自分が戦えるんじゃないかって錯覚しちまうから不思議だ。

……錯覚？　いや、何だこれは。

……………疲れが……ない？　っ！

俺はやつに向かって振り返った。あの毒薬の意味を知ったからだ。

何だ？　今度は何をやっている？　杖のエンブレムに向かって、宙図《ちゅうず》を描いている。

「ほい！　ほいのほい！　ほほい！　ほいのほいのほいのほいの……ほい！」

異常な速度、それを平然とこなしている。こいつ、本当にこの若さでどれ程の修練を。

疲れがとれ、冷静に考える事が出来た。だからこそ俺はあの新たな絶望にいち早く気づけた。

「嘘……だろ？　まだあんなにいやがったのか……」

百頭はいやがる。

しかもこの犬狼、さっきから走りっぱなしで、かなり辛そうだ。

「お、おい！　あの飲み物は!?」

「へばったか、シロ!?」

「ぜっ、ぜぇ……どうって事…………あるわけないでしょう！」

……………………くそ！　そういう事かよ！

「何とか奴らをまとめてくれ！」

「それが出来たら苦労はしません！」

「知ってた！　ならこうだ！　ほいのほい！　グラビティロード&リモートコントロール！」

瞬時に身体が重くなった。

「ぬ!?　何こんな時にふざけてるんですかっ！」

「ぐ！　……こ、の魔法は？」

やつの魔法のせいか？　上から重たい岩を乗せられてる気分だ。俺たちの動きを奪って何をする気だ？

犬狼も、やつ自身も俺と同じ状態だぞ。

「ぬぅ……こなくそ！　ほほい！　マジックカラー！」

今度は違う魔法？

この時、犬狼の耳がピンと立った。何だ？　やつの意図に気付いたのか？

魔法の効果が見えた時、俺もなんとなくその意味がわかったような気がする。

犬狼はもう走り出していた。渦を巻くように魔法に漂う魔力に色付けされた道を、必死に駆けていた。

だが、一体どうするんだ？

渦の先は行き止まり……そこで一体何を？

炎龍たちに囲まれた瞬時、犬狼の歯を食いしばる声のような、歯ぎしりのような音を聞いた。

さっき俺が炎龍と戦った時と似たような、そんな音だった。

犬狼は跳び上がった。おそらく最後の力だったのだろう。顔に限界の色が見える。

こんな使い魔もいるんだな。

そこからのやつの行動は、正に一瞬だった。

「フウァールウィンド！」

足りない距離を魔法で補い、

「グラビティスタンプ！」

何故かわからないが炎龍たちが飛び立てなくなり、

「アースコントロール！」

渦の出口を強固な土壁で固めた。

「ポチ・パッド・ブレスッ!!」

最後の魔法が何なのかはわからなかったが、俺の全身が鳥肌になる程の魔力が込められていた。

だからこそ最後に放ったのだろう。余程強力な魔法なのだろう。

俺の後ろでまだ着地していない犬狼に対し、やつは「はやくはやくはやくはやくはやくはやくはやくっ!!!!」とブツブツ言っていた。

犬狼が着地するなり倒れてしまう。

「こへっ……こへっ！」

「おい……大丈――――おわっ!?」

俺が犬狼に声を掛けるより早く、犬狼と俺はやつによって担がれた。

炎龍たちから遠ざかるようにいや、逃げるように走っていた。

事実、やつの目が血走り、涙を流し、舌とか鼻水とか汗とか……とにかく出るもの全てが出ているような状態だった。

「逃げろ逃げろ逃げろーっ！」

こいつ程の男が、何をそんなに慌てているのだろうか。

そう思った時、俺たちの背後で何かが起きた。一瞬の光、届く強風。

やつの身体が浮き、俺たちはそのまま吹き飛ばされてしまった。

「のわぁあああああああああっ!?」

「ぬぉおおおおおおおおっ!?」

「こへっ！」

「ぬわっしゃい！　フウァールウィンド！」

また宙図《ちゆうず》のない魔法。もしかしてあの杖に何か秘密があるのかもしれない。

ともあれ、俺たちはやつの魔法によって助けられた。

着地した俺は、背後の様子を見て戦慄した。

……何もなかったんだ。

荒野ながらにあの場所は何かしらある。それが石だったり岩だったり草や木だったり。

動物やモンスターの骨もあった。それが、何もなかったんだ。

何より、あの炎龍の集団がいない。五十頭余りの炎龍も、それに近寄っていった少数の炎龍も、まったくいなかったのだ。

いつの間にか開いていた口は、最初に変な笑い声を出した。

「は、ははは……ははは……」

あんな魔法には絶句せざるを得ない。

だが、この口はそれを拒み、代わりに変な応答をしてしまったようだ。

少なからず恐怖もあったが、俺は向き直ってやつを見た。

「助かった……助かった助かった助かった助かった……！」

「こひゅ～……です……ね――こへっ！」

まったく………大したヤツらだ。

173　地獄と天国

でもまだだ。

まだ終わった訳じゃない。半数以下になったとはいえ、その脅威はほとんど変わらない。

俺は震える足を奮わせる。

ポチ・パッド・ブレスの脅威を目の当たりにし、停滞している炎龍の集団を見据えた。

ガイルの戦力を考えても先程のような戦闘はもう難しいだろう。

ここはスタンダードでいくか、それとも……そう考えていると、ガイルが俺の前に一歩出た。

「今度はどうするんだ？　何でも言ってくれ」

少し印象が変わった口ぶりだった。

何か知らないが少しは信じてくれたという事だろうか？

だが、それを今考えている暇はない。ポチは既に満身創痍。ガイルの囮作戦もポチがいなければ成り立たない。

ここはもうこうするしかない……か。

「シロを……お願い出来ますか？」

俺の言葉を受け、ガイルは何か言いたげな表情になったが、開いた口をすぐに閉じて静かに頷いてくれた。

「な……に、言って……ぜぇぜぇ……るんですか……」

拒否したのは、よろよろの脚で立ち上がろうとする我が使い魔。

「何だ、まだ意識があったのか」

「マスターは……私が、いなきゃ…………何も出来ないじゃないない……ですかっ」

それはそれで酷い言われようだな。

ま、今はそれを聞いてやる暇はないからな。

「ほい、スリープマジック」

当然、俺の睡眠魔法をポチがかわせる事はない。

最後に少し俺を睨んだポチは、抵抗しながらも意識を失い……笑顔で寝始めた。

まぁ、寝ると大体笑顔だからなこいつは。

幸せそうに寝るもんだ、まったく。

ガイルがそっとポチを抱えると、背中越しに言った。

「約束、忘れてないだろうな？」

「ガイルさんの奢りでしたっけ？」

「はん、それでいいからよ！　ちゃっちゃと帰ってきな！」

そう叫び、クッグ村東の森の方へ走って行った。

今夜は美味しいお酒が飲めるかもしれないな。

さて、一人になった事だし…………どうしようかな、アレ。

やたらと怒ってらっしゃる。まぁ仲間の半数が消えたとなればそうなるよな。

それでも、仲間を殺した人間をそこまで放っておける訳がない。今にもこっちにブレスが飛んできそうだ。

とりあえず空間転移魔法で逃げ道を作って……いや、待てよ？

これを利用して戦闘に活かせないか？

三ヶ所から四ヶ所、空間転移魔法陣を設置し、その中を行き来出来る式を組み込む。いや、それだと難しい。

なら近くの魔法陣に反応する式を入れれば、簡単にいくかもしれない。

もう時間はない。ぶっつけ本番だが、やらないよりやった方がいい！

転移魔法。確か瞬間転移魔法の公式を前に考えた事があるが、あれは現実的に無理だと判断した。だからこれは瞬間転移魔法というより簡易転移魔法と言った方がいいだろう。

「ギィイイイイイアアアアアアアッ！」

炎龍が来た。迷ってる場合じゃないな！

「ほいのほいのほいのほいのほいの……くっ……ほい！　テレポーテーション・カウント4&リモートコントロール！」

四方に散った空間転移魔法陣。だがこれではまだ魔法は発動しない。

空間転移魔法は設置型。地面に直接描かなければ発動しないんだ。

だからこの後――

「ほほい！　コピー・カウント4&リモートコントロール！」

くぅっ！　指が攣《つ》りそうだっ！　これをさらに！

「ほい！　マジックジョイント・カウント4&リモートコントロールッ！」

コピー魔法にこの魔法が追いつけば、この後の魔法が生きる！

追いつかないとただのコピーになっちまう！

「だぁあああっほい!!　ライト・カウント4&リモートコントロールッ!!」

空間転移魔法をコピーし、さらにコピー魔法と転写魔法を繋げ合わせる事で、地面にそれが描ける。

これで俺は、限定的にポチ以上の速度と、奇襲力を発揮する事が出来る！

炎龍たちの突撃の中、俺は一番近くの空間転移魔法に乗り、その発動を待った。

…………よし！　その前に一発！

「ほほい、アイシクルヘルファイア！」

転移前の置き土産。

竜族特化の大魔法を喰らい、一頭の炎龍が落ちる。

「――よし、成功だ！」

転移が成功し、右側の空間転移魔法陣に移動した俺は迫ってた炎龍の横顔を捉える。

そして再び宙図《ちゆうず》を始めた。

この距離なら――

「ほほい！　シャープウィンド・アスタリスク！」

空間転移魔法陣から一旦出て大魔法を発動。

狙いは複数の炎龍の殺傷。この数じゃ、翼を落とす方が倒すよりありがたい！

「ガァアアァッ!?」

落ちた炎龍の首は二つ。更に何頭かの翼を落としダメージを与える事に成功！

あと一発か！　いや、この隙に再びスウィフトマジックを入れ替えた方が効率的だ。

迫る炎龍を確認した後、魔法陣の中に戻りながら最初にハイキュアー・アジャストを。

右側への転移直後に——

「——ほほい！　ヘルスタンプ！」

魔法陣を出ながら発動した闇の鉄槌。

そして大魔法のフルスパークレインをスウィフトマジックへ。

間の抜けた様子の炎龍ににやりと笑いながらも、その接近を確認しながらまた転移。

この作戦、知能の高い人間相手じゃ難しいだろうが、モンスターには効果覿面《こうかてきめん》だな。

ふふふふふ、我ながら自分の頭の良さに感心する。

この交互に行われた俺の作戦は見事に成功し、スウィフトマジックが使えるようになってからは、最早簡単なモンスター狩りだった。

途中、転移した後の魔法陣から俺のいた魔法陣に飛び立って行く炎龍の中、出遅れた炎龍の側。つまり元の魔法陣に転移してしまった時は肝を冷やしたが、瞬く間に炎龍はその戦力を失っていった。

……どれ程時間が経っただろうか？

三十分程戦闘を繰り返す頃には、空間転移魔法陣から空間転移魔法陣への四本……いや、斜め移動もあったから六本の道は、炎龍の死体で覆いつくされていた。

もう近くに奴らの気配はない。

………どうやら終わったみたいだな。

魔力も三分の一程になってしまったし、そろそろ危ないと思っていたが、レベルアップした分、相当余裕があったようだ。

しかし疲れた……少し休もう。

炎龍の身体に寄りかかりながら俺は最後の宙図《ちゅうず》を始める。

「ほほい、パラサイトコントロール・カウント4&リモートコントロール」

証拠隠滅のために、四つの空間転移魔法陣を消す。

その時、俺の下へ強力な魔力が近づいている気配を感じた。

誰だ？　敵意は感じないが、はて？

あれは………どこかで見た鎧だ。ゴツゴツしているが、鎧を着ている本人の頭部はとても小さい……と言うか小顔だ。

ふむ、知ってる顔だ。

「こ……これは一体………っ！　ポーア殿！」

「ジュン様、来たんですか」

そう、おそらく目覚めたポチが気を利かせたんだろう。

俺の部屋から空間転移魔法陣を通し、ブルネアからやって来たのはジュン。

もしかしたらブライト少年の機転かもしれないな。

「何を呑気な事を言っているっ！　炎龍はもういないのか!?」

「おそらく」

「何という事だ……」

待てよ……最初からジュンに応援を頼めばよかったな？

くそ、我ながら自分の頭の悪さに感心する。

人は窮地にこそ油断する。これは賢者のすゝめに書いておこう。

炎龍の死体の山を見渡すジュンをよそに、胸元から賢者のすゝめを出し、中にそれを記入していく。

そして、ガイルを先頭に次々と現れる護衛団の連中。

「マスター！」

ガイルに背負われていたのは我が使い魔。

「マジか……」

「これをあいつ一人で……？」

「わーお」

など、護衛団から口々に聞こえるが、こういうのは苦手なので無視をしておく。

歩ける程には回復したのか、ガイルの背中から下ろされたポチはひょこひょこと俺に近づいて来た。

うわぁ……凄い笑顔だ。めっちゃ笑顔だ。

……嫌だなぁ……けど、避けられないしなぁ…………あ、胸倉掴まれた。

「こっの馬鹿マスターっ!!!!」

まず聴覚に大ダメージだ。

「この馬鹿！　この馬鹿!!　この馬鹿っ!!」

凄いラッシュだ。

爪と肉球が混ざり、地獄と天国が行ったり来たりだ。

「見てください！　こんなに血が出てるじゃないですかっ!?」

「今出たんだよ！」

「そんな!?　炎龍は遅延型の呪いを使ったんですかっ!?」

「お前の爪のせいだっつーの！」

「何で無事なんですか!?」

「頑張ったからだよ！」

「もう少し劇的な感じがよかったです！」

「お前の劇的に付き合ってたら俺は今頃死んでるってーの！」

「死なないでくださいよ！　馬鹿！」

「生きてるよ！　馬鹿！」

ガミガミと言い合う俺とポチの声が空に響く。

さて、今夜は宴会だな。

ま、その前にどこかのお転婆娘にお説教だろうけどな。

174　陰湿なお仕置き

「っ！」

ジュンの振り上げた手がフェリス嬢の頬を叩く。

甘んじて受け、一睨みもせずに俯いているところを見ると、相当反省しているようだ。

「…………」

「ご自分が何をされたか、自覚なさい」

そりゃそうだよな。村人全員が夜遅く避難し、その現場に居合わせたんだから。

炎龍に気付かれた段階で、どうしようもない状況になってたかもしれない。

炎龍があれだけまとまって動いてくれただけ良かったというものだ。

これを機に性格も少しは大人しくなるかもな。

俺も叱りつけようと思ったが、ここは大事な弟を危険にさらされたジュンが、同じ貴族であるジュンが叱るべきだろう。

もっとも、ジュンの事だから、フェリス嬢を叩いた事はポルコに後で謝罪するんだろうけど。

考えてみれば他家の下男扱いの俺が叱る事は出来ない話だし、ジュンだってフェリス嬢を叱れば多少は咎められるかもしれない。

それを考慮しても叩いたって事は、相当おつむにきているようだ。

まぁ、これで他の連中にジュンが転移して来た事がバレてしまった訳だが…………これはもう仕方ないな。

後でポルコに頼んで箝口令でも敷いてもらおう。出来るかはわからないが。

とりあえず俺は、ポチと共に無言でフェリス嬢に圧をかけていればいいのだ。

……ポチの腹の音で台無しなんだけどな。

もしかしてポチの圧力はジュンに向いてるのかもしれない。「早く説教やめろ」と。「ご飯！　ご飯！」と。

そう言う俺も、腹が空いている。

いつまでも続きそうなこの空間。聖戦士にすら匹敵するジュンが子供に圧力をかけ続けるのは、フェリス嬢にとっては辛いだろう。

もう少ししたら適当に仲裁でもするか。

てな事を考えていたら、ジュンがとんでもない行動にでた。

「っ！」

これにはポチの目も丸くなる。

何とあのジュンがブライト少年をぶったのだ。

「あなたもですブライト。他家の領民を危険に晒したのです。ポーア殿がいなければどうなっていたかわかりませんよ」

「……はい」

フェリス嬢の強制連行も、断る事が出来たはずだ。そう言いたいのだろう。

確かにその通りだ。ジュンの言葉はもっともだ。

ブライト少年には才能はあるが、そういった意志が弱い。

意志の強さを鍛える必要があるな。ノーと言える男児を目指してもらおう。

しかし、あのジュンが弟に手をあげるとはね。その結果、弟よりも先に、姉の方が泣きそうだ。

「ポーア殿……」

「何でしょう?」

「前回に続き、この度も大変世話になった。何と礼を言っていいかわからない」

「お礼は結構ですよ。自分の身を守っただけです」

ジュンは少し表情を緩ませ、俺をじっと見つめた。

そして小さな笑みを見せると、ジュンは「後はお願いする」とだけ言って部屋を出て行った。

おそらく迎賓館の俺の部屋からブルネアに帰るのだろう。

ふむ、仲裁なんて必要なかったか。見事な切り上げ方だ。

「さて……と」

俺がそう呟くと、フェリス嬢は肩をビクつかせ、ブライト少年は少し目を伏せた。

まだこれ以上怒られると思っているのだろう。

ま、ジュンがあれだけ言ったんだ。俺からこれ以上言うのは野暮というものだ。

勿論――

「……明日からの指導は座学を多めにします。モンスターの特性を頭に叩き込み、それらに対応する知識と危険意識を持ってもらう事を優先します。いいですね？」

「……はい」

「わ、わかったわよ……」

小言は言うけどな。

「今回、あのチキアータが発端とはいえ、フェリス嬢の行動がなければ炎龍……つまりロードドラゴンがこちらを敵視する事はなかったかもしれません。フェリス様には罰を受けて頂きます」

「……何よ？」

両肩を抱え、警戒を見せるフェリス嬢。

「屋敷のお金を無駄遣いして、ポルコ様に叱られてもらいます」

「どういう事よ」

するとポチが立ち上がり…………って、立ったぞコイツ!?

後ろ脚だけで立てたのか。初めて知ったぞ。

ポチがフェリス嬢の肩にポンと前脚を置き、鋭い眼光を放つ。まるで獰猛な狼の瞳のようだ。

……鳥なのにな。

「早い話がですねぇ!?　今日頑張った人たちに奢れってマスターは言ってるんですよっ！　感謝しながら！　労《いた》わるように！　優しいお肉のベッドで包み込むように!!」

それは脂《あぶら》まみれなベッドだな。

実に入りたくない。

ところで、優しいお肉って何だ？

「そういう……事……」

ほっとするように警戒を解くフェリス嬢。

「わかったわ。後で――」

「今です!!」

ギロリと圧を加え、ポチがより一層凄むと、フェリス嬢は押し切られた様子でポチの前脚を払った。

「わ、わかったわよ！　今すぐ手配するわよ！」

「当然です！」

ドンと言い張ったポチをよそに、俺は一言付け加える。

「ブライト様、フェリス様も同伴して頂きますからね」

周りからの重圧にも慣れてもらわないといけないからな。

さぞかし肩身の狭い思いをするだろう。

これは、俺からの隠しお仕置きだ。

◆　◆

――クッグ村　酒場　午前一時――

「ハッハッハッハッハ！　あの時のシロには驚いたぜ！　起きた瞬間『マスターを助けに行きなさい！

でないと噛み殺しますよっ!!』ってもう目なんか潤ませちまってよっ！」

「ちょ、ちょっとガイルさん！　そんな根も葉もない噂、マスターは信じませんよ!!」

噂っていうか本人談じゃねぇか。

そうかそうか、ポチがそんなに俺の事をね…………ふふ、ふふふふ。今夜はこの話でいじってやるとするか。

そんな事を考えちびちびとお酒を飲んでいると、ガイルの酔いがいい感じに回ったのか、フラフラになりながら立ち上がる。

「おう！　野郎共聞きやがれ！　このポーアって男はな！　二百頭の炎龍を前に怯む事なく魔法をぶっ放しまくった超凄《すげ》えヤツだ！」

どうやら俺にとってとても恥ずかしい話をするようだ。

こんな時はポチに怒られるんだ。「何で私の活躍が入ってないんですかっ！」ってな。

きっとそろそろ怒るぞ……ほれ。

…………ん？

「何やってるんだシロ？　そんなでっかい卵抱えて？」

「今日のメインディッシュって事でお店の人にもらったんです！」

「…………食うのか？」

ポチは確かもなにも鳥になったんだから、共食いっちゃ共食いになっちゃうだろう？

「ん～……遠目で食べたいとは思ったんですが、いざ目の前にすると……この卵に対しては食欲がわきません」

ふむ、同族を食べようとしないのは別に悪くないか。

「じゃあそれくれよ、お酒のつまみに」

「ダメです！　これは私のですー！」

「食わないんだったらいいじゃないか！」

「こ、これは………そうです！　これはお持ち帰りするんです！」

絶対腐らせるパターンだろそれ。

「その時、十、いや百！　いやいや千の魔法を駆使しながらポーアは戦ったんだ！」

「「おぉ!!」」

ガイルの話に皆夢中なようで、誇張されまくった俺の武勇伝はブライト少年の目を輝かせていた。

フェリス嬢は間違って飲んだお酒でぐでんぐでんになってしまった。その後、リカバーを掛けてやった。

アルコールは抜けてもテーブルに伏して寝てしまったみたいだ。

「千の魔を知る者《サウザンドマジシャン》……そう！　千の魔を知る者《サウザンドマジシャン》！　千の魔を知る者《サウザンドマジシャン》ポーアだ!!」

「っ!?」

俺の耳が間違いでなければ……ガイルは確かに聖戦士ポーアの二つ名を叫んだ。

「「千の魔を知る者《サウザンドマジシャン》！　千の魔を知る者《サウザンドマジシャン》！　千の魔を知る者《サウザンドマジシャン》！」」

深夜の酒場の熱気が店を揺らし、時代を……歴史を動かした瞬間。

………なるほどな。

もう逃げられないって事か。

「凄いですポーア先生！」

こうして…………こうして聖戦士ポーアは誕――

「――すみません！　このお漬物もう一つください！」

そう。

その強欲な使い魔が、お漬物を注文した瞬間に誕生したんだ。

175　…………ん？

「うぅ…………久々に酔ったなぁ……」

まさかガイルがあんなに飲むヤツだとは思わなかった。

リカバーを掛ければ回復出来るが、俺は久しぶりのこの感覚に浸り、しばらく味わっていたくなった。

何だろう。こんなに安らいだのは久しぶりだし、何より楽しかった。

この世界に来てからかなりの時が流れたが、息つく暇もなかったからな。

…………ポチズリー商店が懐かしい。

リナやティファは元気でやっているのか？

いや、そもそもこの時代からリナたちの事を考えるのは……どうなんだ？

まだ生まれていないだろうに。

……だが、繋がりがなくなったとは思えない。

俺がこの世界で何をすればいいのか。それがようやくわかったんだ。

ならやる事は常に一つ。研鑽あるのみだ。

「マスタ～……今日は枝毛が一本もありませんよ～…………今がチャンスですよ～……」

寝ぼけて何言ってるんだコイツは。

…………仕方ないな。

俺は枝毛が沢山あるポチの背中を撫で、気持ちよさそうな寝顔を眺めながら、酔いの余韻に浸っていた。

しかし、明日からの事を考えると、色々と大変なんだろうなぁ……。

炎龍がいなくなった事で獄龍の状態がどうなってるのか見たいな。

おそらく火口の灼熱の海にその卵があるだろう。

現状では手が出せないが、誕生時期の予測は出来る。生まれたばかりの未成熟な獄龍であれば、それ程苦労せずに倒せるはずだ。

今回の一件で俺とポチはかなりの経験値を得たはずだ。

楽しみな事だが、一件が落ち着いた今、夜中に本館へ入るのはまずい。

明日、限界突破の魔術陣に触れる事にしよう。

「目玉焼き……エッグタルト……生卵……食べたいのに……食べられないですぅ……すぅ……すぅ……」

本当に持ち帰って来たな、あの卵。

しかし気になる。もしかしてこのまま孵してしまうんじゃないか?

鶏とは違う卵のようだが、一体何の卵なんだろう?

まさか本物の紫死鳥の卵だったりして?

酔いのせいか、適当な自分の推測に苦笑しながら、鑑定眼鏡を発動する。

…………………何だ、ただの孔雀の卵か。まぁそんな大層な卵がクッグ村にある訳もないか。

食べたらきっと美味かっただろうに。

◆　◆

翌朝、外が騒がしくなったので、予定より早く起きてしまった。

ふむ？　もしかして、もうポルコが帰って来たのか？

このタイミングだと、行ってすぐ戻って来たのかもしれないな。

一体王都に何の用だったのだろう？

ジュンの話じゃ、国からの招集なんて頻繁にあるとの事だが、今回ジュンは呼ばれていなかった。

ポルコに、アダムス家にだけの用という事か。

ポチはまだ熟睡しているようだ。昨日は無理させてしまったからな。しばらく休ませてやるか。

身体を伸ばすついでにポルコに挨拶でもしようと思い、俺は外へ出た。

まだ日差しが少し見える程度の早朝。

門で馬車を下りたポルコは、何やら大きな荷物を肩に乗せていた。

ちらりとこちらを見て俺の存在に気付くと、ポルコは屋敷を指差して俺を見た。

……入っていいという事か。

大方ガイルから昨晩の話を聞いたのだろう。ジュンは後程謝るだろうが、フェリス嬢を勝手に叱りつけた事を謝らなくちゃいけないし、ここは招待されておこう。

それにしても、あんなに大きな荷物、何故使用人に運ばせないんだ？

◆　◆

…………なるほど、運ばせない訳だ。

「昨日は大変だったそうだね。まさかあの炎龍の退治をポーア君がしてくれるとは思っていなかった」

…………。

「娘の事と、昨日の宴会の事、ガイルから聞いている。君に落ち度は全くない、安心してくれ」

…………。

「勿論、領民からの税を使った訳だが、村を救ってくれた勇士に非を問う村人はいないだろう」

…………。

「むしろ良い事の方が多い。何しろあの炎龍の角や牙を売れば、そんな事は些事だと思えるような潤沢な資金を得る事が出来るだろう」

…………何故。

「そして、王都付近にあった炎龍の巣。今まで誰も手を出せずにいたものだが、危険なこの任務を保守派に属するフルブライド家、それに仕える人間が被害も出さずに完遂した事は非常に大きい。これを機に保守派の発言力は非常に大きくなるだろう」

…………何故この人は。

「ブライト君も娘も勉強になった事だろう。そして私は今、ポーア君に更なる期待をしているのだよ」

何故この人は小さな赤ん坊を抱えながら俺に話し掛けてくるのだろうか？

「ふふふふ、よく寝ているな」

ポルコの部屋に入った時、ポルコは肩の荷を下ろし、その中から一人の赤ん坊を出した。

そして赤ん坊を抱きかかえ、俺の非を許し、功績を称えてくれた。

白い赤ん坊服に包まれた男の子とも女の子ともつかない子に、優しく微笑みかけている。

「ふふ、聞かないのかね？」

「……聞いてもいいもんなんですかね」

その赤ん坊の事を。

「私はこれでも焦っているのだよ、ポーア君」

「焦り？」

「妻が他界してから気付かされた子供の教育の大変さ……身に沁みてわかっているのだがね？」

そうか、フェリス嬢の母親は早くに亡くなっていたのか。

それも原因とは言わないが、その教育が性格に出てしまっているかもな。

だがポルコは何を言いたいんだ？　一体何を焦っているのだろう？

「教育の全てを知っているとは言わない。だが、育児とは完全に別物だと思わないかね？」

なるほど、そういう事か。

何らかの理由でこの赤ん坊を預かった。きっとそういう事なんだろう。

俺は悪い予感を脳裏に過《よぎ》らせながら小さな溜め息を吐いた。

「……その子、一体誰から預かって来たんです?」

もらったのかとか攫ったのか、とは聞けないしな。

「ははは、申し訳ないがそれを言う事は出来ないのだよ」

どんどん悪い方向へいってる気がするが、ポルコは俺に何を言いたいんだ?

「時にポーア君」

「何でしょう?」

「育児の経験はあるかね?」

…………ん?

◆

◆

「マスターマスター大変です!」

「どうしたシロ?」

「見てください!　卵が!　卵がコロコロしてます!」

ポチの前脚の先には白い卵。

そしてそれが脈動するように動いている。

昨日の今日で生まれるとか冗談だろ?　こうなると、昨日もし卵を割っていたら…………うぅ
……。

嫌な想像をしてしまった俺は、頭《かぶり》を振ってそれを追い出した。

卵の中からコツコツと音が聞こえ、一生懸命に外の世界を目指しているようだ。

いざ誕生するとなると怖いのか、ポチは俺の膝元から腹、肩まで登り、俺の頭に前脚を置いてビクついている。

首が重いってーの。

ただでさえ腕が疲れてるっていうのに……！

「お、割れ始めたぞっ」

「何でも来やがれですよ！」

身構えるポチ。いや、流石に敵じゃねぇだろ。

小さくつつき、徐々にその姿を俺たちの前に現す。

………ところで、いつの間にか卵が白から黒になってるのは気のせいだろうか？

殻を破る嘴《くちばし》も……何だかドス黒い。

身体も何故か深紫《こきむらさき》に近い黒。

おかしい、どこかで見たフォルムだ。

「あ、あ……立ちますよ！」

お前も俺の頭の上で立つんじゃない。

「ぴよっ」

「わんっ！」

ビビリ過ぎだろお前！

その年で生まれた瞬間の孔雀に威嚇するとか何考えてるんだ！

……………………孔雀、だよな？

「ぴよっ」

「わんっ！　ですよ！」

むぅ……既にちょっとした魔力をこの雛《ひな》から感じる。

この感覚は、今俺の頭の上でキャンキャン喚いているどこかのチキンさんと似ている。

非常に似ている。そっくりだと言っても過言じゃない。

孔雀、だよな？

そう思い鑑定眼鏡を発動し、雛を見てみる。

？？？
LV：1
HP：2
MP：2
EXP：0
特殊：
称号：紫死鳥・番鳥（仮）

………ん？

「ママママスター!?」

「何だよ一体」

「何で赤ちゃん抱き抱えてるんですかっ!?　ちょ、どこから攫って来たんですかっ！　馬鹿マスター！」

そうだよな、お前ならそう言うよな。

あ……おい、大きい声出すから起きちゃったじゃないか。

「………あー」

「……アウ？」

ボリュームは合わせるんだな。

しかし、初めて見る俺やポチを見ても泣かないところを見ると、この赤ん坊——

レオン
LV：1
HP：2
MP：1
EXP：0

特殊：
称号：隠し子・聖帝（仮）

…………ん？

「ぴよっ！」

「あー！」

…………ん？

書き下ろし番外編　女の子成分

空が灰色の雲で覆われ、昼に近づくも一向に明るくならない。

冬空から降る銀の結晶。外にいる護衛団の一人が頬に冷たさを感じ、それを撫でる。

衛士小屋の窓から外を見上げるガイルが、嫌そうな顔をして呟いた。

「ちっ、雪か……」

しんと静かなクッグ村。

その最奥にあるアダムス家には、村でも有名な魔法士がいる。

一人はアダムス家当主のポルコ。そしてもう一人はポーアという男である。

ポーアの本当の名はアズリー。

訳あって名を隠しているが、やましい理由はない。

アズリーはフルブライド家に仕えている。フルブライド家の長男ブライトの魔法指導及び警護の任のため、比較的安全なアダムス家に世話になっているのだ。

アズリーには使い魔が一匹……いや、一人いた。

その名はシロ。本当の名をポチといった。

暖炉の火で部屋は赤く染まり、薪がパチパチと音を立てる。

キングサイズのベッドの上で丸くなり、お腹を大きく膨らませ、そして小さくしている犬狼が寝ていた。

◆　◆

窓には既に雪が積もり始め、外ではアズリーの声が聞こえる。

『よし、朝の指導はここまでにしましょう』

ブライト少年のハキハキとした返事と、フェリス嬢のつんとした返事が部屋の窓に響く。

魔法指導終了の知らせとともに、ポチはピンと耳を立てる。眠りが浅い訳ではないが、ポチはいつでも起きられる訓練をしているのだ。

身体に疲れがない時はこの状態ではあるが、ポチの睡眠欲がない訳ではない。

もうすぐ主《あるじ》が戻る事を知りながら、ポチは布団のシーツに顔を埋めた。

そしてシーツにくるまりながら床へ転がり落ち、まるで芋虫のように部屋の水桶のある場所まで、もぞもぞと動き始めたのだ。

ゆっくり、急がず、周りの目がない中、ポチは自分の負の欲求に従って動いていた。

水桶を前に、水面に映る自分の顔を見る。

「あなた、幸せそうですね～」

ポチは目を細めてそう呟いた。

問題はここからである。

季節は冬。暖をとるために暖炉は焚いているものの、相手は水。

顔を洗うには抵抗があるのだろう。

水面に映った幸せそうなポチの顔は、みるみるうちに面倒臭そうな顔に変わっていった。

そしてポチがもぞもぞとシーツの中で動くのだ。

シーツから出した……ポチ自慢の右前脚。

爪を一本出し、水桶の水をちょんと揺らす。

「…………これは……っ！　冷たそうですっ」

前脚を天井に掲げ、爪先からその水滴が肉球まで垂れる。

「ひゃうっ!?」

全身が一気に震え上がり、細めていた目を丸くさせ、未だ揺れる水面を見つめた。

視線はすぐに睨みへと変わり、鋭い目付きでポチが呟く。

「水のくせに生意気ですね！」

物言わぬ水に悪態を吐き、その水に映る自分に少し恥ずかしさを感じたのか、ポチは覚悟を決めたように「えーい！」と叫んだ。

シーツから身体を抜き去り、両前脚を桶の水へと運び、掬《すく》った水を顔に当ててこすった。

「つ、冷たいですーっ!?」

そう叫びながらも手を休める事はない。

時間にしてわずか二十秒程だが、ポチの気迫の洗顔はポチの頭を覚醒させるに至った。

「ぷうっ」と息を漏らし、近くに置いてあった手拭いで顔を拭う。

拭いながら再び身体を震え上がらせ、暖炉横の鏡台の前へ向かった。

椅子に「お座り」をしたポチは、今度は鏡に映る自分の顔を見つめた。

「むぅ～………」

しばらく唸り続けるポチ。

「昨日あんなにブラッシングしたのに、何故こうも毛が荒れてしまうんですかねっ」

ふんと鼻息を吐き、自身の毛並みに不満を漏らすポチ。

鏡台の引き出しからブラシを取り出し、頭から肩、首から胸元をといていく。

途中跳ね返る毛先にいちいち文句を言いながら、どうにかブラッシングを終えたポチ。

鏡の前で頭をひねり、右前脚を上げたり下げたり。

採点の厳しいポチの目だが、鏡の中のポチの顔は満足そうだった。

ブラシを引き出しに戻すと、今度はヤスリを取り出した。

また右前脚を上げ、爪をしゃきんと剝き出す。

そして日課の爪のヤスリ掛けを始めると、ポチは上から下から横から横へ、目や顔を動かしながら磨いていった。「ふーふー」と息を吹きかけ、僅かな綻びも見逃さなかった。

やがてブラッシングのように満足そうな笑みを鏡に映すと、ポチの耳が再び立った。

「む、意外に早かったですね、マスター……」

主《あるじ》の足音を聞き逃すはずもなく、ポチは残り少ない猶予の中、速度を上げた。ヤスリを元の場所へ戻し、現代でベイラネーアを出る時に春華に分けてもらったタイガーフルーツの香水を首へ噴きかける。

覚醒まで時間のかかったポチだったが、それからは手慣れた動きでテキパキと身体を動かした。シーツを丸め、洗濯かごへ放り、アズリーの水龍の杖を使ってポットの中の水を沸かした。

踊るように部屋を飛び回ったポチの動きは非常に速く、アズリーが階下から部屋に入るまでに大抵の事は終わらせていた。

「たでいまーっと」

扉を開けたアズリーは、自然と零れた挨拶をポチに向けた。

テーブルの前の椅子にちょこんとお座りし、器用に毛を梳《と》かすポチは振り返りざまに言った。

「お帰りなさい、マスター」

寝起きの顔を見せず、何食わぬ顔で主《あるじ》を迎え、ポチはアズリーの横目をツンと流した。

整えた毛並みを見せびらかすように緩やかに顔を振り、感想を待っているのだ。

そして主《あるじ》は言う。

「お前、さっき起きたばかりだろう？」

一瞬にして毛先をピンと尖らせてみせたポチが慌てて言った。

「そ、そんな事はありません！　こんな短時間じゃここまで見事な毛並みは整いませんよ！」

目を細めたアズリーが、ポチの目をじとっと睨むと、ポチの目は逃げるように泳いでいった。そしてアズリーは視線を少し落とし、にやりと笑うのだ。

「お腹周りの毛並みが……酷いぞ」

ぱっとその指摘箇所を見たポチは、恥ずかしそうに顔を肉球で覆った。

「マスターのエッチ！」

「何でそうなる⁉」

「だ、大体戻って来るのが早過ぎるんですよ！　少しは私の予定も考えて欲しいものですね！」

ぷんすかと怒りながらポチはお腹周りをブラッシングしていく。

「んな事知るか！　どうせギリギリまで寝てたんだろっ？」

図星を突かれたポチは、反論の材料を今のアズリーに探すが、脳裏に過ったのはいつもの言葉だけだった。

「馬鹿マスター！」

アズリーもアズリーで、それ以上の事をポチに探す。しかしやはりいつもの言葉しか出てこない。

「犬ッコロ！」

ガミガミと続くいつもの言い合いは、ポチのお腹の音で終える。

もしくは食事の連絡が入った時だ。

アダムス家に来てから食事は自分で用意していたアズリーたちにとって、食事の連絡が入る事はない。

しかし、本日は例外だった。

部屋に響いたのはノック音。

言い合いの中、ノック音に気づいた訳ではないが、魔力の揺らめきからドアの外にいる人物を特定した二人。

言い合いをやめ、顔を見合わせた二人は息を呑んだ。

ドアの外にいる人間がもたらす事など、迷惑か面倒な事以外、起きたためしがなかったのだ。

「マスターからどうぞ」

小声で返事を促す使い魔。

「いや、ここはシロさんからでしょう？」

「部屋の主《あるじ》はマスターです」

少し睨みを強くして言ったポチに、アズリーは嫌そうな顔をしながらもドアに向かった。

そして、ドアを開けながら徐々にその顔は作った笑顔になっていくのだ。

「な、何のご用でしょうか？　フェリス様？」

ニコニコと言ったアズリーの後ろでは、主《あるじ》の顔の動きを模倣したかのようなポチの作った笑顔がにこり。

そう、アズリーの部屋を訪れたのは、フェリス嬢。

ポルコ・アダムスの一人娘で、二人がいつも手を焼いているお転婆姫である。

つんとした様子でアズリーを睨んでいたフェリス嬢だが、すぐにその視線をポチへとずらしていった。

「用があるのはあなたじゃないわ。そこにいる使い魔に用があるのよ」

ポチを指さしてフェリス嬢がそう言い放った時、アズリーはほっとした表情で言ったのだ。

「さ、どうぞどうぞ」と。

笑った目ながらも主《あるじ》を睨んだポチだったが、アズリーの背中は、それを察する事を拒んでいた。

「来なさい」

振り返りながらフェリス嬢が言うと、アズリーとポチはまた顔を見合わせた。

「私……だけですか？」

「当然よ」

大きく溜め息を吐いたポチは、主《あるじ》とは違う小さな背中の後に続いた。

横目で、アズリーをじとりと睨みながら。

部屋を出て、ポチが振り返る。

ドアの隙間からアズリーの口が動いて見える。

(が・ん・ば・れ！)

主《あるじ》の適当な応援に再び溜め息を吐いたポチは、重い足取りでフェリス嬢の後を追った。

そして、着いた先は――

「こ、ここは……」

「いいから入りなさい」

ポチが見上げたのは、アダムス家の本棟。

ポルコに許され、アズリーがいる事で本来入る事が出来るものだが、今回はポチ一人。

流石に入るのは憚られたのか、ポチは一歩下がって首を振った。

「私が許すわ。入りなさい」

いつになく真面目な様子のフェリス嬢を前に、首を傾げるポチ。

(珍しいですねぇ～……)

余程の事があるのだろうと、ポチはそこから黙ってフェリス嬢の後を歩いた。

そして本棟の二階、建物の向きから、陽の光がよくあたるであろう部屋の前に着いたポチ。

フェリス嬢が足を止めた事から、そこがフェリス嬢の部屋である事は容易に推測できただろう。

フェリス嬢は、周りにポチ以外の人間がいないかどうかを確認すると、ゆっくり、そして静かにドアを開けた。

「入りなさい」

小声でポチにそれを伝えると、ポチもその声のような足取りで部屋に入った。

ぱたんとドアが閉められると、ポチは部屋を見回しながら言った。

「うわぁ～……凄いですー」

一面、白と薄い桃色を基調とした部屋に、暖かそうな陽の光。シルクの天蓋付きベッド。正にお嬢様の部屋だった。

窓を突き抜ける陽の下へとことこと向かうポチは、そこから再び部屋を見回す。

「綺麗ですー」

「褒めたって何も出ないわよ」

むすっとして座るフェリス嬢にポチは思い出したかのように首を傾げてみせた。

「それで、私に何のご用です？」

自分で呼んだが、ポチの質問が唐突に感じたのか、フェリス嬢は目を丸くし、そして顔を赤らめた。

今度は反対に首を傾げたポチ。

そして何かに気づいたのだ。フェリス嬢が顔赤らめる理由について。

「もしかして……ブライトさんの事です――むぐぅ!?」

いつの間に距離を縮めたのか、フェリス嬢はポチの口を一瞬のうちに塞いだ。

「ま、まだ私は何も言ってないのよ？　無闇にその口を開いたら私の部屋に侵入した罪を問われる事になるわ……それでもいいの？」

首をぶるんぶるんと横に振るポチ。

「なら私の質問にのみ答えなさい。わかった？」

首をぶるんぶるんと縦に振るポチ。

静かな重圧の中、ポチは殺気とも言えない気迫に、押し切られてしまった。

「よろしい」

能面の笑みを見せたフェリス嬢に、恐怖を感じながらポチは先程と同じ作り笑顔を見せた。

再び椅子に腰掛けたフェリス嬢は、思い出すように呟いた。

「最近、ブライト君の態度がそっけないのよ」

（いつもだと思います）

「魔法指導の時間くらいしか話しかけてくれないし」

（当然だと思います）

「やっぱり押しが足りないのかしら？」

（引きが足りないのでは？）

「…………何か言いなさいよ」

鋭い視線をポチに向けたフェリス嬢に、ポチは背筋を伸ばして答える。

「はい！」

「で、私、どうしたらいいと思う？」

ポチが何を言ってもフェリス嬢が言うことを聞くはずがない。そう思ったポチは、目を細くしながら言った。

「本当に私の言うこと聞いてくれるんです？」

じとりと見るポチの目を見て、フェリス嬢は目をそらしながら言った。

「そ、そんな事、聞いてみないとわからないじゃないっ」

困った様子で頬をかりかりと掻いたポチは、フェリス嬢の横顔を見つめた。

他家の下男のアズリー、そしてその使い魔であるポチにまで頼った事を思い返し、切羽詰まっているのだと悟ったのだ。

（仕方ありませんねぇ）

心の中で溜め息を吐いたポチは、窓の方へ歩き、そして立ち上がった。

「少し、待っててください」


窓を開け、外へ飛び降りたポチが向かった先、それは勿論……二人の部屋。

「おい、こら!?　何するんだシロ!?」

アズリーの肩の上で顔の前を覆うポチ。

しばらくつかみ合った末、ポチがアズリーから奪った物、それは――


「何？　それ……？」

フェリス嬢の部屋に戻り、胸を張ってみせたポチ。

鼻の頭に乗せた主《あるじ》の眼鏡をくいと上げる姿はアズリーのようだった。

「このシロ大先生に、お任せあれです！」

強く意気込んだポチは指示棒を肉球にぽんぽんと当て、ふふんと鼻息を吐く。

「それで……何が変わったの？」

「私の意気込みの問題です」

先程とは違い、口を「へ」の字に結んで頰を掻いたのはフェリス嬢。

ポチの変化に驚いたのか呆れたのか、フェリス嬢は椅子の背もたれに寄りかかって溜め息を吐く。

「これから私の事は先生と呼ぶように」

「……何でよ」

「何か問題でもぉ？」

じろりと見つめるポチの勢いにたじろいだフェリス嬢。

「わ、わかったわよ、先生」

腕を組み、そっぽを向きながら答えたフェリス嬢に、ポチが本当の笑顔を向けた。

(さて、これから私も忙しくなりますねぇ……)


それから、ポチは朝早くに起き、魔法指導を終えたフェリス嬢と過ごす時間が増えた。

アズリーの眼鏡が度々無くなるが、アズリーもポチを追及する事はなかった。

そしてひと月ばかり時間が流れた頃、アズリーはポチに言ったのだ。

「最近、ブライト様とフェリス様が仲良くなったような気がするな？　シロ」

ピンと耳を立てたポチが、にやけてポチを見るアズリーを見た。

「さ、さぁ……何故でしょうねぇ……」

「本当だなぁ？」

鼻で笑いながらポチを見るアズリー。そして——

「わ、私は知りませんよっ。きっと、フェリスさんの女の子成分が開花したんでしょうっ」

つんとそっぽを向くポチに、くすりと笑うアズリー。

その仕草に、どこかのお転婆姫の面影を見る。

「お前にしては、随分と頑張ったじゃないか？　ん？」

そんなアズリーの言葉を受け、ポチは照れ隠しのようにアズリーへ飛びかかった。

「わっ!?　こらっ！」

そしていつものようにアズリーから眼鏡をとり、掛けてから胸を張る。

「ふふふん！　ポチ大先生にお任せあれですよ！」

アズリーは、ポチが優しく引っ掛いた頬をひと撫でし、優しく微笑んだ。

「……偽名、忘れてるぞ」

的確な突っ込みに我に返ったポチは、失態から両の頬を押さえ、悲痛な息を漏らした。

アズリーは、何だかんだでポチの事をよく見ていたのか、ポチがフェリス嬢と共にいる事を察し、気づいていたのだ。

未だ悲痛の息を漏らし続けるポチを背に、気合いの入った頬をまたひと撫でする。

ドアを開け、午後の魔法指導に向かうアズリーは階段を下りながら呟く。

「それにしても……女の子成分ねぇ～…………」

ポチの性別を思い出すようにそう言ったアズリーは、またくすりと笑った。

階下で待つブライト少年は、そんなアズリーを見て小首を傾げた。

「どうしたんです？　ポーア先生」

自分のにやけた顔に気付いたアズリーは、すぐに顔を戻し、「何でもないですよ」と恥ずかしそうに呟いたのだった。

あとがき

まず、【悠久の愚者アズリーの、賢者のすゝめ】の第五巻をご購入いただき、ありがとうございます。読者様のお力や応援により、この度、続巻を発売する事が叶いました。

皆様お久しぶりです。壱弐参《ひふみ》でございます。

早いものでアズリーの五巻が発売されました。一巻発売当初、まさかここまで続くとは思ってもみませんでした。しかし、それだけ私が書きたい事を書けているという事です。いやぁ、本当にありがたいですね。

ここ最近の変化ですが、家にいる時間と外にいる時間が非常に極端になりました。家にいる時は一週間家から出ませんし、いない時は毎日外出しています。

お付き合いの幅が広がってきた実感はありますが、基本的に家が大好きな壱弐参にとっては、どこでもドアのような便利道具が欲しいのであります。

さて、今巻では、サブタイトルで遊んでみました。それは「171　やつら」と「172　ヤツら」です。

この作品の中では「やつ・ヤツ・奴」という三つの単語をあえて使っています。どれかに統一すれば楽なんでしょう。しかし自分で首を絞めております。

どう使い分けているか。それは相手への感情です。勿論複雑な感情を込めるのは不可能なので、簡単に「好意」を表す言葉としています。

アズリーが放った「やつ」という言葉は標準で、情報のない人、知り合いなどに使われます。そして「ヤツ」は、好感を持てる相手、友人などに使われています。最後に「奴」。これは敵意や対抗心を持っている相手に使っているんです。

と、意識して書いてたのですが、本当に最初からやっていたのか？　と自分で調べたら、なんとやっていたのは二巻からでした（汗）。

そう、人は成長し、変わるものなのです。決してこう書けば楽しいのでは？　とか適当な感覚で書いていた訳では………あるんだな、これが。

因みに漢字の「奴」を敵意等の意にしたのは、漠然とした私のイメージです。カタカナを好意として選んだ時、自然にそうなりました。


さてさて、今回はまさかまさかの大昔！　壱弐参もビックリな過去編です。

物語はアズリーが生まれる数十年前。魔王が生まれる直前でございます。聖戦士と出会い、不遇系主人公アズリーの前に現れる壁、壁、壁……。よく生きてブルネアに着けたなと、本当にそう思います。

聖戦士のジョルノやリーリアも三巻あたりで名前が出てきたでしょう？　忘れた？　あ、はい。ごめんなさい。この時代に来た事で、過去四巻の中で起きた色々な事が繋がり始めるでしょう。読み返す際は是非書店で――――え、もう持ってる？　買ってもいいんですよ？

あ、因みに三巻の名前が出てきた話は「０７８　賢者の石？」ですね。

そう思うともう百話近く前の話になるんですね。いやぁ、驚きです。

てな訳で、今回は新しいキャラクターが沢山出てきました。先のジョルノ、リーリア、ジュンにブライト。そしてフェリスにポルコ。アルフレッドやジエッタなんかも出てますね。

個人的にはリーリアが好きなんですけど、彼女が出てくるのはまだ先になりそうです（涙）。その間、リナよりも出番の多いブライト君が頑張ってくれるでしょう。なんたってアズリーの一番弟子（時系列的には）ですから！

ポチとの掛け合いにも力を入れました。個人的には「１４５　聖戦士の顔」の冒頭で、魔王ごっこする二人が大好きです。延々会話続きで「これ地の文なくて大丈夫ですかね？」と担当編集Tさんに相談した程です。

今回、読者様のツボはどこだったでしょうか？　是非是非感想などくださいまし。

多分、「壱弐参　ツイッター」で検索すれば出てきます。色んなメッセージ、待ってます！

今回も「武藤此史《むとうくりひと》」先生には、素敵なイラストを描いていただきました。

なんといっても可愛いですよね。皆さんお気に入りキャラは誰でしょうか？　壱弐参はアズリーとポチとブルーツ、あと前巻表紙のティファとタラヲ。皆最高ですけどね！

さぁ、いつもの時間がやってまいりました。

本作品に関わっていただいた方々、本当に感謝しております。

担当編集T様、編集長I様、アース・スターノベル様、本当にいつもありがとうございます。

武藤此史《むとうくりひと》先生、描いていただいた命、本当にありがとうございます。

そして最後に……あ、いや、最後って大事ですよ？　最後だから大事なんですよ!?

最後に、いつも壱弐参、そしてアズリーたちを応援してくださる読者の皆様、本当にありがとうございます。

これからも精進を続けていきます。そう、六巻を出すために！

それでは皆様！　六巻を出せましたら、またここでお会いしましょう。

ではでは!!

壱弐参《ひふみ》

イラストレーターあとがき
「アズリーとポチの魔王ごっこ」
by 武藤此史

EARTH STAR NOVEL

悠久の愚者アズリーの、賢者のすゝめ　5

発行 ―― 2017年1月16日　初版第1刷発行

著者 ―― 壱弐参

イラストレーター ―― 武藤此史

装丁デザイン ―― 関善之＋村田慧太朗（volare）

発行者 ―― 幕内和博

編集 ―― 筒井さやか

発行所 ―― 株式会社 アース・スター エンターテイメント
〒107-0052　東京都港区赤坂2-14-5
Daiwa赤坂ビル5F
TEL：03-5561-7630
FAX：03-5561-7632
http://www.es-novel.jp/

発売所 ―― 株式会社 泰文堂
〒108-0075　東京都港区港南2-16-8
ストーリア品川17F
TEL：03-6712-0333

印刷・製本 ―― 図書印刷株式会社

ISBN 978-4-8030-0979-8